Fan
ファン文庫

百鬼《なきり》あやかし診療所

著　長尾彩子

マイナビ出版

目次

妖狐の章

――器量のある化け物なら、白昼でも四辺を暗くして出て来るが、まずは都合のよさそうなのは宵と暁の薄明りであった。人に見られて怖がられるためには、少なくとも夜更けて草木も眠るという暗闇の中へ出かけてみたところが商売にはならない。

柳田國男『妖怪談義』

「ぷぎゃー！」

階下から夜の帳《とばり》を引き裂くような悲鳴が響きわたったのは、草木も眠る丑《うし》三つ時。

十二時前には寝具にくるまっていた梨花《りか》だったが、その大音声《だいおんじょう》に目を覚ました。

ほんのりと梅花《ばいか》の香りが漂う、ふかふかの布団からむくりと体を起こす。

窓の障子の隙間から、弱々しい月明かりだけが差す和室は薄暗い。

まだ眠たくて目をこすっていると、再び「ぷぎゃー！」と叫び声がした。

（なんだろう……）

こうした騒ぎはこの家では珍しいことではない。梨花はひとつ小さなあくびをすると、折鶴の柄が散らされた浴衣の袂《たもと》に小瓶を忍ばせて、そっと私室を出た。

天井から吊るされたぼんぼりのような照明具で、白漆喰の壁の廊下はほの明るい。

梨花の私室の隣は同居している青年の部屋だが、ふすまの向こうからは物音がしなかった。不在にしているのだろうと考えているうちに、階下からまたも騒ぎが聞こえる。

「ぷぎゃぎゃぎゃぎゃー！　やめとくれぇ～！」

「やめてもいいのか。消毒しなければ傷口から全身に菌が回り、死ぬかもしれないぞ」

「やめないでくれぇ～。ただしみるだけなんじゃ～！」

「だったら騒がず、おとなしくしていることだ」

先程から大騒ぎしているのは耳慣れない老人の声だ。

それとは対照的に落ち着き払っているのは、よく知った同居人の低い声。

なにやら揉めているようだ。今の今まで寝ていた梨花は、鎖骨にかかる長さの髪を手櫛《てぐし》で整え、ついでに前髪を押さえて寝癖がないことを確認してから、ゆっくりと廊下の端の階段に踏み出した。

あたりには薬草の匂いがかすかに漂い、夜の森にいるかのような錯覚を起こさせる。

やや急な階段を一段下りるごとに、乾いた植物の香りが深くなっていった。

ここは、新宿区の神楽坂《かぐらざか》。神楽坂仲通りと兵庫横丁を結ぶかくれんぼ横丁は、石畳と黒塀が美しい、昔の風情を残す一画だ。そのかくれんぼ横丁の途中、薄暗く細い脇道にちょっと入ったところに、特殊な診療所を兼ねた百鬼《なきり》家は所在していた。

百鬼家は、一階が診療所となっている。

梨花と家主である百鬼青依《せい》は、二階にあるそれぞれの私室で寝起きしているが、今夜のように下で大騒ぎがあると、その声は上層階にも響いてくるのだった。ここが住宅密集地であればとんだご近所迷惑であるが、かくれんぼ横丁の脇道は、普通の人間は近寄らない。百鬼家の周辺にあるのは打ち捨てられた小さな神社だとか、戦前から佇《たたず》む廃研究所だとか、夜ともなれば誰も近づかない不気味な施設ばかりで、人は住んでいない。

先月のはじめに大学に入学した椿《つばき》梨花は、わけあって、高校二年生の頃からこの家に身を寄せている。百鬼家で暮らしはじめてもう二年という計算だ。

百鬼家は和洋折衷の作りで、一階の縁側の突き当たりには、欧風の扉がついた洋間がある。声がする方を目指していた梨花が辿りついたのは、その洋間の前だ。天井から吊るされた、手鞠《てまり》のようにまん丸の電灯の下で、蛇《へび》の銀細工が施されたドアノブが鈍い輝きを放っている。

「ぷぎゃー！」

何度目になるかわからない叫び声が轟《とどろ》いたあとで、梨花は扉を開けた。

薬草の匂いが濃密に充満する、そこが診察室である。

壁面には東洋医学に関する書物で埋め尽くされた書棚が隙間なく配置されており、部屋の中央では古い手術台が存在感を放っていた。白い布が敷かれたそれは大正時代に実際に病院で使用されていたものらしい。

大柄な男性が横になってもまだ余裕がありそうなくらい広いその上には、縁日で売られているわたあめほどの大きさをした、真っ白なうさぎが大の字になって伸びていた。

普通のうさぎは仰向けでは寝ないが、ここに来る患者は普通ではないのが大半なので、梨花は今さら驚かなかった。もさもさの眉毛で目元がすっかり隠れてしまった、一見するとおじいさんうさぎのぬいぐるみ。それは、早い話が『あやかし』だった。

あやかしと聞いて多くの人が想像するのは、河童《かっぱ》にむじな、人を惑わす狐狸《こり》、化猫、鬼、唐傘《からかさ》お化け……このあたりだろうか。

あやかしの姿や生態、気性はさまざまだが、すべてに共通するのは、人の言葉を理解し、意思疎通を図ることができるという点である。

だからこのうさぎも妙な悲鳴を上げるし、人語も話すし、二足歩行ですたすたと歩く。

そしてあやかしは誰の目にも見えるし、触れることができる存在だ。

ただし、人間の姿をしたあやかしならばともかく、このうさぎのように見るからに不思議な存在は、誰彼かまわず姿を見せるようなことはしない。相手を驚かさぬよう、そして自分が危害を加えられることのないよう、ある程度、人を選んで出てくるのだ。白うさぎが現れたのは、ここが東京都内――とりわけ東京二十三区内に住むあやかしたちにとって、駆け込み寺にも等しい安全な場所だからだろう。

ここはあやかしによる、あやかしのための診療所。

梨花は少し霊感があるだけの人間だが、患者を診る家主の男があやかしなのだ。

看板を掲げていない彼の診療所を、患者たちは『百鬼あやかし診療所』と呼ぶ。

ガチャリ、と音がした。

診察室の奥にはさらに部屋があり、その扉が開いたのだ。そこは薬房《やくぼう》……いわゆる調合室になっている。薬房から姿を現した青年が、梨花のたったひとりの同居人で、保護者のような存在でもある百鬼青依だった。長身痩軀《そうく》に黒いスーツと白衣を纏《まと》い、木製の小箱を手にした彼は黄金《きん》色の目に梨花の姿を映すと、端整な眉を寄せた。

「梨花。起きてきたのか」

薄い唇でそれだけ言うと、彼は手術台の上に伸びたうさぎに視線を落とした。

「寝ていたのだけれど、なんだかすごい悲鳴が聞こえたから、気になって様子を見にきたの。うさぎのおじいさんは、夜間診療にいらっしゃった患者さん？」

「ああ。白うさぎの因幡《いなば》とかいう『暁《あかつき》のあやかし』だ」

「因幡の白うさぎ？　日本神話の？」

「いや、そんなたいそうなものではなく、単に因幡という名字の白うさぎらしい」

健康であっても常に生気のない、青白い顔をした青依は梨花の質問に端的に答えてから、白うさぎを冷たく見やった。

「貴様が騒ぐせいで、俺の大事な可愛い獲物が目を覚ましてしまったじゃないか」

獲物というのはほかならぬ梨花のことである。彼はしばしば彼女をそう呼んだ。

「ヒエッ」

彼の形のよい朱唇《しゅしん》の隙間から覗いた鋭い牙を見てしまったのか、あるいは、冷たい光をたたえた黄金の双眸《そうぼう》に怯えたのか、はたまた「獲物」という単語に恐怖を覚えたのか、白うさぎの因幡はぷるぷると小刻みに震えた。ここはあやかしを癒やす診療所だが、青依の人となりを知らない初診のあやかしは、彼の黄金の瞳を見ると怖がるのが常だった。

青依は一見すると、ファッション雑誌から出てきたような高身長の美青年だ。年の頃は二十五歳前後に見える。おまけに、低くよく通る美声を持つが、陽気とはかけ離れた陰気な気配を纏っていた。あやかしに怖がられる男。それが百鬼青依という存在だった。

青依が言った『暁のあやかし』とは、日の出から日没までに生まれたあやかしのことだ。また、日没から翌日の日の出までに生まれたあやかしを『黄昏《たそがれ》のあやかし』と呼ぶが、前者は妖力が弱く、人間と同じ姿をとることはできない。

なにを隠そう、青依は本来の姿のほかに人間版の姿をもつ黄昏のあやかしだった。

小さく切ったガーゼを小箱からピンセットで取り出す青依の横で、梨花はしげしげとうさぎを見つめた。よく見ると、もこもこした毛に覆われたおでこがこころなしか膨らんでいる。どこかにぶつけたのか、こぶができているようだった。

青依が無言で因幡の顔にガーゼを近づけると、因幡は警戒したように、もこもこの丸っこい手でサッと狭い額を庇《かば》った。とたんに、青依のこめかみに青筋が浮かんだ。

「なぜ動く？　俺は早く寝たいんだ。お前、俺をあまり苛立《いらだ》たせないほうがいいぞ」

その気迫に圧倒されたのか、因幡はとうとう泣きだしてしまう。

「ふえぇ……」

こぶを作ったまま泣きべそをかく因幡の姿があまりにも痛々しくて、梨花は青依の後ろから因幡に助け舟を出すことにした。

「青依。因幡さんは治療を拒んでいるのではなく、あなたが不動明王のように怖い顔をするから怯えているんでしょう。それに冷たく輝く医療器具って、なじみがない人たちにとっては怖いものに見えるんだから。ね、因幡さん」

梨花が同意を求めると、因幡はこくこくと頷《うなず》いた。

「俺の表情や医療器具が怖い？　本当にそうか？」

青依は、因幡に向かって意地悪そうに微笑《ほほえ》んだ。

「俺の目の色が黄金だから怖いんだろう。黄金の瞳は隠神《かくりがみ》である証《あかし》だからな」

「もう！　青依！」

恐怖が限界に達したのか、もはや震えるのも忘れて固まってしまった因幡に気がつくと、梨花は厳しい声で彼をたしなめた。

黄金の瞳をしたあやかしは、隠神という特別な存在らしい。隠神は、天津神々《あまつかみがみ》が日本に降《くだ》る以前から存在する古い神の系譜であるために、鬼神力の強さは他の一般的なあやかしたちとは比べ物にならないのだという。そして隠神と呼ばれるものの多くは山深くや海の底に住み、ときおり人里に現れては、人や、人に懐いたあやかしを喰《く》らうのだそうだ。

「通りすがりの酔っ払いの豆狸《まめだぬき》に、このあたりに腕の良いあやかしの専門医はいないかと聞いてやってきてみれば、この始末！」

張りつめていた糸が切れてしまったのだろうか。因幡が急に、小さな前脚でわっと顔を覆った。

「ちまたで有名なあやかし診療所の医者が隠神だったなどとは夢にも思わなんだ！　わしはいよいよ喰われてしまうのじゃ！　うう～、なむあみだぶつ、なむあみだぶつ……」

「そんな……。因幡さん、落ち着いてください。青依はあなたを食べたりしませんよ」

大粒の涙を零《こぼ》しはじめた因幡を、梨花は懸命になだめた。

「青依が殺意を抱いている相手は、わたしひとりだけなんです。他には興味ないんです」

「えっ、んっ？　今なんか、さらっとどえらいことを言ったけど、そうなの？」

「はい。青依はわたしへの復讐のほかには獣医学ならぬ、妖《よう》医学にしか関心がないんです。

ですから、怖がらなくて大丈夫。彼は守銭奴で無愛想ですけれど、医師としての腕は確かですし、消毒が済んだのでしたら、もう痛いことはありませんよ」

因幡は霜《しも》のように真っ白な眉毛の下で、幾度かまばたきをしたようだった。

「そうなのか。突っ込みどころはいろいろあるが、そこまで言うならもう怖がるのはやめるぞ。ところで可愛い娘っ子よ、わしが絆創膏《ばんそうこう》を貼ってもらう間、手を握っていてもらってもよいかのぅ……」

「もちろん、いいですよ」

梨花は優しく微笑み、手術台に投げ出された小さな手を両手で包み込んだ。

因幡がおとなしくなったのを見計らったように、青依はこぶができたあたりにガーゼを置き、慣れた手つきで医療用のテープを貼る。

「処置は済んだぞ」

「今のでおしまいか。早かったのう」

さっそくのそのそと起き上がった因幡に、梨花は聞いた。

「因幡さん、大丈夫ですか？」

「うむ。押すと痛いがの、押さなければ大丈夫じゃ」

「よかった。それにしても、どうしてこぶができてしまったのですか？」

押すと痛いと自分で言っていたのに、前脚でこぶを押しながら、因幡は答えた。

「おお、いてて。赤城《あかぎ》神社《じんじゃ》にさくらんぼみたいな赤い実がなっていてのう。木によじ登ってつまみ食いをしていたら、うっかり足を踏み外して、このザマじゃ」

赤城神社とは、日枝《ひえ》神社や神田明神と並び、『江戸の三社』に数えられる神社だ。祭事の折には様々な屋台が軒をつらね、大変な賑わいをみせる。

氏子でもある、世界的に有名な建築家が設計したガラス張りの社殿や、境内《けいだい》に併設されたカフェは、美術館のようにモダンな佇まいである。狛犬《こまいぬ》がスフィンクスにも似た『加賀《かが》白山犬《しらやま》』であるのも赤城神社の特色のひとつだ。

「だめですよ、泥棒は……」

「梨花、もう相手にしなくていい。さっさと診察代をせしめて追い出そう」

「はて？　診察代？」

お金の話をされたとたん、因幡はすっとぼけたような顔をした。

「わし、お金も、お金になりそうなものも持っておらんの」

言われてみれば、確かに白うさぎの因幡は身ひとつだ。

「なんだと？　金もないくせにここへ来たのか。太い奴だな」

青依は眉間《みけん》に皺《しわ》を刻んだものの、「まあいいだろう」と言った。

「都会で暮らすあやかしは、人のもとで働くか、誰かの家に身を寄せるかしなければ生きていけないはずだ。お前にも人間の知り合いのひとりやふたりいるだろう。懇意にしている人間の連絡先を書け。あとでその人間に請求書を送る」

「イケメンでイケボのくせに、ずいぶんとケチじゃな」

「ふん。俺は慈善事業をしているわけじゃないからな」

青依はにべもなく返してから、メモ帳の切れ端とボールペンを因幡の前に置いた。

因幡は唇をとがらせながらペンをとり、懇意にしているらしい人間の住所と氏名、電話番号を、汚い字で書きつけていった。

「東京都武蔵野市吉祥寺南町《きちじょうじ》……。ああ、『千早《ちはや》あやかし派遣会社』の社長か。この男のことは噂に聞いたことがある。貧しくて食えないあやかしたちに仕事を紹介してやっているとかいう変わり者の金持ちだな。……ふっ、もしも架空の人物の情報でも書こうものなら、お前の皮を剝いで毛皮にしてやっていたところだが、命拾いしたな」

青依は、医者にふさわしくない物騒なことを言いながらメモを白衣の胸ポケットにしまうと、もう用は済んだとばかりに両手で因幡を抱き上げた。

「で、お前の家はどこだ」

「井《い》の頭《かしら》公園じゃ。吉祥寺だから神楽坂からは東西線《とうざいせん》で一本じゃが、三十分かかるの」

因幡は電車でここまで来たらしい。

暁、黄昏を問わず、すべてのあやかしは、本来、誰の目にも見えるものだ。

人の姿に変化《へんげ》できる黄昏のあやかしはなに食わぬ顔をして人間社会に溶け込んでいるが、人型をとれない暁のあやかしは、通常は人目を避けて行動する。

世の中の多くの人は、妖怪の存在を信じていない。信じていないがゆえに、たとえ妖怪の姿がはっきりと視界に入ったとしても、目の錯覚として処理するのだ。だから普通の人の頭の中では、妖怪はもはや存在しないことになっている。

だが多くの目撃者がいれば、自分ひとりの幻覚という思い込みでは済まされなくなる。未確認生物の出現によって街は大騒ぎになるだろう。のみならず、マッドサイエンティストや無慈悲な霊能力者に見つかれば、最悪、解剖されたり退治されたりする危険性もある。なにしろあやかしには人権がない。ところが暁のあやかしの中にも、ときどき因幡のように白昼から公共の交通機関を利用するような強者《つわもの》がいた。ぬいぐるみや人工知能が搭載されたロボットのふりをして、堂々と街を闊歩《かっぽ》しているのだ。

おおかた因幡も、電車に乗っている三十分間は子供に置き去りにされたぬいぐるみにでもなりすまして、電車の隅に転がっていたのだろう。

「もう終電もないぞ。診察代に交通費を上乗せしておくから、朧車《おぼろぐるま》で帰るといい」

「わしが払うわけじゃないから別にいいんじゃが、ほんとに銭ゲバな医者じゃのう」

不服そうな因幡の言葉を無視して、青依は因幡をかかえたまま玄関へと向かう。

彼に運ばれながら、因幡がもさもさの眉毛を動かした。

「……？　おぬし、妙なところで優しいのな。わしは老いぼれじゃが、ひとりでも歩けるぞ」

すると青依は鼻先で冷たくせせら笑った。

「とんだお花畑思考だな。俺は一刻も早くお前を追い出したいだけだ。歩幅の小さいお前をよぼよぼと歩かせるよりも、こうしてやった方が手っとり早いだろう？」

「ムッ。よぼよぼとは何事じゃ。わしは歳のわりにはすばしっこいぞ！　とくに逃げ足には自信があるんじゃ！」

梨花は見送りをするために、言い争いを繰り広げているふたりのあとに続いた。

青依が玄関扉を開けたとき、月明かりが煌々《こうこう》と照らす門の前に、ちょうど『源氏物語絵巻』に描かれているような牛車《ぎっしゃ》がとまったところだった。

しかし牛の姿はなく、巨大でおそろしげな形相の顔が簾《すだれ》に貼りついているだけだ。

百鬼あやかし診療所には、歩行も困難な弱ったあやかしが訪れることも少なくない。そんな患者たちでも安心して帰宅の途につけるように、タクシーの機能を果たすあやかしを雇っていた。

ちなみに救急車要員として、火車《かしゃ》とも契約している。火車というのは、車輪が常に幻の焔《ほのお》に包まれて燃えているという点を除けば、見た目はごく普通の人力車だ。それを脚力が強いパワー系の鬼や、時速約百キロのスピードで走ることができるジェットババアといった妖怪が引いて走るのだ。

火車は生前に悪事を働いた者の亡きがらを運ぶといわれる縁起の悪い乗り物だが、それはあくまでも昔の人が書いた文献上の話であって、実際のところはなんでも運ぶらしい。

因幡が二足歩行で朧車のほうにすたすた歩いてゆくと、簾に浮かび上がった大きな顔がぎょろりとその姿を見おろした。

「……お客さん、どちらまで？」

「井の頭公園じゃ」

あやかし慣れしていない人間が見たら腰を抜かすような怖い見た目の朧車だが、腐っても同じあやかし、白うさぎの因幡は平然と受け答えすると、まるで臆する様子もなく牛車に乗り込んだ。

な情報を挙げると、すぅっと動きだし、やがて暗闇に溶けるように姿を消した。

井の頭公園にはほかにも桜や池や動物園など見所があるだろうに、朧車は妙にマイナー
「井の頭公園……イナゴの缶詰の自販機がある公園ですね。かしこまりました……」

道を通っていくのだ。

朧車が公道を走ると目立って大騒ぎになってしまうので、患者を送迎する際には隠世《かくりよ》の
「因幡さん、お大事に」

因幡を乗せた朧車を青依とともに玄関先で見送った梨花は、手を振った。

「……いつまでそうしている。子供はもう寝る時間だぞ」

振っていた手のひらを横から掴《つか》まれて、梨花は強引に家の中に引き戻された。

玄関扉に鍵をかける彼の横で、梨花は非難がましく言う。

「青依。ケガや病気でここに来る患者さんたちは、みんな心まで弱っているんだよ」

「だから？」

「だから、もっと優しくしてあげて。因幡さん、かわいそうに。あなたが変なことを言う
から、ずっとぷるぷるしてた」

「変なこととは」

「わたしのこと、獲物とか言ったでしょ！」

はあ、と彼は面倒くさそうにため息をついた。

「別に間違ったことは言っていないだろう。それとも、俺専用の可愛い愛玩人間とでも言えばよかったのか」

「わたしはあなたのおもちゃでもない！」

青依は、ああいえばこういう。

「わがままだな。それならほかにお前をどう表現しろというんだ」

「従妹《いとこ》とか妹とか、それらしい設定を作ればいいじゃない」

「転生した巫女《みこ》が妹だなどと、考えただけで吐き気がする」

巫女、という単語にぴくりと眉を動かした梨花は、すかさず反論した。

「巫女姫様のことは、身に覚えがないって何度も言っているでしょう」

「お前が憶えていようがいまいが、お前が俺の憎むべき女の生まれ変わりであることに変わりはない。俺を千二百年以上の長きに渡って封じた、忌々しい巫女」

青依は梨花の顔に視線を向けたが、その暗いまなざしは梨花を透かして、その前世だったという〝巫女姫〟の姿を見ているようだった。

一心にこちらの姿を映す異質な黄金の瞳。吸い込まれそうになるその双眸を見つめていると、彼はやはり人間ではないのだと再認識させられる。

青依の本性は真っ白な妖狐《ようこ》だという。ただし、人の姿でいる方が便利だと言って、梨花に本当の姿を見せてくれたことは一度もなかった。

「わたしはもふもふが大好きだから、一度でいいから狐に戻ってみせてくれないかな？」と素直に頼んだこともあったが、もふもふ扱いしたことでよけいに彼の心をかたくなにしてしまった。「断る」と一蹴されて、もうそれきりだ。

あまりにも本当の姿を見せてくれないので、梨花は青依の正体が実は変な生き物なのではないかと疑ったこともあった。しかし、黒い前髪のかかる額や眦《まなじり》に、狐面に施された化粧のように紅《あか》い模様があるところを見ると、やはり狐なのかと納得した。

一見、二十四、五歳に見える青依だが、実年齢は千三百歳を超えるという。

百歳くらいのときになにか悪さをして希代の巫女に封じられ、つい五年前に封印にほころびが生じるまで、ずっと隠世で眠り続けていたそうだ。

しかし多くの人がそうであるように、梨花には前世の記憶など欠片《かけら》もない。

たとえ前世の自分が彼に本当にひどいことをしたのだとしても、それは今生きている自分がしでかしたことではないのだ。

前世のことを持ち出されてねちねちとなじられるのは今にはじまったことではなかったが、今夜の梨花は虫のいどころが悪かった。青依におどかされてぷるぷるしていた因幡を気の毒に思う気持ちが、青依に対する憤りへと変わっていたのだ。

「そんなにわたしが憎いなら、仕返ししてみたらどう？　それとも本当は、あなたをやっつけた巫女の生まれ変わりであるわたしが怖いの？」

せいいっぱい挑発してみると、頭ひとつぶん高い位置で、彼が鼻で笑った。

「確かにお前には生まれながらにして巫力《ふりょく》が備わっているようだが、その力はいまだに目覚める気配がない。無力なくせに、そんな憎まれ口を叩いていいのか。俺はその気になれば、今すぐにでもお前の息の根をとめることもできるんだぞ」

彼の手が近づいてきて、梨花の頬を不気味なほど優しく包み込む。長い指先がなだらかな輪郭をたどるように、ゆっくりと滑り下ろされていく。

やがて絹のような黒髪をかいくぐり、両手が首にかけられた。本性が獣であるために、常人よりも体温の高い親指の先が、もったいぶるように白い喉をなぞる。

絞殺、という言葉が浮かんで梨花はびくりと肩を震わせたが、彼が首に回した手に力を込めることはなかった。なにかに気づいたように眉を寄せ、梨花のうなじを幾度か撫でる。

「ここ、どうしたんだ？」

「……え？」

「首の後ろ。ここだ。わずかだが腫れている。痛みや痒《かゆ》みはないか」

梨花はつかのま考えてから、口にした。

「そういえばさっき、わたしの部屋に蚊がいたような……。刺されたのかも」

それまで忘れていたというのに、思い出したとたんにむずむずしてきた。

無意識にそこに触れようと持ち上げた手を、素早く彼に制される。

「掻くな。お前の皮膚は薄いから爪で傷つけかねない。薬を塗ってやる」

手首を摑まれて、梨花は先程まで因幡がいた診察室まで引っ張られていった。

青依は梨花をクッションが敷かれた椅子に座らせると、奥の薬房から薬が入った容器を携えてきた。蛤《はまぐり》だと思われる二枚貝の貝殻だが、貝紅のように、その中には彼の手製の塗り薬が入っているのだ。

「蒺藜子《しつりし》の茎と葉を用いた軟膏《なんこう》だ。痒み止めの効果がある」

「蒺藜子……秋のはじめに、黄色いお花を咲かせる薬草？」

梨花の問いに、青依は感心したようだった。

「よく勉強しているな」

「だって診療所のお手伝いをする上で、薬草の知識は必要でしょう」

「手伝ってくれと頼んだ覚えはないが、お前はなぜ診療所を手伝いたいんだ」

「だって、青依がアルバイトは禁止だって言うから、ここでしか働けなくて」

「別に働く必要はないだろう。学費も携帯代も医療費も俺が払っているし、小遣いも与えているし、ほかに必要なものはそのつどなんでも買ってやっているじゃないか」

「そういうのは窮屈で嫌なの。わたしはもう大学生なんだよ。友達みたいにバイトしてお金を稼ぎたい。でもそれができないから、せめて家事や家業は手伝いたいの。どんなに働いた月でもお小遣いが三千円なのはわかっているけど、わたしは働く経験をしたいの」

真面目に主張したのに、彼は小ばかにしたような薄ら笑いを浮かべるだけだ。

「梨花。お前は働かなくていいんだ。家事は好きにすればいいが、外の世界など知る必要はない。お前が望むから女子大には入れてやったが、卒業後はずっとお前をここに閉じ込めて、愛《め》でてやるつもりだ。どうせ時期が来ればお前は俺に命を散らされる。就職するだけ無駄だ」

「青依……そういうこと、外では言わないほうがいいよ。警察に捕まるよ……」

ドン引きしてしまった梨花の言葉は、彼の耳には届いていないようだった。

「おい、髪が邪魔だ。まとめて右肩に寄せろ」

青依は横柄な態度で梨花に命令しながら、手にした貝殻から少量の軟膏を人さし指で掬《すく》いとる。梨花はなにも考えずに彼の指示に従い、鎖骨のあたりまで伸びた髪を右側に寄せてしまってから、ハッと気がついて慌ててとめた。

「薬なら自分で塗るよ」

「患者のくせに生意気な口を利くな。お前は俺のなすがままになっていればいい」

梨花は青依のこういうところにはもう慣れたつもりでいたが、思わずあっけにとられた。

その隙を衝《つ》いたように青依が身を屈め、梨花のうなじに触れる。

滑《なめ》らかな指先で冷たい軟膏が塗りつけられる感触に、かあ、と頬が熱くなった。

その顔の火照《ほて》りは、少女漫画的な恋のときめきによるものではない。

二年も前から家族のように一緒に暮らしてきたのに加えて、人間ではない上にジャイアンのように横暴な青依を異性として意識したことはなかったが、この歳になっても子供のように世話を焼かれるのが恥ずかしかったのである。

そして、梨花は彼の発言と行動がまるで矛盾していることに、いつも困惑させられた。

お前が憎い、殺してやると言いながら、それとは真逆のことをする。

優しいのを通りこして、過保護だとも言えた。そんなことを悶々《もんもん》と考えているうちに薬の塗布《とふ》が終わったのか、彼の手が離れていった。

「土曜日は大学も休みだろう。今日は早起きせず、ゆっくり眠るといい」

自分を憎んでいるあやかしとは思えない言葉に、梨花は首を横に振った。

「ううん。なんだか目が冴えちゃったから、このまま起きることにする。空も明るくなってきたし。青依こそ、夜通し患者さんを診ていたのだから、休んだほうがいいよ。朝食ができたら起こしてあげるね」

百鬼あやかし診療所は、基本的に土日と祝日は休みだが、急病人が来れば彼は患者を診る。だから、短時間でも休息をとっておいたほうがいいだろう。

「俺は、あやかし派遣会社の社長に因幡の診察代の請求書を送ったら寝る」

青依はお金に関してたいへんしっかりしている。悪く言えばドケチだ。

「わかった。じゃあ、わたしは部屋に戻るね」

梨花が診察室を出ようとしたとき、背後から声をかけられた。

「そうだ。お前、寝間着《ねまき》姿で患者の前に姿を現さないように。次にやったら減点だ」

「寝間着って、あれは浴衣でしょう。浴衣を着て花火大会に行くのはいいのに、浴衣姿で患者さんの前に出るのはいけないの？」

「帯の結び目の位置からして全然違うだろう。頭の悪い口応えをしたので減点一〇〇だ」

「減点一〇〇!?　そんなのひどい！」

減点とは、その月のお小遣いからその点数分が差し引かれることを指す。

逆によいおこないをすれば加点され、お小遣いが増額される。

これは、青依が決めたルールだ。

百鬼家において、青依の立場は梨花よりも圧倒的に強い。

アルバイトを禁止され、彼がくれるお小遣いに頼るしかない梨花は口をつぐむと、悔しそうな顔を隠そうともせずに自室へと戻った。

＊＊＊

梨花が今のような暮らしをしているのには、事情がある。

梨花は小学校に上がるまで、ケガの絶えない子供だった。

それも、不可解な事故によるケガばかり。公園のブランコに乗ろうとしたら、突然鎖が外れて膝小僧を擦りむく。なんの前触れもなく幼稚園の窓ガラスが割れ、八針も縫う切り傷ができる。街では風もないのに看板が落ちてきて、足の指の骨を折る。かぶりつこうとした菓子パンから、針が出てきて口を切る……。

数え上げればきりがないが、ともかく尋常ではないことが立て続けに起こる。

それが単なる偶然や不運ではなかったことを家族が確信したのは、梨花が小学校への入学を翌月に控えた春のことだ。

その日、梨花は両親と母方の祖父母の五人で、東京郊外の山へ早咲きの桜を見に出かけた。

彼女の身に災難が降りかかったのは、山に足を踏み入れてからすぐのことだ。

梨花は枝葉の陰に身を潜めていた蛇に襲われて、生死の境をさまようほどの傷を負った。

幼かったせいか、それとも心を守ろうとする防衛本能が働いたのか、梨花にはそのときの記憶がほとんどない。だが背中には今もケガの痕跡が残っており、それが現実の出来事であったのだということを彼女に教えていた。右の肩甲骨《けんこうこつ》のあたりから腰の左側にかけての皮膚に、自分でも胸が悪くなるような醜い傷痕がある。紅く、わずかに隆起した細長い傷痕はそれ自体が不気味な蛇のようにも見えた。

あのとき、梨花以外の家族の誰もが、山道で彼女を襲ったものの姿を見ていた。

祖父と両親はそれを「大きな蛇」だと言ったが、祖母は「あれは手《て》負《おい》蛇《へび》だ」と口にしたという。

手負蛇とは大きな黒い蛇の姿をした、あやかしの一種だ。

両親はそういった非科学的なことに懐疑的であったが、その後、祖母が梨花にお守りを渡して、肌身離さず身につけさせることには反対しなかった。

もともと梨花が異常にケガの多い子供だったのが、両親には気がかりだったのだろう。現実主義者であっても、自分たちの努力だけでは解決しない問題に直面したとき、人は神仏の存在を思い出す。一人娘にこれ以上の災いがないようにと願う親心から、すがるような思いで祖母のお守りに希望を託したのかもしれない。

そして実際に、梨花がお守りを持ち歩くようになってから、不可解な事故でケガをすることはぴたりとなくなった。それは皮肉にも、梨花のケガがあやかしの手によるものだと証明されたということにもなるのだが。

けれど、凶悪なあやかしたちが梨花の存在を感知できなくなると、今度は、それまで強いあやかしたちをおそれて梨花に近寄れずにいた、無害なあやかしたちまで彼女の周囲に集まってくるようになった。

誰かと一緒にいるときは姿を見せないが、梨花がひとりきりになると現れるのだ。

塾の帰り、暗い夜道で迷子の人面犬に道を尋ねられたこともあったし、突然の雨が降りだしたときにどこからともなく唐傘お化けが現れて、傘になってくれたこともあった。

無害なあやかしたちの多くは、きょろきょろと不安げに周囲を見回しながら自分に近づいてくる。気が弱そうなあやかしたちの様子を見て、梨花は彼らと会ったことは、きっと自分だけの胸にしまっておいた方がよいのだろうと察した。

そんな梨花だったが、塾や友達と遊ぶ予定がない日の放課後は、よく祖父が院長をつとめる動物病院に遊びにいった。

ケガや病気で弱った犬や猫、うさぎにハムスター、小鳥、亀……などが元気になって動物病院をあとにする姿を見送るたびに、幸せな気持ちになるのだ。そしてそんな風に自分に元気をくれる動物たちが、とても愛おしかった。

動物好きの祖父は、町でケガをした野良猫などを見つけては傷の手当てをして、里親を探す保護猫活動にも熱心だった。そんな祖父の精神を尊敬していた梨花もまた、弱っている動物と出くわすたびに祖父のもとへ連れていって、悪いところを診てもらっていた。

だが、梨花が拾ってくる動物は一風変わった姿をしたものばかり。

尻尾が二本ある子猫に、頭に皿のようなものがついた全身緑の両生類（爬虫《はちゅう》類かもしれない）、都内ではあまり見かけない豆狸、しゃもじに手足がついたようにしか見えない生き物……等々。当時は単純に、珍しい外来生物かなにかだと思っていた。

あやかしは幽霊と違って本当は誰の目にも見え、触れることができるものだが、個体数が多いわけではない上に、見るからに普通の生き物ではない暁のあやかしは、その姿を現す人を選ぶ。そのため、あちこちで見つかるものではない。

だから生涯、あやかしに一度も出会うことがない人間のほうが圧倒的に多いのだ。しかし、梨花のようにまれに、あやかしに寄りつかれやすい体質の人間もいる。あやかしたちは子供の頃から当たり前のように彼女の生活圏に存在していたから、梨花は犬や猫のように、そういう動物たちが街には溢れているものだとばかり思っていた。

そんな生活を送っていた梨花は、小学六年生の終わりに、不慮の事故で両親を失ってしまう。

それをきっかけに、梨花は動物病院を営む祖父のもとに身を寄せることとなった。

数年前に祖母に先立たれてからというもの、寂しく暮らしていた祖父は、梨花を快く家に迎え入れてくれた。

梨花のことをいつも『りぃちゃん』という愛称で呼んでいた祖父は、ときおり、両親のことを思っては突然泣きだす梨花を辛抱強くなだめ、頭を撫でてくれた。

祖父はすでに七十を過ぎていたが、獣医師としてはまだ現役。動物病院の待合室はいつもペットを抱いた人たちで溢れていた。

梨花はその頃になっても、ケガや空腹で倒れているあやかしを外で発見すると、優しく抱いて家に連れて帰る習慣が抜けきらずにいた。

獣医学の専門家ではあってもあやかしの傷を癒やす方法までは知らなかった祖父は、早々に匙《さじ》を投げて、懇意にしていたあやかし専門の若い医師に彼らを託していたのだと、のちに梨花に告白した。

青依が神楽坂であやかし診療所をはじめたのはつい数年前のことだが、東京郊外にも、代々あやかしを診る診療所があるのだそうだ。都内にはあやかしに仕事を斡旋《あっせん》する派遣会社まであるというくらいだから、もしかしたらあやかしを診る診療所は、ほかにもあるのかもしれない。

梨花が祖父の役に立てることはあまりなかったが、五年前、中学一年生だったある雨の日、道端で衰弱していた白いもふもふ――おそらくは子犬のあやかし――の面倒を、つきっきりで見たことがある。

　ふかふかの尾が何本もついた、妙な子犬だった。

　外傷や病気はなかった。妖力が極端に弱っているだけなので、充分な睡眠と栄養を与えてしばらく安静にさせていれば元気になるだろうと、祖父が懇意にしていたあやかし専門の医師は言った。その医師の病院に子犬を入院させるという選択肢もあったが、梨花は自分で子犬の面倒を見ることを買って出た。両親の死後、突然襲ってくる不安と悲しみに、胸が潰れそうになる夜が幾度もあった。梨花は、そんなときにふわふわした小さなぬくもりを抱いて眠れば、安心して夜をやり過ごせると思ったのだ。

　梨花の気持ちを誰よりも理解してくれていた祖父は、彼女の願いを聞き届けた。

　穏やかな祖父と、三角の耳が可愛い子犬のようなあやかしと過ごす日々は安らぎと優しさに満ち溢れていた。

　けれど、幸せな時間はそう長くは続かなかった。

　元気になったふわふわの子犬はある晩、忽然《こつぜん》と梨花の前から姿を消してしまったのだ。

　それから三年後の冬の終わりに、祖父が肺炎で倒れて他界した。

　高校一年生になっていた梨花は悲しみに暮れる間もなく、叔母の家へと引きとられることになった。

　それからというもの、梨花の生活は一変した。

叔母の家には十以上も歳の離れた引きこもりの従兄《いとこ》と、梨花と同い年の従妹がいる。椿家の婿養子である叔父は単身赴任でいつも不在にしていた。

梨花は世話になる代わりに両親の遺産をすべて叔母に渡したが、食事の内容は従兄妹《いとこ》たちと梨花とで差別化され、梨花は常に空腹だった。

つらかったのはそれだけではなかった。

従兄が叔母の目を盗んで、真夜中に梨花の部屋に忍びこんできたことがあった。梨花が悲鳴を上げるとすぐに叔母が駆けつけてきたが、叔母が庇ったのは息子の方だった。

梨花が色目を使ったのだろうとののしって、彼女を何度も殴った。

従妹は梨花に暴力を振るうことはなかったが、よく梨花の私物を隠した。

教科書、洋服、財布、友人からもらった大切な贈り物、それから通っていたカトリック系の女子校の礼拝の際には絶対に忘れてはならなかった、聖書にロザリオ。多くのものは替えが利き、なくなっても教師や友人を頼ることで対処できたが、どうにもならないものがひとつだけあった。

祖母がくれたお守りである。

赤い絹の袋の中には親指の爪ほどの大きさの、小粒の翡翠《ひすい》の勾玉《まがたま》が入っている。

それは悪いあやかしたちから梨花の存在を隠すための呪具でもあった。あやかしには無害なあやかしと、人に害をなすあやかしがいる。前者は人間に対して友好的だが、後者は攻撃的で、時に、清らかで霊力の強い娘を発見すると、かどわかし、危害を加えるのだと、祖母はかつて真面目な顔で梨花に語って聞かせた。

高校二年生への進級を目前に控えたある日、熱を出して寝込んでいた梨花のもとを従妹が訪れた。むろん、看病をしにやってきたわけではない。従妹は嫌な笑みを浮かべて梨花に近づくと、首から提げたお守りを奪い取ったのである。相手が同じ少女でも、衰弱していた梨花の抵抗はまるで意味をなさず、従妹はお守りを持ち去ってしまった。

しばらくして彼女が戻ってきたとき、もうその手には赤い絹のお守り袋も、翡翠の勾玉もなかった。お守りをどうしたのかと病床の梨花が聞くと、従妹は返事の代わりにスマートフォンの画面を眼前に突きつけてきた。そこに映し出されていたのは、翡翠の勾玉入りのお守り袋が近くの川に投げ捨てられる瞬間の動画だった。

花散らしの雨が激しく降る日だったので、川は氾濫《はんらん》しており、絹の赤色は瞬く間に濁流に呑み込まれて見えなくなった。

その動画を目にしたときにせり上がってきた悪寒は、今でも忘れられない。

従兄に襲われかけたときよりも、叔母に殴打されたときよりも、従妹に大切なものを奪われたときよりも、もっともっとずっとおそろしいことが間もなく自分の身に起こるのであろうことを直感し、梨花は歯の根が合わなくなるほど激しく震えだした。

嘲笑していた従妹の声が突然ふっと消え、電気を消したように視界が真っ暗になる。

――見つけた。

——みつけた。

——見ツけタ。

およそ人の発するものとは思えない不気味な声が四方八方から降ってきて、全身が怖気《おぞけ》立った。なにかおぞましいものたちが徐々に近づいてくる。

頭をよぎったのは、体に消えない傷を残していった手負蛇のことだった。

殺される。今度こそ殺される！

冷たい汗がこめかみを伝ったのと同時に、バン！　と大きな音がした。

寝室の扉が勢いよく開かれたのだ。

悪夢から覚めたようにぱっと目を開けると、自分の部屋は何事もなかったかのように明るくて、静かだった。

ベッドの傍らに立っていた従妹が、驚いたような顔をして扉の方を見つめている。

体を起こす気力もなく、梨花が枕に頭をつけたままそちらに視線をやると、そこには顔に困惑の色を浮かべる叔母と、見知らぬ若い男がひとり立っていた。

歳は二十五歳前後だろうか。黒いスーツに黒いシャツ、白銀に近い灰色のネクタイを締めた青年は、長身痩軀で、おそろしいほど整った顔立ちをしていた。

漆黒の髪は雨に濡れて艶を帯び、血の気のない頬は透石膏《とうせっこう》のように青白く、長い睫毛《まつげ》に縁《ふち》取られた瞳は、一度見たら忘れられないような鮮烈な黄金。

梨花と目が合うと男は嬉しそうに微笑み、開口一番、こう言った。

「……見つけた」

よく通る低音の声を聞いたとたん、ドクン、と心臓が重く脈打った。

本能が、この男は危険な者、手負蛇と同類の存在であることを告げていた。

とっさに寝台から起き上がったはずみで、梨花は強烈な目眩《めまい》に襲われた。

ベッドから落ちそうになった梨花の体を危なげなく抱きとめたのは、妖麗な見た目にはそぐわないほどたくましい男の腕だった。

「椿梨花さんだね」

震える梨花の体をしっかりと胸に抱き込んでから、男は彼女の耳元で囁いた。

「私の名前は百鬼青依。君の遠い親戚の友人だ。そして今日から君の後見人になる」

「後見人……？」

遠い親戚の友人……。

それは完全に、他人ではないか。それがいったいなんの義理があって、自分の後見人になるのか。

高熱のためにぼんやりしていても、それくらいは気にする思考力は残っていた。

「どうして……？」

「どうしてもだ。もう君の叔母さんとも話はついている」

梨花は茫然《ぼうぜん》とした。展開の早さについていけない。

「残念だが、もう決まったことなんだよ。君には今日からうちで暮らしてもらう」

彼は言うが早いか、断りもなく梨花をひょいと横抱きにした。

従妹のほうは、梨花と同様になにも聞かされていなかったらしい。あっけにとられる彼女を尻目に、男は梨花を抱きかかえたまま、扉のほうに向かって歩きだした。

叔母とすれ違いざまに、彼は如才なく叔母に笑いかけた。

「お手数をおかけいたしますが、梨花さんの荷物は適当にまとめて、あとで私の住所まで着払いで送ってください。さしあたっては制服と教科書があれば充分です。服や日用品はこちらで新しいものを買って与えますから」

叔母はというと、梨花がそれまでに見たことがないくらい愛想よく彼に応じた。

「ええ、それくらいは手間でもなんでもありません。梨花はなんと申しますか、ちょっと陰気で扱いづらいところがある子供ですが、私にとっては可愛い姪《めい》。くれぐれも、どうぞよろしくお願いいたします」

「……叔母様！」

男に荷物のように運ばれながら、急に怖くなった梨花は声を振り絞った。

「行きたくない！　この人は誰⁉　わたしはどこへ連れていかれるの⁉」

助けを求めるように叫んだ梨花に返ってきたのは、情も憐憫《れんびん》もない叱責だった。

「大声を出すんじゃありません！　ご近所に聞かれたら妙な噂が立つでしょう！」

梨花のことよりも世間体を気にする叔母に、梨花はもうなにも言えなくなってしまった。

せめて得体の知れない男に落とされないように、彼の胸に力なくしがみつくのでせいいっぱいだった。

叔母宅の門前に停められていた自動車の助手席に乗せられて、一時間ほど走った頃。車はゆるやかに減速し、やがてとまった。

鈍色《にびいろ》の空の下、細い坂道にひっそりと佇んでいたのは、古い屋敷だった。単に家と表現するには大きすぎる和洋折衷の屋敷が、しとしとと降りしきる雨と舞い散る紅い桜吹雪の中で、空おそろしい、異様な雰囲気を纏ってそこにそびえていた。

車から出ると、先に降りていた彼がすぐに傘を差しかけてくれたので、梨花は濡れずに済んだ。けれど寒さではなく恐怖のために、震えがとまらなかった。

手入れの行き届いた春の庭を通り過ぎると、彼が玄関扉を開けた。

「入れ」と命じられるまま屋内に足を踏み入れれば、消毒液の匂いが鼻をついた。

続いて男が入ると、背後でゆっくりと扉が閉まる。ガチャリ、と重厚な金属音が響き、鍵がかけられたのを知る。

「善は急げだな。ほかの奴らに奪われる前にお前を手に入れられてよかったよ」

三人称がいつの間にか、〝君〟から〝お前〟に変わっていたが、梨花にはそれを気にする余裕はなかった。

「〝ほかの奴ら〟というのは、なんのこと？」

「わかるだろう。お前を欲しがっている、たちの悪いあやかしどものことだよ」

ネクタイを緩めながら、彼はさらりと言った。

〝あやかし〟だなんて、日常生活でそう聞く言葉ではない。

背が高い彼の横顔を反射的に見上げると、ふっと彼は笑った。

「俺の口から超自然的な単語が出てくるのがそんなに意外かな。だが、お前も本当は気がついているんだろう。俺もまた〝たちの悪いあやかし〟のひとりだということに」

彼はシャツのボタンを二つ、三つ外してから、ようやく人心地ついたようにため息をついた。

（この人が〝たちの悪いあやかし〟？　とてもあやかしには見えない。でも……）

異質な輝きを放つ黄金の目が、彼が普通の人間ではないことを物語っている。

「……お守りをなくしたの。悪いあやかしから、わたしを隠してくれるお守り……」

雨が樋《とい》を伝う音を聞きながら、梨花はぼんやりと呟《つぶや》いた。

「お守り？　はあ、そんなものを身につけていたのか……。なくなってなによりだ。お蔭で俺はお前を見つけることができたのだから」

「そうね。でも、わたしを見つけたのは、あなただけじゃなかったわ」

梨花は彼の目を見た。

「あなたがわたしのところに来る直前に、たくさんの声を聞いた。『見つけた』って。亡くなった祖母が言っていたの。わたしを害そうとする悪いあやかしが、この世にはたくさんいるって。だから――」

「だから、なんだ……」

言い淀《よど》んでしまった梨花の言葉の先を、彼は大儀そうに促《うなが》す。

「……あまりわたしに近づかない方がいい。あなたまでケガをするかもしれない」

それは警告のつもりだったのだが、彼は、おかしそうに声を出して笑った。

「はは。お前、面白いことを言うな」

「本当なんだから！　もう記憶にはないけれど、わたしは小さい頃に悪いあやかしに殺されかけたことがある。今もそのときの傷が残っているんだから……」

「ほう。どんな傷だ？　見せてみろ」

「それは、……」

予想だにしなかったことを言われ、梨花は困惑した。

先ほどまで病床にあった自分が身に纏っているのは、夜着のワンピース一枚きりだ。背中の傷を見せるには、ほとんど裸にならなければならない。

「ああ、衣に隠された場所にあるわけか。……まあいい。別に無理にとは言わない」

梨花はほっとしたが、次の一言に、また凍りつく。

「どうせいずれお前の体を隅々まで食いちぎるんだ。その過程で傷痕も見られる」

「食いちぎる？　わたしを……？」

氷のように冷たくなった梨花の手を、彼の大きな手のひらがそっと包み込んだ。

火傷《やけど》しそうなほど熱い手だった。

足に力が入らなくなった梨花を、彼は手近にあった一室へと導いた。

畳敷きの和室に引きずり込まれたとたん、梨花はその場に押し倒される。

「お前の血の甘い匂いは特別だ。厄介なあやかしの理性を狂わせる。食べたい、味わいたい、柔らかな肉の一片、血の一滴、骨の髄《ずい》まで貪り尽くしたいと思わせる」

梨花は真上から自分の顔を見おろしてくる男の顔を、茫然と見つめた。

言動は異常だが、彼の理性が崩壊しているようには見えない。真夜中に襲いかかってきた従兄のように、ぎらついた目もしていない。

ただ、彼が自分を食いちぎりたいという話は、冗談には聞こえなかった。薄く微笑んだ口から、鋭く尖った犬歯が覗いている。あれは人間の歯ではない……。

「お前は先ほど、お前に近づけば、俺までケガをするかもしれないと言ったな」

梨花は黙って頷いた。

「それなら心配には及ばない。俺はただのあやかしとは違う。隠神といって、古《いにしえ》の神々に連なる系譜なんだよ。隠神の獲物に手を出すあやかしは、よほどの命知らずかばかだ」

「あなたをおそれて、わたしには近づけないということ？」

「そう。お前は賢い娘だな。だから俺はほかの何者にも邪魔されることなく、ここでゆっくりとお前を貪ることができる。あの憎たらしい巫女と同じ魂、同じ容貌《すがた》をした、美しいお前を」

「……巫女？　同じ魂……？　あなたはなにを言っているの？」

「お前は特別な巫女姫の生まれ変わりなんだよ。本当に、お前のなにもかもが巫女と同じだ。桜貝のように愛らしい爪の一枚一枚、黒髪の一本一本に至るまで、すべて」

ぞっとするほど優しい手つきで頬を撫でられる。それは、今これから彼の手にかかり、無残な死にかたをする者に対する慰撫《いぶ》のようでもあった。

熱があり、消耗しているせいで体が動かない。

まばたきをするのも億劫《おっくう》だ。

身を守ってくれる大切なお守りを従妹に取り上げられたあげく、あやかしよりももっと厄介なものに見つかってしまい、そして今まさに命を奪われようとしている。

（……自分が十六で死ぬなんて思わなかった）

力なく目を閉じると、眼裏《まなうら》に、天国の両親と祖父母の顔が浮かんだ。それから、祖父が健在の頃にしばらく一緒に暮らした、ふわふわの尻尾がたくさんついた子犬の姿が……。

「お前は、前《さき》の世《よ》で天津神にまつろわぬ俺を禍津神《まがつかみ》として封じた。……しかし千年の時を経て封印にほころびが生じ、俺は蘇った。俺の目的はお前に復讐することだ」

意識が朦朧《もうろう》とする中で、梨花は彼が言っていることの半分も理解できなかった。

だが自分の前世が巫女で、彼に恨まれるような仕打ちをしたということはわかった。

わかったのだが、彼はなぜすぐに復讐を実行に移さないのだろう。ただでさえ非力な自分は熱で衰弱しているのだから、殺すことなど虫を潰すよりたやすいはずだ。

目を閉じたまま考えていると、梨花の疑問を察したかのように彼は言った。

「だが、今殺してしまうのはつまらない。まだ硬い蕾《つぼみ》をもぎとるよりも、ほころぶ寸前の清廉な花を毟《むし》ってしまうほうがより無残で美しいだろう？　だから俺は、お前が艶《あで》やかに咲《さ》き初めるまでは大切に育ててやることにしたんだ」

梨花はしばし沈黙したあとで、薄く笑った。

「わたしなんか育てたって、あなたの期待どおりに、綺麗になるとは思えない」

梨花はじきに高校二年生になる。この先、自分の容姿が劇的に変わるとは考えられなかった。だから育てるだけ時間の無駄だと伝えると、彼は少し気を悪くしたようだった。

「お前、少しは怯えてみせろ。それとも冗談だと思っているのか？　お前には正常性バイアスがかかっているようだな。自分だけは悲惨な死にかたをしないと思っている」

首に片手をかけられた。やはり、獣のように熱い手だ。

いささか強く力を籠められただけで苦しくなって、梨花は顔に苦悶の色を滲《にじ》ませた。

「……わたし……」

「なんだ。命乞いか？　口にしてみろ」

首を絞めあげてくる手から力が抜かれると、梨花は真円《しんえん》の目をゆっくりと開けた。

熱と苦痛のために潤んだ瞳で彼を見つめ、懇願するように口にする。

「……わたし、もう疲れた。パパとママに会いたい。だから……」

死なせてほしい、という願いは、音になる前に、興ざめしたような彼の声に遮《さえぎ》られた。

「――やめた」

彼は興味を失ったように彼女から身を離すと、立ちあがった。

「お前が死を望むなら、なおさらまだ殺してやるわけにはいかない。お前の望みを叶えてやるのでは復讐にならないからだ。なぶり殺すのは、そうだな……、お前が人間としての幸せを知り、心から笑うようになってからにしよう。そのほうが、俺が愉《たの》しい」

冷ややかなまなざしで梨花を見おろして、彼は吐き捨てるかのようにそう告げる。

これが二年前――梨花と青依がはじめて出会った日の出来事だ。

＊＊＊

それから梨花は高校を卒業し、そのままエスカレーター式で附属の女子大に進学した。

この二年の間に新たにわかったことは、五年前、青依が長い眠りから覚めてからあやかし診療所を営んでいて、それなりに成功しているということ。そして彼がいかにも人を化かす狐らしく、人間を惑わし、操る妖術に長《た》けているということだ。巫女の生まれ変わりであることが関係しているのか、梨花が彼に懐柔されることはなかったが、叔母との交渉の際、彼がその力を遺憾なく発揮したのだということをあとになって知った。

叔母は梨花に、世間体のために、しかたがなく梨花を引きとったのだと話したことがあった。だから妖術にでもかけられなければ、叔母が得体の知れない男に梨花を引き渡すことはけっしてなかっただろう。しかし叔母よりも青依よりも梨花がおそろしかったのは、なぶり殺すという目的のためにわざわざ自分を引きとった男性との暮らしにすっかり慣れ、大学にも通わせてもらい、ちゃっかりお小遣いまでもらっている自分自身であった。

血のつながりがないどころか、『百鬼』と『椿』で姓すら異なるのに、今や梨花は家族のように彼に懐き、わがままを言えるようにまでなってしまったのだ。

（わたしってやっぱり、ばかなのかな……）

梨花は私室の姿見の前で、小さな桜花が一面に散らされた珊瑚《さんご》色の着物に、肩や裾にフリルがついたエプロンを着けながら、自分の単純さを思って小さく嘆息した。

大正時代の女給さんのような格好は、百鬼あやかし診療所の手伝いをするときの制服なのである。

患者としてやってくるあやかしの中には時代錯誤な者もいて、梨花が洋服を着ていると、「大和《やまと》撫子《なでしこ》たるもの、しとやかに和服を纏っていなければならない」とクレームをつけてくることがあるのだそうだ。

面倒ごとを嫌う青依は、「今は令和の時代ですから」と患者を説得するより、梨花を大正時代の娘風にしてしまったほうが早いと判断したようだ。

梨花を着付け教室に通わせ、家にいるときには和服を着るようにと命じた。

扶養《ふよう》されている以上、へたに青依の機嫌を損ねることはできないので、和服を着るようにと言われれば、それくらいのことには従うしかなかった。

日々のおこないによって数百円単位で増額、減額はあっても、梨花のお小遣いは月三千円と決められている。友人との交際費や交通費、ほかに必要なものがある際にはそのつど青依に用途を告げ、お小遣いをもらわなければならない。青依は基本的に梨花が望むものはなんでも買ってくれるが、アルバイト禁止の完全お小遣い制というのは、かえって神経をすり減らすものであった。

（大学を卒業して就職したら、今は青依から禁止されている運転免許をとるし、自分で稼いだお金で夜遊びだってしちゃうし、髪の毛だって染めるんだから！）

──卒業後はずっとここで俺だけに愛でられていればいい。どうせ時期が来ればお前は俺に命を散らされる。就職するだけ無駄だ。

ねっとりとした陰気な青依の言葉が頭に蘇ったが、そんなものは無視するのだ。

（卒業後はしっかり自立できるように、勉強も就職活動も、家の手伝いも頑張らないと）

梨花は気合いを入れるように両手でこぶしを作ってから、鼻息も荒く部屋をあとにした。

一階に下りた梨花は台所に置いてある籠を手にとり、勝手口から庭に出た。

百鬼家の裏庭はちょっとした畑になっている。ここで育てている植物のほとんどは薬草だが、トマトやナス、ピーマン、キュウリにイチゴといった、比較的栽培が簡単な野菜や果物も庭の片隅で栽培していた。

青依はどういうわけか植物をよく枯らすので、畑仕事は梨花の担当だ。

なにを育てるかも梨花が決め、勝手に家庭菜園をしている。

医食同源という言葉があるように、食事と医療は本来、同じもの。青依が生薬《しょうやく》を調合するならば、自分は料理をすることで診療所やあやかしに貢献したいと思っている。

昨夜は遅くに小雨が降ったせいか、淡い緑の葉が豊かに繁る地面はしっとりと濡れていた。これなら水遣りの必要はないだろう。

(青依は疲れているだろうし、今日の朝食のヨーグルトにはイチゴを入れよう)

梨花は栄養価について少し考えてから、今が収穫期のイチゴをせっせと摘みはじめた。

イチゴには、血液を養いながら体の熱を冷ます働きがある。また、風邪をひいたときには喉痛や発熱をやわらげる働きがあるので、寒暖の差が激しく、体調を崩しやすいこの時期に食べる果物としてはうってつけなのだ。

甘い香りに陶然としながらイチゴを籠に放りこんでいるうちに、梨花はふと気がついた。

イチゴの数が、明らかに昨日よりも減っている。

梨花は素早く裏庭全体を見渡した。

イチゴだけならばよいのだが、薬草園の一部にもわずかに荒らされた形跡がある。

「またた……」

イチゴが消えたのは今日がはじめてだが、このところ、薬草園からたびたび薬草が持ち去られるのである。裏門の鍵を破られた形跡はないが、柵の下の土が不自然に盛りあがっていることなどから、もぐらのしわざだろうと梨花は推測していた。

(泥棒は無事かしら。薬草でも、部位によっては毒になるものもあるのに)

たとえば竹似草《たけにぐさ》はおできに塗布する塗り薬としては有用だが、毒性が強く、誤って口にすれば中毒症状を引き起こす。

（盗まれた薬草に毒性はなかったかな……。あとで青依に聞いてみよう）

そんなことを思いつつしゃがみこんでいると、イチゴの群生が、ふっと翳《かげ》った。

「梨花」

いきなり名を呼ばれ、驚いて振り向くと、軍手を握りしめた青依がこちらを見おろしていた。彼はしばしば気配もなく真後ろに現れるから、心臓に悪いことこの上ない。

「びっくりした。てっきりお部屋で仮眠をとっているのかと。どうしたの？」

首をかしげたら、目の前にぬっと一組の軍手が差し出された。

「庭仕事をするときは軍手をしろといつも言っているだろう」

「え、いらないよ。イチゴを摘みにきただけだし……」

「だめだ。葉で指を切ったらどうする」

イチゴの柔らかい葉でケガをするほど、梨花はやわではなかった。けれど横暴で傲慢な彼のことである。ここで軍手を受け取らなければまた〝減点〟されるか、力ずくで嵌《は》められるかのどちらかなので、梨花はおとなしく軍手を受け取り、のろのろと両手に装着した。

「……過保護だ」

「過保護で結構」

聞こえないように小声で言ったつもりなのだが、青依はさすが本性が野生の狐だけあって、地獄耳だった。

「梨花。お前はもっと自分を大事にしなければだめだ」

「青依……。心配してくれているの？　ありが――」

「いいか？　お前を痛めつけてもよいのは俺だけだ。つまらない傷など作るな」

うっかりお礼を言いかけてしまった梨花だったが、そっとその言葉を呑みこんだ。

毎日平和に暮らしていると忘れそうになるが、彼は自分の父親でもなんでもない。

謎の同居人であるだけの赤の他人どころか、梨花を殺したがっている男なのだった。

親切な言葉をかけてもらえたと一瞬でも勘違いしてしまった自分が恥ずかしくて、梨花は沈黙した。

「返事は」

「はい」と梨花は適当に相槌《あいづち》を打ってから、話題を変えた。

「ねぇ、そんなことより見て。薬草が減っているの。掘り起こされたような跡もある」

梨花はイチゴの籠を持って立ち上がると、彼の白衣の袖を引いて、畑の荒らされている一画へと案内した。

何本か引き抜かれた形跡のある薬草の群生には、黄色い小花が咲いている。

「『狐の牡丹《ぼたん》』か」

青依は口にした。

「ねずみか猫のしわざか。……いや、それにしては様子が変だな。根もとからやけに綺麗に引き抜かれている。ある程度知能がある者のしわざかもしれないな」

「じゃあ、泥棒の正体は人間なの？　それともあやかし？」

「小さなあやかしといったところだろう」

小さなあやかしと聞いて、梨花はなんだかかわいそうな気持ちになった。

「お腹を空かせたあやかしが、薬物野菜と間違えて薬草を持っていってしまったのかな。今ごろお腹を壊していないといいけれど」

「盗人《ぬすっと》の腹の具合などどうでもいいし、狐の牡丹には腹を下す副作用はない」

「そう。ならよかった」

安堵《あんど》して笑みを零したら、じろりと彼に睨《にら》まれた。

「なにが楽しい？　うちには無償で他人にくれてやる薬草など一本たりともないんだぞ。なんとしても犯人を捕まえて、弁償させてやる」

梨花に高そうな着物や髪飾りをたくさん買うなど、妙なところにはお金を惜しまない青依だが、本質的には銭ゲバだ。

「青依ったら。ほかにいくらでも節約するところがあるでしょうに」

「ない。月三千円の小遣いだってしかたなくお前にくれてやっているんだ。俺が稼いだ金を俺がどう使おうが、俺の勝手だ。お前は口出しするな」

まるで昭和の放蕩《ほうとう》親父のような発言に、梨花がどこから突っ込んでよいのかわからなくなっていると、青依はイチゴの籠を奪い取り、勝手口に向かって歩き出した。

「ちょっと。籠くらい、自分で持てるよ！」

彼に追いつきながら梨花が言うと、すぐに言い返された。

「力仕事は男の役目だと千年も前から決まっている」

「あなたが思っているほど、女性は弱くないんだよ」

「弱いだろう?」

彼は梨花の少し前を歩いていたが、嘲笑《あざわら》っているのはなんとなく伝わってきた。

梨花はフェミニストでもないが、最近、ちょうど女子大の『女性学』という授業でジェンダー論を学んでいたところだったので、彼の発言にはカチンときた。

「でもその女性に封印されて、あなたは長い間眠りについていたんでしょ」

その一言がきいたのか、いきなり青依が足をとめたので、梨花は彼の背中に額をぶつけた。彼はゆっくりと振り向くと、よろめいた梨花の肩を摑んだ。

「愚かな梨花。お前は俺の機嫌を損ねてしまったようだ」

額が触れ合いそうになるくらい顔を近づけられて、低く囁かれた。

「な、なによ、だって本当のことでしょ!」

「減点二〇〇。ただし、今すぐに俺に謝罪すれば撤回してやる」

梨花は自分の矜持《きょうじ》と百円玉二枚を秤《はかり》にかけた結果、前者をとった。

「謝らない。今月は赤城神社で恋みくじを一回引くのを我慢するもの!」

梨花は強気な態度で青依を睨み返す。すると彼の眉間の皺がますます深くなった。

「恋みくじだと? お前まさか、想い人がいるのか。呪殺してやるから名前を言え」

そんな怖いことを言われたあとで好きな人の名前を言う者はいないだろうと内心で突っ込みを入れながら、梨花はごにょごにょと正直に告げた。

「あの……恋みくじのおまけについてくる、リボンがついた鈴を集めているだけ」

神楽坂の赤城神社の境内にある『鈴音恋みくじ』。このおみくじには、乙女心をくすぐる要素が満載だった。色も柄も様々な千代紙に包まれたおみくじをそっと開くと、恋にまつわる神様からのお言葉と一緒に、リボンが結ばれた小さな鈴が出てくる。

リボンや鈴の色は様々で、つい集めたくなってしまう。そんなおみくじなのだった。

「へぇ……」

青依は梨花の顔をじろじろと眺めてから、鼻先でせせら笑った。

「要するに、シールが目当てでビックリマンチョコを買う子供の心理と一緒か」

「わたし、もう十八だよ。ビックリマンチョコのシールなんて集めてないよ」

「ああ、立派な小娘だ。お前が恋をしたなどと一瞬でも疑った俺がばかだった」

「もういい。好きな人ができても、青依にだけは絶対に言わないことにする」

これ以上ばかにされるのが我慢ならず、梨花は彼の手からイチゴの籠を強引に奪い取ると、ひとりでずんずんと台所に戻った。

裏庭に残された青依は、肩を怒らせて歩く梨花の背中を面白そうに見送ってから、もう一度薬草園のほうを見た。

盗まれたのは、狐の牡丹。

「……存外、犯人はすぐに見つかるかもしれないな」

黄金の双眸が鋭利な光を帯びる。

葉がざわめき、春の嵐を告げるような風が、彼の黒髪をわずかに揺らした。


ふたりで向かいあって黙々と朝食を食べたあと、一息つく間もなく青依は診療所を開けた。毎年春になると、花粉にやられたあやかしたちがひっきりなしに百鬼あやかし診療所を訪れては、白い薬袋を大事そうにかかえて去っていく。

通常は休診日である土曜の今日を臨時開診にしたのは、花粉症で来所する大量の患者たちを、平日と休日で少しでも分散させるためだった。

午前九時に診療所を開け、正午にいったん休診。

お昼の休憩時間に、梨花と青依は飯田橋《いいだばし》の近くまで足を伸ばし、和食レストランで軽い昼食をとってから、再び診療所に戻り、午後二時に午後の診療を開始した。

受け付け終了時刻の午後五時になっても、くしゃみと鼻水にさいなまれるあやかしたちは入れ替わり立ち替わりやってきた。

青依と梨花はほとんどの時間を薬房で薬を調合するのに費やし、その作業中は忙しすぎて会話らしい会話もないほどだった。重症の者には青依が何種類もの薬を絶妙な配分で調合し、軽症の患者には梨花が淹れた甜茶《てんちゃ》を飲んでもらった。

いよいよ最後のひとり――ひどい花粉アレルギーのためマスクとゴーグルを装備した烏天狗《からすてんぐ》を見送った頃には、診療時間を一時間も過ぎた午後七時になっていた。

梨花が薬房を片付けていると、扉続きの診察室から深いため息が聞こえた。

「さすがに疲れた。まったく、あやかしたちは花粉に耐性がなさすぎる」

秤を棚に戻し、整理整頓をすっかり終えた梨花が診察室に様子を見に行くと、彼は肘掛椅子に体を預け、めずらしくぐったりしていた。

夜間診療の翌日に長時間勤務をこなしたのだから、疲弊するのも無理はない。

梨花は肘掛椅子のほうに歩み寄り、薄い瞼《まぶた》を閉じた彼の顔をしげしげと眺めた。

長い睫毛が青ざめた頬に薄墨《うすずみ》色の影を落としている。

(青依は黙っていればかっこいいのに、喋ると変だから彼女ができないんだわ)

気の毒な人だと思いながらその場を離れようとすると、いきなり手首を掴まれた。

「きゃあっ、なに⁉　び、びっくりさせないで！」

心臓をバクバクさせながら梨花が抗議すると、青依は陰湿な目をして言った。

「……今、俺をじっと見ていただろう。寝ていると思って、寝首を掻こうとしたのか？ふん、そう簡単にはいかないぞ」

「そんなことしないよ。あなたじゃないんだから……」

まだ疑り深そうな顔をしてこちらを見つめてくる彼の手をさりげなく振りほどき、梨花はにこりと微笑んだ。

「青依。今日の夕飯は鶏の唐揚げと麦とろごはんにしようと思うの。それに冷奴なんてどう？　薬膳では、鶏肉と山芋と大豆が疲労回復にいいって言われているでしょう」

百鬼家では、家事全般をするのは梨花の役目だった。

青依は家政婦を雇うつもりだったようだが、彼に養われ、学費まで出してもらっているのに、なにもしないというのは彼女の気が済まなかった。

それに掃除も洗濯も炊事も叔母の家にいた頃から日常的にこなしていたから、家事には自信があった。とりわけ料理の腕は青依も認めてくれていて、いつも残さずに食べてくれる。ピーマンを除いては。

「それはうまそうだが……」

青依はふらふらと立ち上がると、けだるげに白衣を脱ぎ捨てた。

「今日はお前もだいぶ疲れただろう。俺がコンビニでなにか適当に買ってきてやる」

「別に疲れていないけれど。でもコンビニのお弁当の気分なら、わたしが行くよ」

「だめだ。女の夜歩きなど言語道断だ。お前はいったいどんな教育を受けてきたんだ」

「まだ七時だよ……。それに、わたしに殺意を抱いているあなたとふたりきりでいる方が、よほど危険なんじゃないかな」

「はあ……。心外だ」

彼は失望したようにため息をついた。

「俺はお前をなぶり殺す日を決めているんだ。いつも殺気立っているわけじゃない」

「え、日程が決まっているの？　それは初耳だよ……」

「具体的には決まっていないが、お前がどこぞの男を愛し、相手からも愛され、結婚する前の晩になぶり殺すということは決めている」

「結婚する前の夜？　それはどうして？」

「俺はお前が幸せの絶頂にあるときに、絶望の底に叩き落としたいんだ」

わかりきっていることを言わせるなという風に青依は軽く首を振った。

「わたしが結婚するとは限らないじゃない。その場合はわたしを生かしておくの？」

梨花が聞いてみると、彼はあっさりと頷いた。

「ああ。その場合はお前がまた転生するのを待つ」

「青依って、気長なのか短気なのかよくわからないけど……そっか、待つんだ……」

彼の執念深さにあらためておののき、梨花は顔を引きつらせた。

「それで、お前はなにを食べたい？」

「えっとね……」

少し考えてから、梨花は言った。

「オムライス！」

「塩おにぎり！」

梨花の声に、青依のものとは明らかに異なる第三者の声が重なった。

「今の声は……？」

きょろきょろする梨花の横で青依が身を屈め、自分の足元からなにかをつまみあげた。

彼が背中の肉をつまんで持ち上げたもの——それはうさぎの張子《はりこ》であった。福島県の三《み》春《はる》張子というう伝統工芸品に玉うさぎというのがあるが、まさにそれだ。

大福餅に長い耳が生えたような形状の張子には、うさぎの目鼻と口があり、胴体には赤、青、緑の絵の具で花の彩色が施されている。

張子とは、木型や粘土にぺたぺたと和紙を張りつけて犬やうさぎの形に生成する郷土玩具である。通常は軽くて硬いのだが、青依につまみあげられた玉うさぎは普通ではないようで、背中の肉が柔らかな餅のように伸びていた。

「は、放してくだしゃい〜！」

人の言葉を喋りながら短い手足をじたばたさせていることからも、それが付喪神《つくもがみ》という古い道具に憑《つ》くあやかしの一種であることがうかがえた。

「なんだお前は。いかにも金がなさそうな貧相な顔をしているが、患者か？　悪いが今日の診察は終わったんだ。明日の日曜日は休診。月曜にまた出直して来い」

青依が無情にも玉うさぎを窓から放り出そうとしたので、梨花は慌ててとめた。

「待って、青依。話だけでも聞いてあげよう。もしかしたらすぐに治療が必要な病気かもしれないし、お腹も空かせているみたいだし……」

また減点一〇〇などと言われるかと梨花はびくびくしたが、玉うさぎをじっと観察していた青依は、意外にも、「しかたがないいな」と梨花の提案を受け入れた。

「……それで。今日はどうした？」

そっと手術台の上に下ろされた玉うさぎは、あるかなきかの短い前脚の片方を青依の前に差し出した。

「かぶれたのでしゅ……」

「なんだこのふざけたような短い前脚は。小さすぎて見えない！」

某ルーペのCMのように青依が癇癪《かんしゃく》を起こしたので、梨花は慌てて奥の薬房から虫めがねを持ってきた。青依は「ありがとう」と言ってそれを受け取ると、ちんまりとした前脚を真剣な顔で観察した。

「赤くなっているが……かぶれたというより、発疱《はっぽう》して水膿《みずうみ》ができている。いつからこうなった？　心あたりはあるか？　たとえば、珍しい動植物に触れたなど」

玉うさぎは耳をぴくりと動かしてから、すぐにきょとんとしたように首を傾げた。

「気がついたらこうなっていたでしゅ。心あたり？　……ないでしゅよ、そんなもの」

「……そうか。わかった。では、とりあえず松脂《まつやに》を基剤とした軟膏を塗って様子を見てみよう。松脂は排膿《はいのう》と止痛に効果がある」

青依が奥の間の薬房に行くと、玉うさぎは興味を示したようだった。手術台からぴょんと飛び下りて、彼のあとにくっついていく。

「梨花、お前もちょっと来い」

呼ばれて梨花も薬房に入ると、青依が自分の足元をちょろちょろする玉うさぎをわずらわしそうに見下ろしていた。

「落ち着きのないこいつを両手で持って、前脚を固定していてくれ。霊力で動きを封じることもできるが、こういうどうでもいいことで無駄に体力を消耗したくないんだ」

「……わかった」

梨花はそっとうさぎを両手で掬いあげた。

するとなんということか。玉うさぎは餅を通り越して、ぎゅうひのようにふにゃふにゃとした柔らかな感触だったのである。

（か、かわいい……！）

小動物好きの梨花がきゅんとしているのをよそに、青依はあくまでも淡々と小さな前脚を消毒し、軟膏を塗りつけ、手早く患部を包帯でぐるぐる巻きにした。

玉うさぎは好奇心旺盛な子供のように、傷の手当てをされている間も目を輝かせながら薬房を見回していた。

薬房には、正方形の小さなひきだしが四百以上もついた巨大な薬種棚が、壁に寄せて設置してある。中国最古の本草書と呼ばれる『神農本草経《しんのうほんぞうきょう》』に記された植物や、動物、鉱物由来の薬が三百五十七種はすべて網羅されているほか、西洋の薬草を乾燥させたものが数十種類保管されているらしい。〝らしい〟というのは、梨花はすべてのひきだしを開けてみたことがないからだ。毒性の強い薬が入ったひきだしには、常に厳重に鍵がかけられていた。

「すごいでしゅ。これだけ種類があれば、不老不死の薬や惚れ薬も調合できそうでしゅね！」

玉うさぎはまん丸の大きな目をきらきらさせて、興奮気味に言った。子供らしくて可愛い反応だなと梨花は微笑ましい気持ちになったが、青依はおとなげなかった。

「物語の読みすぎだな。不老不死の薬など存在しない。人もあやかしも寿命の長さが異なるだけで、いつかはみな平等に死ぬんだよ。惚れ薬などというものも存在しない。ああ、それとも惚れ薬とは媚薬《びやく》のことか？　それなら簡単に調合できるが」

「青依！　純真そうなあやかしに、媚……、変なことを吹き込まないで！」

「顔が赤くなっているぞ。お前はこの程度のことで動揺するんだな。さすが小娘」

梨花は一言も二言も余計な彼を睨みつけた。

ふたりが小競り合いを繰り広げる横で、玉うさぎはふと真剣な顔になった。真面目な表情をしていてもふざけているように見える顔だ。

梨花の手の中でおとなしくしていた玉うさぎは青依を見上げ、硬い声音で聞いた。

「お医者しゃま。この中に、どんな病《やまい》も治るお薬はないでしゅか？」

「そんな薬を作ることは不可能だ。……と言いたいところだが」

青依は薄く微笑んで、続けた。

「俺は天津神が降る以前より存在していた神の系譜だ。記紀《きき》では禍津神だのまつろわぬ神だのと記されているが、隠神ほど崇高な存在はない。この鬼神力と血肉をもってすれば、あるいはそのような薬を生み出すことも可能かもしれないな……」

「うげっ、なんだこの野郎は！　目が黄金だと思ったら、やっぱ隠神だったんか！」

ヒュッと風を切る音を立てて、玉うさぎが梨花の着物の袷《あわせ》に潜り込んだ。

でしゅでしゅ口調がいきなり変わったような気がしたが、幻聴だろうか。

隠神の中には、人の娘や人里で暮らすあやかしを殺すものもいるという話を思い出して、梨花は着物の上から玉うさぎを落ち着かせるようにぽんぽんと軽く叩いた。

「大丈夫、大丈夫。青依はあやかしのお医者様だよ。少しも怖くないよ。彼と二年も一緒に暮らしているわたしが保証するから、落ち着いて」

すると玉うさぎは梨花の襟《えり》からおそるおそるといった様子で耳だけを出した。

「確かに。隠神は可憐で美しい娘の血肉を好んで喰らうと聞いたことがあるでしゅ。二年もひとつ屋根の下で暮らしていて、こんなに可愛いお嬢しゃんがまだ骨になっていないということは、きっと変わり者の隠神なんでしゅね！」

玉うさぎの口調はやはり可愛らしく、先程の「うげっ」以下はやはり幻聴だったようだ。

「えとえと、話を戻すでしゅ」

「ああ。だがその前に梨花の着物から出ろ。図々しい奴だな」

玉うさぎが自主的に出てくる前に、青依は耳を摑んで梨花の着物からうさぎを引っ張り出した。うさぎの耳をつかんで持ち上げるのは絶対にやってはいけないことだが、このあやかしのうさぎに関しては大丈夫なようだった。

耳を摑まれて宙づりにされながらも、玉うさぎは平気そうな顔をしていた。

「お医者しゃま、どうか、ぼく――この白玉団子《しらたまだんご》に、万病に効く薬を譲ってほしいのでごじゃいましゅ！　お金ならいくらでも出すでしゅ！」

言うが早いか、白玉団子と名乗った玉うさぎはどこからともなく唐草模様のがま口を取り出し、パカッとあけた。白玉団子ががま口をひっくり返すと、ぴかぴかの五十円玉が一枚、床に落ちた。五十円玉が独楽《こま》のようにくるくると回転し、やがて静止するのを青依は冷めた目で見届けてから、口元を歪《ゆが》めて嫌な笑みを浮かべた。

「なんの冗談だ？　万病に効く薬に値段をつけるなら、八千万円だ」

白玉団子は不思議そうな顔をして、ぱちぱちとまばたきをした。

梨花はそれがたまらなくかわいそうになり、青依の前にずいと身を乗り出した。

「わたしが立て替える！　わたし、今年のお正月にあなたがくれたお年玉には、実はまだ一円たりとも手をつけていないの！　諭吉がそのまま残っている！」

「ばかか。お前までなにを言っているんだ？　八千円じゃない。八千万円だ。ばか」

二回もばかと言われ、今度は梨花が沈黙する番だった。だがわびしい空気が漂ったのもつかのま、白玉団子がふいに決意を込めたまなざしで青依を見つめた。

「わかったでしゅ！　じゃあこの白玉団子、一生懸命働いて、八千万円分稼ぎましゅから、ここで雇ってほしいでしゅ！」

白玉団子はヒュッと青依の手をすり抜けて床に着地すると、土下座するように狭い額を床にこすりつけた。

と同時に、「ぐぅーっ、きゅるるるる～！」と盛大に腹の虫が鳴る。

真っ先に青依がこちらを見てきたので、梨花は頬を染めて「わたしじゃないよ！」と否定した。それは嘘ではなく、腹を鳴らしていたのは白玉団子のようだった。

そういえば、彼は塩おにぎりが食べたいと言っていたのだった。

「青依、わたし、白玉団子におにぎりを作ってくるね。お米ならあるから」

「その必要はない。オムライスと塩おにぎりだろう。俺が今買いに行く」

青依は土下座したまま動かない白玉団子の横をすり抜けて薬房を出ようとしたが、直前で振り返り、白玉団子にそっけなく言った。

「わかった。白玉団子。お前の望みどおり、ここで存分にこき使ってやろう」

やけにすんなりと白玉団子の要求を呑んだ彼を不審に思い、梨花は彼の横顔を見た。白うさぎの因幡がここへ来たときは、手当てを終えるとさっさとつまみ出していた。だから彼の白玉団子への対応は予想外だったのだ。まさか、熱でもあるのだろうか。

「異論があるのか？　お前が反対だと言うなら、コンビニに行くついでに捨ててくるが」

「反対だなんて！」

梨花はぶんぶんと首を振った。

「ただ、青依にも親切なところがあるんだなって思っただけ。こんなに可愛い子と一緒に暮らせるなら、わたしも大賛成だよ」

その言葉に白玉団子が顔を輝かせると、「ただし」と青依は言い添えた。

「白玉団子。この家で少しでも妙な動きを見せてみろ。貴様は俺に喰われることになる」

青依の瞳に、夜行性の獣の目のように危険な光がちらとよぎった。

「が、がってん承知の助でごじゃるでしゅ！」

白玉団子がキリッとした顔で江戸前の返事をすると、青依はフンと鼻を鳴らし、スーツ姿のままコンビニへと出かけていった。


その晩は、ふたりと一匹で仲良くちゃぶ台を囲んだ。

オムライスを口に運びながら梨花が向かいに座った青依をなにげなく見ると、彼はおいしそうに稲荷寿司を食べていた。彼は近くのコンビニでごはんを買うときは、毎回よく飽きもせずに稲荷寿司のパックか、稲荷おにぎりを選択するのだった。

塩おにぎり五個をほとんど丸呑みにして、誰よりも早く食事をたいらげた白玉団子は、お腹がいっぱいになったことで落ち着いたのか、ちゃぶ台の上でコテンと眠ってしまった。

無防備な白玉団子の腹を、梨花はそっとつつく。

「モルモットよりも小さいのに、おにぎり五個もよく入ったね」

「こいつと懇意にしている人間にあとでおにぎり代を請求したいところだが……。いなさそうだな」

「どうしてそう思うの？」

「こいつは昨夜押しかけてきた白うさぎの因幡と同じように、人の姿をとることができない暁のあやかしだ。それゆえ生まれつき妖力は弱いのだが、それにしても妖力が不安定なんだ。まるで生まれたばかりの暁のあやかしのように」

「じゃあ、まだ赤ちゃんなの？　それで、でしゅでしゅ言っているの？」

「いや。こいつの口調はあざとすぎて、どうにも胡散臭い。あやかしは生まれたてでも、でしゅでしゅ言わない。……妖力が安定していない理由として考えられることは、他にもある。たとえば——千年以上の長き眠りから覚めた直後だ」

「……そうなんだ。でも、青依はなぜそんなことを知っているの？」

「俺自身がそうだったからだ。千二百年もの間眠らされていた俺の封印が解けたのは、五年前のこと。封印が解けた直後の俺は、本来の俺とは似ても似つかない、情けない姿をしていた」

「情けないって、具体的には？　……ボロ雑巾のように小汚くなっていたの？」

「ばかか！　古の神であるこの俺が、ボロ雑巾になるわけがないだろう！」

人一倍プライドの高い青依は、むきになった。

咳払いをしてから、彼はもとの落ち着き払った声で続ける。

「長い眠りから覚めた直後、俺は子狐のように縮んでいた。まるで子犬のようになっていた。おまけに妖力は枯渇しかけていて、無様にも道端で行き倒れた」

はじめて聞く彼の過去に、梨花は興味を持った。

「それで、どうやって助かったの？」

「拾われた。十二、三歳の臈《ろう》たき人間の女童《めのわらわ》に。その娘が俺を温め、癒やした」

臈たき——とは可愛らしい、という意味の古語だ。その少女のことを懐かしむように語る彼のまなざしは、今までに見たことがないくらいに優しげだった。

「青依は、その女の子のことを好きになったのね」

彼は聞こえているはずなのに、答えなかった。

「その女の子は、今はどうしているの？」

質問を変えると、青依はただ「わからない」と言った。

「彼女の名前も知らないまま、俺は彼女のもとから去った。女性は成長すると変わる生き物だから、現在はどんな姿になっているのかは想像もつかないな」

「変化しにくい部分の特徴はなかったの？　ほくろの位置とか、爪の形とか」

「なぜそんなことを聞く？」

「だって青依、今、すごく優しい顔をしているんだもの。その女の子と過ごした日々が幸せに満ちていたのなら、再会できたらきっと嬉しいだろうなと思って。わたし、青依にも大切に思える人がいるんだって知って、少し安心したの。だって巫女姫への……わたしへの憎しみだけを糧《かて》に生きるのって、苦しいでしょう」

青依は梨花の顔をじっと見つめてから、ふいと目を逸《そ》らした。

「別に、苦しくはない。お前をからかったりいじめたりするのは愉しいからな」

「まじめに聞いたわたしがばかだったよ」

梨花がむくれると、彼はぽつりと呟いた。

「身体的特徴か……。そういえばあの少女は、背中に――」

「てやんでい！　バカヤロコンニャロ！　おにぎり返せ！」

だしぬけに白玉団子が叫んだので、ふたりはぎょっとして彼を見た。どうやら寝言だったらしく、白玉団子はむにゃむにゃ言いながら再び安らかな寝息を立てた。

「びっくりした……。この子、夢の中ではべらんめえ口調になるのかな。ところで青依、今なにか言いかけなかった？」

「なんでもない。俺は疲れているようだ。余計なことまで喋りすぎた。忘れろ」

「そう。……わかった。じゃあわたしも、これ以上は聞かないでおくね」

誰にでも踏み込まれたくないことのひとつやふたつ、あるものだ。

宝石のようにきらめく大切な思い出なら、なおのこと。

「えっと……白玉団子が生まれたばかりの赤ちゃん妖怪なのか、夢から覚めたばかりの妖怪なのかは、あとで本人に聞いてみればいいのかな」

なんとなく気まずい沈黙が流れたので、梨花は手近にあった適当な黒い布をとり、白玉団子の腹にかけてやった。

「こんな格好で寝ていたらお腹を冷やしてしまうから、お布団をかけてあげないとね」

「おい……それは俺のハンカチなんだが」

青依が思いきり嫌そうな顔をしたところで、白玉団子の歓迎会も兼ねた夕食のひとときは幕を閉じた。

事件が勃発したのは、その晩のことである。

――ゴソ……ガサゴソ……。

階下からなにか異音がするのを聞き、眠りの浅い梨花はぱちりと目を覚ました。

(なに……?)

梨花はむくりと起き上がった。

見に行くべきかどうか迷った結果、枕元に置いてあるガラスの小瓶をとった。小瓶の中できらきらとまたたいている小さな星々は、色とりどりの金平糖だ。

梨花はそれを袂に入れて、忍び足で自室を出た。

隣室の青依に声をかけようとしたが、いつもならば遅い時間までふすまの隙間から光が零れているのに、今日は疲れて彼も眠っているのか、部屋は暗い様子だった。

(青依はやけに饒舌《じょうぜつ》になるほど疲れていたみたいだし、起こすのはやめておこう。巫女姫への恨みつらみ以外で自分のことを話すなんて、青依にしては珍しいもの)

ひとりでこっそりと下の様子を見に行ってみて、人間の泥棒だったら、なにも見なかったことにして、また物音を立てずに二階に戻ってこようと思った。うっかり泥棒と鉢合わせてしまって刺されでもしたら、たまったものではない。

薬房には希少価値の高い薬がたくさんあるが、命より大事なものはない。

梨花は手すりに手をついて、一段ずつ、そうっと階段を下りていく。

月明かりの差す縁側をゆっくりと歩き、突き当たりの診察室の扉を音も立てずに開ける。

ガサゴソいう音は、やはり奥の扉の向こう、薬房から聞こえてくるようだ。

抜き足差し足で奥の扉の前に立った梨花は、息を殺して、少しだけ扉を開いた。

薄闇の中で、モルモットのように小さな影が蠢《うごめ》いている。

それがちょこまかと身動きするたびに、ゴソゴソと音を立てているのだ。

泥棒のように薬種棚のひきだしをひとつずつあけては漁っている、あれは。

「……白玉団子？　そこでなにをしているの？」

梨花が電気のスイッチを入れると、パッと部屋が明るくなった。

薬種棚によじ登っていた白玉団子が、勢いよくこちらを振り返る。

「チッ、見つかったか！　こうなっちまったらしゃあねえ、棚をぶっ壊すまでだ！」

先ほどまでとは別人のような口調になってしまった白玉団子はやけっぱちのように言って、鍵がかかっているひきだしを、ちんまりした前脚でポカスカ叩きはじめた。

鍵つきのひきだしの中には高価な薬か、毒薬のどちらかが入っている。

いずれにしても破壊されるわけにはいかないので、梨花は袂から金平糖入りの小瓶を取り出した。手早く木栓をあけて、三粒ほど手のひらに転がす。

「そういうことはしちゃだめ！　えいっ、えいっ、ていっ」

　桃色やレモン色、みぞれ色の金平糖を次々と白玉団子に向かって投げつけた。

　コントロール力がないせいで最初の二発はまったく見当違いの方向に飛んでいったが、最後の白い金平糖はうまい具合に白玉団子の口の中に入っていった。

「ん？　なんだこれ？　お、なんか知らんが、うめぇな。もぐもぐ……」

　わけがわからないといった顔をしつつも、白玉団子はポリポリと金平糖を齧《かじ》った。

　直後、白玉団子は力が抜け落ちたかのように薬種棚からずるずるとずり落ちていく。

　梨花は白玉団子のほうに駆け寄ると、素早く確保した。

「コンニャロ、てめ、無害そうな顔して、俺になにを食わせやがったんでい！」

「ごめんなさい。口の中に放りこむつもりはなかったのだけど、こういうときに限って、うっかり入ってしまうの。あなたが食べたのは、青依がわたしのために作ってくれた悪いあやかし撃退用の金平糖よ。これをぶつけられたあやかしは、一時的に眠たくなったり、体が痺れたりして、悪さができなくなるの」

「ホウ酸団子的なアレか！」

　白玉団子はこの世の終わりのような顔をした。

「食っちまった俺ぁどうなるんだ！　死ぬのか！」

「死ぬぞ」

　短く答えたのは、梨花ではない。またしても気配もなく梨花の背後に現れた青依だった。男物の和服を纏った彼は、寝乱れた前髪を邪魔そうに掻き上げながら続けた。

「正確には、金平糖そのものを食べても問題ない。間抜けな梨花のことだ、うっかり善良なあやかしに金平糖を命中させてしまうこともあるだろうと考えて、口にしても害がないように作った。だが白玉団子、お前はここで死ぬ。忠告してやっただろう？　この家の中で少しでも妙な動きを見せたら、お前は俺に喰われることになると」

青依の口から、またしても鋭い牙が見え隠れする。

それを目の当たりにした白玉団子が、梨花の腕の中でぷるぷると震えだした。

「イチゴや薬草の連続窃盗犯の正体はお前だな、白玉団子」

え、そうなの？

梨花は青依と白玉団子の顔を交互に見た。

彼女の困惑を汲み取ったのか、青依は説明した。

「梨花。薬草園から盗まれていたのは『狐の牡丹』という植物だ。あれは迂闊《うかつ》に触ると皮膚に水膿ができてしまうんだよ。ちょうど白玉団子の前脚にあるできもののように」

青依は、梨花に抱かれた白玉団子との間合いをじわじわと詰めてくる。

「お前は万病に効く薬を探していたのか？　だがそれはひきだしの中にはない。俺が調合してはじめて生まれる薬だからだ。そして俺はまだその薬を作ってはいない。つまり、お前がどれだけ家探ししても、お目当ての薬は出てこないわけだ。その薬が欲しいなら、まず俺を盗まなければならない」

青依はからかうように笑ってから、梨花の前に片手を差し出した。

「さあ梨花、そいつをこちらに寄越《よこ》せ」

「ほ、本当に食べるの？　白玉団子を？」

「俺はさっきからそう言っているだろう」

隠神というのは、本当にあやかしを食べてしまうものなのだろうか？　けれど、良くも悪くも彼が抹殺したいのは、巫女姫の生まれ変わりである自分だけのはずだ。

梨花は狼狽《ろうばい》しつつも、なんとか彼に寛大な措置を求めた。

「待って、青依。きっと白玉団子にはなにか事情が……」

「そんなことはどうでもいい。それとも梨花、白玉団子の代わりにお前が喰われるか？」

「わたしを食べるの？　でも、結婚前夜に食べるって、ついさっき言ったばかり……」

白玉団子の震えが伝染したように梨花もぷるぷると震えだすと、しばらく沈黙していた白玉団子が、突然、梨花の腕の中からゴムまりのようにポーンと飛び出した。

「ええい、もうやけくそだ！　ごちゃごちゃうるせぇー！」

恐怖が極限に達して切れてしまったらしい白玉団子は、あろうことか、この場でもっともおそれるべき青依の頭の上に飛び移り、彼の頭部をポカポカ叩いて攻撃した。

「このっ、このっ！　隠神だかなんだか知らんが、万病に効く薬がないってんなら、作ってみせろってんだコンニャロー！　俺ぁ急いでんだバカヤロー！」

青依が無表情で自分の頭に手をやるよりも早く、白玉団子はヒュッと床に着地して、薬種棚と書棚の間のわずかな隙間に逃げ込んだ。

わけがあると察した梨花は隙間のそばに屈みこみ、姿の見えない白玉団子に向かって語りかけた。

「ねえ、あなたは見たところ元気そのものなのに、どうして万病に効く薬が欲しいの？　もしかして、あなたが強く薬を求めているのは、どうしても生きていてほしい、大切な誰かがいるからなのではないの」

しばし、しん……となったが、辛抱強く待っていると、白玉団子に動きがあった。

梨花の話は聞くに値すると判断してくれたのか、隙間から長い耳だけ出てくる。

ところが、せっかちな青依がそれを素早くわし摑みにしようとすると、またサッと隙間の奥に引っ込んでしまった。

梨花はキッと彼を睨んだ。

「もう！　せっかく白玉団子が心を開きかけてくれたのに！　邪魔しないでよ！」

「えっ、あ、……すまない」

青依は素直に自分の失態を認めたらしく、そばにいても聞きとりづらいほどの小声でごにょごにょと詫びた。

梨花は再び隙間のほうに向きなおった。

「白玉団子、事情を話してみて。わたしたち、もう同じ釜の飯というか……同じコンビニのごはんを食べた仲じゃない。気持ちは言葉にしなきゃ、相手に伝わらないよ」

隙間の奥で、小さな影がもぞもぞと動く。

そうしてついに白玉団子は、口を割った。

「……十日ばかり前だったか。俺ぁ、ふっと見知らぬ場所で目を覚ました。ここからそう遠くねぇ寺の隅っこだ。立派な藤棚のある寺よ」

「藤棚……。それはきっと、毘沙門天《びしゃもんてん》様ね」

「なんだか体のふしぶしに違和感があったんで、水たまりに自分の姿を映してみてぶったまげた。しなやかな体軀《たいく》に紅玉《こうぎょく》みてぇな目をした、そりゃあ神々しい姿の白うさぎだったはずが、なぜかこんな大福餅みてぇなふざけた見た目になってたんだ」

梨花はそこまで聞いたところで、青依が口にしていた、「千年の眠りから覚めた直後、俺は子狐のように縮んでいた」という話を思い出した。ということは白玉団子も生まれてのあやかしではなく、長い長い眠りから覚めた長寿のあやかしということだったのか。

「青依と同じね」

梨花が呟くと、青依はぶっくさと言った。

「大福餅みたいになったうさぎと俺を一緒にするな。……白玉団子、俺からもお前に聞こう。お前はその姿になる前まではどこでどんな風に暮らしていたんだ？」

「どんな風もなにも、俺ぁこう見えて、水の巫女姫様にお仕えする神獣よ」

「巫女姫様……？」

梨花はまばたきをして、青依と顔を見あわせた。

「おうよ。なんだ、あんたら知らんのか。ここいらで水の巫女姫様といったら、あの巫女姫様よ。武蔵国《むさしのくに》一の美人で、高い神通力《じんつうりき》を持つ清らかなおかた。国に厄災をもたらす禍津神を破魔《はま》の矢で射て、水底《みなそこ》におわす水神様の夢の中に封じ込めるあの巫女姫様だ。まつろわぬ神の白狐《びゃっこ》が雷害をもたらし、あちこちで山火事が起きたときにも果敢に白狐に立ち向かい、ボコボコにしてやったたっつーすげぇ姫様だぜ！」

「……続けろ」

「ひと月ばかり前、紅葉がすっかり色づき、零露《れいろ》も凍った寒い晩のことだ。その巫女姫様が病に倒れた。血みてぇに真っ赤な花を吐き出す、綺麗だがおそろしい奇病だ。幾柱もの禍津神々と相対するたびに、少なからず受けていた穢《けが》れや呪詛《じゅそ》の類《たぐい》が少しずつ蓄積して、あるとき突然病を引き起こしちまったのかもしれん。だが、それすら薬師《くすし》の憶測に過ぎなかった。誰も知らねぇ病だったんだ」

白玉団子の話を聞きながら、梨花は混乱していた。

巫女姫様が倒れたのは、ひと月前の紅葉が鮮やかな寒い晩だというが、今は五月。一か月前は桜の盛りで、その葉は緑であったはずだ。

白玉団子が最後に見た紅葉とは、いつの紅葉か。

もしかしたら……いや、おそらく目覚めたばかりの白玉団子はきっと、自分が巫女姫様に仕えていた時代から長い歳月が経っていることに、気がついていない。

けれど白玉団子と同じ経験をしているせいか、青依は動じたそぶりを見せなかった。

「花を吐く奇病か。伝承ではよく聞く話だが、俺は実際にそんな患者にお目にかかったことはないな」

「だが先生よ、おめぇなら巫女姫様を助けられるんだろ？　おめぇが隠神なら巫女姫様はおめぇの敵かもわからんが、もう俺にゃあ頼りになるのはおめぇしかいねぇんだよ！」

「梨花」

急に名前を呼ばれて、梨花はどきりとした。

「白玉団子に化膿《かのう》止めの薬湯《やくとう》を淹れてきてくれ。塗り薬だけではこころもとなかったかもしれない。寝る前に飲ませておいた方がいいだろう」

「わ、わかった……」

白玉団子の話に出てくる〝巫女姫様〟は、白狐を封じたという話を聞く限り、前世の自分のことを指しているように思えてならない。だから、自分がいる前では話しにくいことでもあるのかもしれない。

「時間をかけて丁寧にお茶を淹れるから、ゆっくり話していてね」

梨花はそう言うと、薬種棚から三角形の薬包紙《やくほうし》をひとつ取り出した。

小分けにされた山梔子《さんしし》の果実の粉末である。これを煎じれば消炎排膿薬になる。

それを手にして薬房を離れ、梨花は台所へと向かった。

＊＊＊

梨花の気配が完全に遠ざかったところで、青依は口を開いた。

「……その巫女姫様とやら、名は日蔭蔓《ひかげのかずら》というのではないか？」

するとまた隙間から、ピン！　と長い耳だけが出てきた。

青依はそれを摑んで白玉団子を引っ張りだしてやりたい衝動に駆られたが、先ほど梨花に叱られたばかりなので、やめた。

「やっぱ知ってたか！　まあそりゃそうだよな！　なんたってすげぇ可愛くてすげぇ強《つえ》ぇ巫女姫様なんだかんな！」

「ああ、確かに美しい姫だった」

「過去形にすんなよ、縁起でもねぇな。巫女姫様は今はちょいと具合が悪いだけで、ぜってーまた元気になるんだぞ！」

「白玉団子」

青依は白玉団子の耳に触れた。

わし摑みにするのではなく、労《いた》わるようにその耳を撫でた。

「お前には酷な話だが、日蔭蔓は死んだ。千二百年も前にな」

「え？」

白玉団子は、言っている意味がわからない様子だった。

「お前は千二百年あまり前、日蔭蔓が病に倒れてからもずっと彼女のそばについていたんだろうな。それが災いして、お前も彼女の病の悪い影響を受けた。花こそ吐かなかっただろうが、お前もまた、おそらくは日蔭蔓の死の直前に死んだんだ」

「な、なに言ってんだおめぇ！　俺ぁ生きてる。巫女姫様だってきっと生きてる！」

「そうだな、お前はこうして目覚めたのだから、仮死状態に陥ったと言ったほうがいいのかもしれない。お前が死して再び蘇ったあやかしであることは、お前の手を診たときにすぐにわかった。うっすらとだが、死斑《しはん》が浮かんでいたんだ」

「……俺に死斑が？　嘘だ、そんなん……」

「白玉団子、今は延暦《えんりゃく》何年で、都はどこだ？」

「なんでそんなこと聞くんだよ。今は延暦十五年。都はつい一昨年、桓武《かんむ》天皇が長岡京から平安京に遷《うつ》しただろ……」

「違う」

青依は白玉団子に言い含めるように、ゆっくりと告げた。

「今は令和の時代。都はここ、武蔵国……東京だ。お前は本当はもう、気がついているんじゃないのか。現世《うつしよ》とは異なる隠世で自分が眠っている間に、気が遠くなるほどの歳月が流れていたことに」

隙間に挟まって彼の言葉に耳を傾けていた白玉団子は、力なく目を閉じた。

――この男の言うとおりだ。白玉団子は、本当は薄々、ここが自分の生まれた時代ではないことに、気がついていた。

道には牛車はなく、その代わり鉄の塊がものすごい速さで走っていたし、鳥のような形をした鉄の塊が空を飛んでもいた。

五重塔よりももっと巨大な、雲をつくほど高い建物がそこら中に立ち並び、街は夜でも明るかった。

人々はみな一様に奇妙な服を着て歩いていた。

酔っ払いのほかには道端で行き倒れている人の姿もなく、町はずれまで歩いてみても、貧しい病人や死体が遺棄されていることもなかった。

おかしなこの街に住む人々はみな、飢餓を知らなさそうな顔色をしていた。

ただ、夜空を見上げても、星は暗く、空はどこかくすんで見えた。

「俺ぁ……」

白玉団子は、小声で言った。

「俺ぁてっきり、自分の頭がいかれちまったか、狐狸に化かされたと思ってたんだ。目に映るものは全部まぼろしだと思ってた。だから、おめぇから万病に効く薬をもらってそれを巫女姫様に飲ませてやったらよ、次は適当な薬師か呪禁師《じゅごんし》をつかまえて、自分の頭ん中をよく調べてもらうつもりだったんだ……」

「お前の頭は正常だ。癇癪持ちということを除いてはな」

「うっせぇよ、てめぇに癇癪持ちとか言われたかねぇよ」

白玉団子はすかさず言い返したものの、すぐにおとなしくなってしまった。

すん、と洟《はな》をすする音がしたので、こっそりと泣いているのかもしれない。

青依は黙って、白玉団子が過酷な現実を静かに受け入れて、気持ちを落ち着かせるまで待つことにした。

たっぷり十分ほど経過してから、目も鼻も赤くした白玉団子が隙間から出てきた。

魂が抜け落ちてしまったようにふらふらと青依の横をすり抜けて、薬房の扉に向かって歩いていく。

「お前、これからどうするんだ？」

「なんも決めてねぇ。いつか転生する巫女姫様と再会できるように、お伊勢《いせ》参りでもしてくっかな……」

「そうか。お伊勢参りがしたいなら別に止めないが、赤福ではなく巫女姫様が目的ならば、そんな遠くまで行く必要はない。日蔭蔓なら十八年前に転生した」

「嘘こけ。適当なこと言うな。そんな都合のいい話があるもんかってんだ」

「嘘なものか。さっきまでここに梨花という小娘がいただろう。あれの顔をよく思い出してみろ。日蔭蔓にそっくりの綺麗な顔をしているじゃないか」

「そうか？　顔はあんま見てなかったけど」

「柳の眉、烏羽玉《うばたま》のごとき艶《つや》のある黒髪、青い静脈が透けて見えるほど白い雪の肌」

「なんだなんだ、どうしたどうした」

「お前に梨花の容姿を思い出させてやっているんだ。……薄紅《うすべに》色の睡蓮《すいれん》の花びらを思わせる、清らかで瑞々しい唇、長い睫毛、宵の星空を映したような不思議な色の大きな瞳」

「宵の星空を映したような……、あっ、ああーっ！」

青依の言葉を復唱していた白玉団子の頭の中で、日蔭蔓と梨花の顔がぴたりと重なったらしい。白玉団子は突然、叫んだ。

「ありゃあ確かに巫女姫様だ！　女ってのは髪型が変わると印象もずいぶん変わるが、言われてみりゃあ巫女姫様を鏡に映したような美人だったな！」

「そうだろう。もうじき薬湯を持ってくるだろうから、あとで再確認してみろ」

「いや、再確認するまでもねぇ、もう信じたぞ。俺ぁこれから梨花を守るぞ！」

「守る？　おいおい、まさかとは思うがここに住むつもりか？　どこまで図々しいんだ」

「そういや、そう言うおめぇは梨花のなんなんでぃ！　転生した巫女姫様のあまりの可憐さにやられて、しもべになった隠神かなんかか？」

「ひどいな。俺は日蔭蔓の周りをちょろちょろしていたうさぎの神獣がいたことを薄ぼんやりと思い出したところなのに、お前は俺の顔をすっかり忘れてしまったのか？」

「うーん、おめぇの顔が遠くてよく見えん。ちょっと抱っこしてみてくれ」

白玉団子がそう言ってぴょんと飛び跳ねたので、青依はそれを両手で受けとめて、顔を近づけた。白玉団子はまじまじと彼の顔を見た。

「獣のような黄金の目と、狐面のように紅い眦と、鋭い牙、無駄に整った顔……」

ぶつぶつと独り言を口にしたあとで、白玉団子はハッと息を飲んだ。

「てめぇは！　雷を呼んでどえらい山火事をもたらしたあげくに巫女姫様に封じられた、

悪どい禍津神じゃねぇか！　どうりでさっきうまそうに稲荷寿司を食ってたわけだな、この狐野郎め！」

　青依の正体に気がついた白玉団子が鼻から湯気を出したのを見て、青依は笑った。

「大福餅のような神獣様に思い出していただけて光栄だ。さて、お前は俺が梨花のなんなのかと聞いたな。それは今も昔も変わらない。宿敵だ。俺は身寄りがなくなった梨花をあの手この手を使って引きとって、二年前からここに住まわせている。いずれなぶり殺しにするために。俺は、俺を封じた日蔭蔓をずっと執念深く恨んでいるんだ」

「なんだと！　巫女姫様をとって喰おうたってそうはイカのリング揚げだぞ！」

　白玉団子は顔を真っ赤にして激昂し、しわぶきを飛ばしながら青依の顔をポカスカと叩いた。

「お前はケガをしているのだから、あまり激しい動きをしないでくれ。心配しなくても、すぐには殺《や》らない。俺の可愛い梨花には身体的にも精神的にもなるべく多くの苦痛を与えるやりかたで復讐したいから、もう少し育ててからでないとだめだ。……ああ楽しみだ。あの綺麗な顔が恐怖と苦痛に歪むさまを想像するだけで、ぞくぞくする……」

「ヒエッ」

　青依のねっとりとした発言にさすがの白玉団子もおののいたところで、湯呑みを載せたお盆を持った梨花が薬房に入ってきた。

「そろそろいいかな……？　ちょうどいい具合に薬湯が冷めたから、持ってきたの」

「巫女姫様！　てえへんだ、てえへんだ！」

弾丸のような速さでこちらに駆け寄ってくる白玉団子は、「巫女姫様」と梨花に言った。

梨花はそれですべてを悟って、いたたまれない気持ちで眉を下げた。

「白玉団子……。青依からすべてを聞いたのね。あなたもいろいろと混乱しているでしょうし、その、すぐには立ち直れないと思うけれど、あまり気を落とさないで。わたしも大切な人と死別したことが何度もあるの。だけど愛別の悲しみは少しずつ、けれど、着実に癒えていくものだから……。あ、とりあえず薬湯をどうぞ」

梨花はその場に屈んで、白玉団子に湯呑みを差し出した。

白玉団子はそれを二本の前脚で受け取って、一息に飲み干してから、泡を食ったように言った。

「巫女姫様！」

「えっ、『巫女姫様』？　あなた、そのことまで……」

「説明はあとだ！　梨花、逃げるぞ！　この狐野郎はお前に復讐しようとしてる執念深《ぶけ》ぇやべぇ男なんだ！　ちょっと変態みてぇな部分まであるんだ！　とにかくあらゆる意味でやべぇぞこいつぁ！」

「白玉団子、落ち着いて。わたしは青依が執念深いことも、いろんな意味で危ないことも知ってるよ。毎日のように薄暗い殺意をほのめかされているし。でも……」

「でももだってもねぇ！　所持金五十円しかねぇが、ひとまず遠くまで逃げっぞ！」

所持金五十円はともかく、どうすれば白玉団子を落ち着かせることができるか必死に考えた末、梨花はおろおろと言った。

「あ、あのね、わたし、良いあやかしだけじゃなくて、悪いあやかしにも寄りつかれやすい体質みたいなの。だからかえって怖い青依のそばにいた方が安全なの。青依と暮らすようになってから、凶暴なあやかしに襲われたこともないし」

白玉団子は納得していいのかどうか迷うような、複雑そうな顔をした。

そうして隙だらけになった白玉団子の背中の肉をつまみ上げたのは、青依である。

「梨花もそう言っていることだし、お前の出る幕はもうない。日蔭蔓は死に、お前が万病に効く薬を手に入れる意味もなくなった。つまり、お前がここで働き、八千万円を稼ぐ必要もなくなったというわけだ。今後はお前の分まで俺がたっぷりと梨花を愛でてやるから、邪魔者のお前にはこの家から出ていってもらおう」

青依は冷たくそう言い放つと、すたすたと窓辺のほうに歩いてゆき、夜の闇に白玉団子を放り捨てようとした。

「ちょっと青依。せめて夜が明けるまでは置いてあげようよ。神楽坂には猫が多いから、お腹を空かせた猫に食べられてしまったらかわいそうだよ」

「梨花、自然界は弱肉強食なんだ。もし猫に喰われたとしても、こいつにはその程度の生存能力しかなかったという、それだけのことだ。お前が気に病むことはない」

青依につままれながらも泣くのを必死にこらえているような白玉団子の顔を見て、梨花は胸が押し潰されそうになった。

白玉団子は、確かにアクの強いあやかしかもしれない。自分たちの懐に潜り込むために、最初はでしゅでしゅ言って純粋なキャラを演じていた。実際は千年以上前に生まれたはずなのに、なぜかべらんめぇ口調で喋る、神経の太いあやかしだった。

けれど、梨花は白玉団子を憎めなかった。

慕っていた巫女姫の死を知ったことで、白玉団子がこれからひとりぼっちで涙する夜があるかもしれないと想像するだけで、鼻の奥がツンと熱くなってしまう。

梨花は青依の浴衣の袖をぎゅっと摑んだ。

「なんだ？　俺のやることに異論でもあるのか。無力な小娘の分際で」

「……え、えらそうに！　青依だって、無力なときがあったくせに！」

「……なに？」

梨花は、プライドの塊である青依の機嫌がどんどん悪くなっていくのをびりびりと肌で感じながら、強い視線で獣のような彼の双眸を見据えた。

「青依は、千二百年の時を経て目覚めたとき、子狐のように縮んでいたんでしょう？　衰弱していたあなたは、中学生くらいの可愛い女の子に拾われて、保護された。青依はもしもあのときの女の子が白玉団子を拾ったとしたら、どうすると思う？　わたしはきっとあなたを助けたように、白玉団子のことも放っておかないと思う。その女の子は今あなたがしようとしていることを知ったら、とても悲しむでしょうね！」

梨花は一気に言った。

彼の胸に眠る優しい思い出、そしてその少女に対する思慕を利用することには抵抗もあったが、ほかに彼の心を動かすすべを梨花は思いつかなかった。

彼に憎まれている自分が彼の情に訴えかけたり媚《こ》びようとしたところで、逆に白玉団子を捨てられるだけだというのは、わかりきっていたからだ。

青依は瞑目《めいもく》し、十秒は押し黙ってから、白玉団子をつまんで窓の外に突き出していた手を、緩慢な動きで室内に引っ込めた。

「青依……！」

思わず顔を輝かせた梨花の頭を、青依は不機嫌そうな顔で軽く叩いた。

「勘違いするな。お前の言葉に心変わりしたわけじゃない。だが、こいつは使えると思い直したから、捨てるのをやめにしたんだ」

「それじゃあ、白玉団子をここに住まわせてあげるのね？」

「違う。住み込みで馬車馬のごとく働かせてやるだけだ！」

青依は白玉団子を梨花の胸に押しつけると、怒ったように言った。

「いいか？　日本では月に住むうさぎは餅をついているというのが定説だが、中国では月《げっ》兎《と》は不老不死の薬の材料を杵《きね》で打っていると言われている。この診療所に親しみやすさを出すためのマスコットキャラとして、たまたまこいつがうってつけのあやかしだったから雇う。俺は集客効果を狙い、こいつを利用する。それだけのことだ」

「うん、うん。わかった。そうだよね。世の中、そんなに甘くないよね」

梨花はこれ以上青依に癇癪を起こさせないために、必死に笑いをこらえ、真剣な顔を作って頷いた。

「わかったなら結構だ」

青依は梨花をやりこめてやった感満載の満足げな調子で笑うと、扉に向かった。

「さあ、もう寝るぞ。二日連続で真夜中に叩き起こされたのは最悪だったな。明日はもうどこへも行く気がしない。家に引きこもって映画鑑賞会だ」

「賛成！　わたし、観たいホラー映画があるの」

明日は友人と会う予定もなく、梨花もゆっくりしたいと思っていたところだった。映画について白玉団子に説明してあげようと梨花が腕の中に視線を落とすと、安心して気が抜けてしまったのか、小さな玉うさぎはすやすやと寝息を立てていた。

「ホラーか。それでまた眠れなくなって、真夜中に俺の布団に潜り込んでくるのか」

眠る白玉団子に配慮しているのか、青依は声を落として囁いた。

「そ、そういうのは、もう高校生までで卒業したから」

「ほう。つい先々月まで高校生の子供だったくせにな」

「…………」

梨花はあやかしと交流はあってもなぜか昔からホラー映画が苦手だった。苦手だが、観てしまう。観た結果、夜になると、布団から足を出せなくなる。布団から出ている部分を悪霊に切断されるような気がして、苦しくても布団を頭まで引き被るのだ。

　ところがそうしていても、次には布団の中におそろしい悪霊が潜んでいるような気になって、最終的に青依の布団に転がり込みにいくのが毎度のお約束だった。

　しかし大学生になったら、もう大人だからそういうのはやめようと、梨花は前から心に決めていたのである。

「わたし、これからは白玉団子を抱きしめて眠ることにするよ」

「それならそれで構わないが、別に俺の部屋で眠ってもいいぞ。俺は間違ってもお前なんかに欲情して襲いかかったりはしないからな」

「わたしだって青依のことなんか、大きなぬいぐるみくらいにしか思ってないよ！」

「むにゃむにゃ。塩おにぎり……」

　梨花と青依がまたも小競り合いを繰り広げる中、新しい居場所を見つけた安心感で、白玉団子だけが、幸せそうに夢の世界をただよっていた。

付喪神の章

薄墨色の雲に覆われた空から、銀糸のように細い雨が降っている。

しっとりと濡れた石畳の路地を、大学帰りの梨花は足早に歩いていた。今日は二時限目までの講義しかないから、雨模様でも外はまだ明るい。

教科書が入った斜めがけのバッグを雨水から守るように傘を差しているので、フレンチスリーブのワンピースの肩や、ふわふわと広がる裾が濡れて冷たくなっている。水色のストライプの生地は青に変色してしまっているし、レースの靴下も濡れて気持ちが悪い。

一刻も早く帰って着替えたかった。

自宅も兼ねる百鬼あやかし診療所は、雨の日もまた風情がある石畳のかくれんぼ横丁にある薄暗い路地に所在する。

この細い裏路地は人ならざるものか、霊力を持つ人間の目にしかとまらない。

百鬼家で暮らす梨花はむろん後者であった。

診療所の医師であり、梨花の保護者のような存在でもある百鬼青依や、先月から百鬼家の一員となった神獣・白玉団子の話によると、梨花の前世はあやかしやまつろわぬ神々を封じる役目を担った巫女であったらしい。

そのせいか、あるいは霊感体質だった祖母の血筋なのか、梨花は凶悪なあやかしには襲われやすく、善良なあやかしには懐かれやすい特殊体質なのだった。

うっすらと霧の立ちこめる路地にさしかかったときである。梨花は道端に、白くて丸く、見るからにふかふかしたものが落ちているのに気がついた。

（肉まんかな？　誰かが食べ歩きしようとして、うっかり落としてしまったのかも）

神楽坂上には、ふかふかで熱々の大きな中華まんを扱う『五十番』という繁盛店がある。だから梨花は、白くて丸くてふわふわしていそうな物体を見た瞬間に、まず肉まんを連想したのだ。ところが物体に近づき、よく観察してみたとたん、彼女は目を丸くした。肉まんだとばかり思っていたそれには、三角形の耳がついており、黒ぶちのついた短い四本の脚が生えていたのである。

江戸東京の郷土玩具・犬張子だった。

しかし、犬張子が背負っているのが本来のでんでん太鼓ではなく、菓子が入っていると思《おぼ》しき小さな紙袋であることからも、ただの犬張子でないことは明らかである。

（あやかしだわ。犬神でも人面犬でもなさそうだし……付喪神かな？）

付喪神とは、念のこもった古い器物が変化《へんげ》して成ったあやかしのことである。

生物が哺乳類、鳥類、爬虫類、魚類などに分類されるように、あやかしも多種多様だ。たとえば、白うさぎの因幡は長生きしすぎたあまり姿形が変わり、やがて妖怪化した元動物。白玉団子は時代の移ろいとともに人々の信仰を失い、神格が弱まってあやかしに成り果てた元神獣。隠神の青依は天津神にまつろわず、日なたから日陰へと追いやられた元神、というように、あやかしがあやかしとなった理由はそれぞれだ。中にはあやかし同士の間に生まれた子供のように、生まれながらのあやかしもいる。

梨花は傘を地面に置くと、両手で犬張子を抱き上げた。

青くて丸い団子のような鼻がついた犬張子は目を閉じて、苦悶の表情を浮かべていた。

「あなた、どうしたの？　大丈夫？　しっかりして！」

梨花は声をかけながら犬張子の体を揺さぶろうとして、思いとどまった。

以前、病人をむやみに揺すってはいけないと青依に教わったのを思い出したのだ。

少し迷ってから犬張子の丸い鼻を指で押してみると、犬張子はつぶらな目をあけた。

そして梨花の顔を黒い目に映すと、背中からおろした紙袋を力なく差しだしてきた。

「……『梅花亭《ばいかてい》』の『猫もなか』に、上生菓子の『蛍袋』だ。これを、吉祥寺の……」

蚊の鳴くような声を聞きとろうとして梨花は犬張子に顔を近づけたが、小さなあやかしは最後まで言い終えることなく、ことりと意識を失ってしまった。


「――それで、連れて帰ってきたわけか」

肘掛椅子にゆったりと背中を預け、ブラックコーヒーの入ったカップを手にした青依は梨花が抱きしめていた犬張子を視界に入れると、ため息をついた。

百鬼あやかし診療所の診療時間は、午前は九時半から十二時まで。

午後は十四時から十八時までだ。

時間外診療にも対応しているが、十三時を少し過ぎたばかりの今は、ちょうど休憩時間の真っただ中だった。診察室にはスーツに白衣を纏った青依とずぶ濡れの梨花、そして青依の椅子の前にある書き物机に陣取った白玉団子の他には誰もいない。

白玉団子は昼食を食べているところだった。姿形がうさぎだからといって草を食べるわけでもなく、白玉団子は雑食だ。自分の体積とほぼ同じくらいの大きさをした『五十番』の肉まんをむしゃむしゃと食べながら、犬張子の姿をしげしげと眺めている。

「行き倒れになっていたあやかしを放っておくわけにはいかないでしょ。神楽坂は坂道や入り組んだ路地が多いから、迷子になっているうちに消耗してしまったのかも」

「……で？」

「青依、この子を診てあげて。梅雨入りしたとはいっても、今日も蒸し暑いし、熱中症を起こしていたら大変だわ」

梨花が犬張子を彼の前に差し出すと、青依は座ったまま片手を伸ばした。

が、犬張子は受けとらず、ただ弄《もてあそ》ぶように梨花の濡れた髪に触れただけだった。

「その態度、気に入らないな。なぜこの俺が憎たらしい巫女姫様の命令を聞かなければならない。犬張子を診てほしければ、俺の前にひざまずいて、懇願してみろ」

「え……、なんでそんなこと……」

「やらないのか？　じゃあ診ない」

困惑した梨花に彼はそっけなく言うと、澄ました顔でコーヒーをひと口飲んだ。

「わかったわよ」

千二百年前に彼を封じた巫女姫と梨花がとてもそっくりだという理由から、青依はよく梨花に屈辱的な命令をしては、それに従う梨花を眺めて満足そうにするところがあった。

陰湿極まりないが、こういうのは今にはじまったことではなかった。

(犬張子がこんなに弱っているときに！　それでもあやかしのお医者様なの!?)

内心で悪態をつきつつも、梨花が床にひざまずいたときである。

「梨花っ、巫女姫様の生まれ変わりのおめぇが、そんなことしちゃだめだーっ！」

白玉団子が急に大声で叫んだ。そして食べかけの肉まんの置き場所を探すようにきょろきょろしてから、青依が手にしたコーヒーカップのふちに肉まんをぽふっと載せた。そして俊敏な動きで床に飛び下りると、なんのためらいもなく額を床にこすりつけた。

「かけまくもかしこき隠神様、偉大なる妖狐様。巫女姫様に代わって神獣なる拙者《せっしゃ》がお頼み申し上げ候《そうろう》。その哀れなあやかしを救ってたもれーっ！」

「白玉団子……」

梨花はまん丸になった白玉団子の背中を見て、目の奥が熱くなるのを感じた。

巫女姫に恥をかかせるくらいなら、自分がそれを引き受けようというのか……。

「すばらしい忠義心だ」

食いかけの肉まんでカップに蓋をされた青依は、嫌そうな顔をして言った。

「かけまくもかしこき隠神様、偉大なる妖狐様。巫女姫様に代わっ――」

彼の表情に気がついていない白玉団子が祝詞《のりと》のような文言を繰り返そうとすると、青依のこめかみにいよいよ青筋が浮かぶ。

「ああもう、騒がしい！　……梨花、診てやるから、さっさとそいつを寄越せ！」

「本当？　ありがとう、青依！」

梨花は暗い表情を一変させて立ちあがると、青依に、紙袋を握り締めたままの犬張子を託した。白玉団子は結局ただ青依の機嫌を損ねただけだったのだが、やり遂げたような顔で一同の様子を見つめていた。

青依は肉まんを載せられたコーヒーカップを机の脇によけて、空いたスペースに小さな犬張子を置くと、首にかけた聴診器のイヤーチップを耳に装着する。仰向けにした犬張子の胸部にチェストピースをあてている途中で、彼は思い出したように梨花に聞いた。

「ときに、梨花。お前はいつまでそのいやらしい格好をしているつもりだ？」

「……え？」

眉を寄せた梨花に対し、青依は診療簿にさらさらとペンを走らせながら呟いた。

「心音に異常なし。……言っておくが、俺に色仕掛けは通用しないぞ。俺が近い将来にお前を喰うことは決定事項であるし、憎き巫女と瓜ふたつのお前の体は、残念ながら一ミリたりとも俺の情欲をそそらない」

なんだかよくわからないがあまりにも直接的な言いかたに、梨花は怒りと恥ずかしさで顔を真っ赤にした。

「このワンピースのどこがいやらしいのよ！　だいたい、わたしが洋服を買うときはいつもあなたがついてきて、横から口出ししてくるじゃない。先週お店でこれを着ろって言ってわたしに押しつけてきたのだって青依だったよ！」

かつて巫女姫に痛い目に遭《あ》わされた腹いせか、その生まれ変わりの梨花をなにかにつけてはいじめ、支配しようとする彼は、洋服も和服も自分好みのものばかりを彼女に着せた。不幸中の幸いか、常に清楚で女性らしい格好をさせたがる彼の感性は彼女の趣味とも一致していたので、梨花はおとなしく彼の着せ替え人形になっていた。

それなのに「いやらしい格好」とは、どういう了見か。これは襟のついた膝下丈のワンピースで、きわめてお嬢様らしいデザインだ。むくれる梨花に答えを示したのは青依ではなく、突然ブーッと肉まんを噴き出した白玉団子だった。

「梨花！　大変だ！　透けてる！　胸元が濡れて乳《ちち》あてがスケスケになってるぞ！」

梨花がハッとして着衣を確認したところ、ずぶ濡れの犬張子を胸に抱きしめて帰ってきたせいか、確かに上の下着が透けている。

梨花は声にならない悲鳴を上げ、教科書が詰まった鞄でさっと胸元を隠すと、目にもとまらぬ速さで診察室から逃げた。

梨花が去ってから青依は黙って犬張子の体を調べていたが、患者の不調の原因が判明したところで手をとめた。それから、思い出したように笑った。

「少しからかってやっただけだというのにあの取り乱しよう。さすが小娘だな」

それに抗議したのは、机の隅でふたつめの肉まんを食べはじめた白玉団子だった。

「梨花は巫女姫様らしく、純情でうぶな姫様なんだよ。おめぇこそ涼しい顔してっけど、内心ムラムラしてたんじゃねぇだろな。だとしたらボコボコにしてやっからな」

「俺はそんなに欲求不満そうな男に見えるか？」

白玉団子はじろじろと不躾《ぶしつけ》に青依の顔を眺めたあとで、ぶすっとして答えた。

「いや、ムカつくが、女には困ったことがなさそうな、いけすかねぇ顔してやがるぜ」

「だろう。だからあんな憎たらしい小娘など、頼まれても抱きたくはないものだな」

梨花がどうしてもと懇願してきた場合は優しく弄んでやるのもやぶさかではないが、褥《しとね》をともにしたところで愛が芽生えることは絶対にないと断言できる。

梨花に限ったことではなく、他の誰に対しても自分が恋着するとは思えない。

ただひとり、五年前に出会った少女を除いては。

妖気が弱まって、みすぼらしい子狐の姿になり果てていたあの頃の自分を、少女は単に尻尾がたくさんある奇形の子犬と勘違いした。それでも少しも気味悪がることなく、彼女は手ずから自分に食料を与え、夜は同じ布団に入れてくれた。

神道《しんとう》の神々も、西洋の神も嫌いだ。

だが、慈悲深い女神がいるならば、きっと彼女のようであるのだろう。

あのときから自分の胸に宿った温かな感情を恋と名状してよいものなのかどうかはわからないが、彼女のことを忘れられない限り、自分は誰も愛さないだろうと思っている。

目を閉じればすぐに眼裏に浮かぶのは、可憐な少女のあどけない横顔。長い睫毛がどこか憂鬱《ゆううつ》そうな影を落とした清らかな頬、桜桃《おうとう》の実のような薄紅の唇。

そして彼女が衣を着替えるときにひと目だけ見た、裸身の輝くような玉の膚《はだえ》。真っ白な背中の右の肩甲骨から腰にかけて、斜めに走った痛々しい、深い傷痕。

真っ赤な蛇に纏わりつかれたか、蔓性《つるせい》の真紅《しんく》の花に寄生されたか……。

そんな風にすら見える、世にも妖しく美しい傷痕だった。

（……彼女は今、どうしているのだろうか）

さぞかし妖麗な美女に育ち、この世のどこかで健やかに暮らしているのだろうか。

あるいは優しく、美しすぎるがゆえに、もう神のもとに召されてしまったか――。

「ふごっ！　もふっ！　もふっ！」

白玉団子が肉まんにむせる苦しげな声で、甘い夢のような過去に想いを馳せていた青依はいきなり現実に引き戻された。不快な気持ちになりながらミネラルウォーターのペットボトルの蓋を外して渡してやると、白玉団子は「もふっもふっ」とむせながら、それをぐびぐびと飲んだ。落ち着いたところで白玉団子は「ふぅ、死ぬかと思った……」とほっとしたように呟き、それからキリッとした顔で青依を睨んできた。

「チッ、借りを作っちまったな。だがおめぇ、梨花が別嬪《べっぴん》な娘なのは認めてんだろ」

青依は先程までこのうさぎとなんの話をしていたのかすっかり忘れていたが、数秒間、黙って考えてから思い出した。

頼まれても巫女の生まれ変わりの娘など抱きたくないという話をしていたのだ。

「もちろんだ」

犬張子に処方する薬を紙片にメモしつつ、青依は頷いた。

「梨花はとても可愛い。綺麗な顔をしている。だからこそ、泣かせてやりたくなる」

「梨花は巫女姫様の生まれ変わりだ！　おめぇの好きなようにはさせねぇかんな！」

机の隅にいた白玉団子はわざわざ青依のそばまで歩いてきて、前脚をシュッシュッと突き出して殴るそぶりを見せた。だがやはり短すぎて、彼の鉄拳パンチは青依の服にすらかすりもしない。青依はそんな白玉団子は放置して席を立ち、奥の薬房へと向かった。


青依と白玉団子が階下で小競り合いを繰り広げていることなど露知らず、梨花は私室で濡れたワンピースを脱ぎ、髪や体をバスタオルで拭いた。なにげなく背後の姿見を見やると、今やすっかり見慣れてしまった背中の大きな古傷が目に入った。

年頃の少女として、いつまでも消えない傷痕は密かなコンプレックスとなっている。このことを、付属の女子高の頃から一緒の親友に相談したこともあった。

「お嫁に行くまでにはこの傷を消したい」と零したら、「彼氏もできたことがないのに、もう結婚のことを考えているの？」とからかわれてしまったが。

けれどそのあとで、「本当に梨花を愛してくれる人だったら、そんなの気にしないと思うけど。でも同じ女として、梨花の気持ちもわかるよ。……今は美容医療もかなり進んでいるし、そんな傷くらい、簡単に消せると思うけどね」と励まされた。

ところが、ネットで検索してみたところ、自費診療となってしまうらしい手術代は、月三千円のお小遣いを何年貯めたところで準備できそうにない額なのだった。

入浴や着替えの世話が必要な幼児の頃に引きとられたならともかく、高校生のころから一緒に暮らすようになった青依は、この傷のことなど知るよしもない。

梨花は彼に相談して、出世払いで高額な手術代を借りることはできないだろうかと考えていたが、彼にはまだそのことを言い出せずにいた。青依は衣服や髪飾り、化粧品ならばこちらが頼まなくても勝手に買い与えてくれるのだが、本質的にはお金の無駄をなによりも嫌う人だった。だから、外から見えない部分にお金をかけることに彼が賛同してくれるとは考えられないのだ。

(「どうせいずれ俺に貪り尽くされて骨だけになる体なのに、なぜ綺麗にしておく必要がある?　金の無駄だ」とか言われて鼻で笑われるに決まっている……)

梨花は深くため息をついた。やはり一刻も早く、青依から経済的に自立しなければならない。就職活動がはじまったら頑張ろう、と梨花はあらためて心に誓った。

外からは雨が樋を伝う音が、もの寂しげに響いてくる。

そういえば……と梨花はふと、昔を思い出した。

五年前。今日のような雨の日に、やはり子犬のあやかしを拾ったことがあった。

犬張子の付喪神ではなく、綿菓子のようにふわふわした毛に覆われた、尻尾がたくさんある白い子犬。

べっこう飴のようにきらきらした、大きな黄金の目をしていた。

(優しい子だったな。パパとママが亡くなって間もないころ、わたしは悲しくて寂しくて泣いてばかりいたけれど、あの子はいつもわたしのそばに寄り添っていてくれた)

今のように部屋で着替えをしていると、古傷を案じてのことか、そっと近づいてきては小さな舌で背中を舐めてくれる。そんな子犬だった。梨花はくすぐったくて笑ってしまったけれど、自分の孤独も痛みも癒やしてくれた、小さな生き物の優しさがあのときはただ嬉しかった。

突然いなくなってしまったあの子は今、どうしているのだろう?

あの子犬が人の姿をとる黄昏のあやかしだったのか、妖力が弱く人型をとらない暁のあやかしだったのかは、今となってはわからない。

けれど、この世界のどこかで元気に暮らしていてくれればよいと思う。

襦袢《じゅばん》の伊達《だて》締《じ》めをしっかり結び、衣桁《いこう》に掛けておいた着物を手早く着つけていく。

江戸紫《えどむらさき》のぼかしの地に、露草《つゆくさ》と、光を纏った蛍《ほたる》が手描きされた初夏の御召《おめし》だ。

これに肩と裾にフリルの飾りがついたふんわりシルエットのエプロンをつければ、診療所のお手伝い時の格好の完成である。

梨花が一階に下りたときには、診察室はもぬけの殻だった。

中央に置かれた手術台は、今は衝立《ついたて》で目隠しされている。

そこに患者を一時的に寝かせているときには、衝立で仕切られるのだ。

重篤な症状の患者は入院棟代わりに使用されている離れに運ばれるが、犬張子がここにいるということは、症状は軽いのだろう。

梨花が衝立の隙間からそっと中を覗いてみると、犬張子は丸めたタオルを枕にして座布団の上に仰向けになっていた。その腹には男物のハンカチがかけられている。

(ふふ。お腹を冷やさないように、青依がかけてあげたのね)

梨花はその光景を想像して、つい頬を緩めてしまった。犬張子は楽な姿勢になったことでいくらか落ち着いたのか、団子のように丸い鼻から鼻ちょうちんを出してすやすやと眠っている。快方に向かっている様子の犬張子の姿を見届けると、梨花は衝立から離れた。

青依の処置は丁寧で適切だったのだろう。梨花にはひざまずいて懇願しなければそいつを診てやらないなどと言っていたくせに、彼はやっぱり患者には優しいのだ。

梨花は胸がぽかぽかと温かくなるのを感じながら、奥の薬房へと続く扉を開けた。

青依は腕組みをして薬種棚の前に立ち、患者にどういった処置を施すべきか考えているようだった。

真剣なまなざしで仕事に取り組む彼は、やっぱり、かっこいいと思う。星と月の光しか差さない夜の暗闇では夜行性の獣のごとくきらめく黄金の双眸も、白昼、ぼんぼりのような形をした和紙貼りの天井灯の下では、べっこう飴のように甘く柔らかな光を帯びる。

(べっこう飴色の瞳……？　あれ？　それって、いつかどこかで見たような……？)

頭の中でふたつに分かれていたなにかが繋《つな》がりそうになったとき、青依が口にした。

「もう着替えてきたのか。……ああ、それは先日あつらえたばかりの着物だな」

梨花の着物をちらりと見てから一度は手元に視線を戻した青依だったが、なにを思ったのか、二度見してきた。

これは晩春に彼に連れられて神楽坂の呉服店に行った際、反物から仕立ててもらった夏着物だった。露草に蛍の文様は愛らしいが、江戸紫のぼかしが少し大人っぽい。

いつも小娘だのなんだのと彼にばかにされている梨花は、二度見されたことが気になって、頬を紅潮させた。

「な、なあに？　似合わないって言いたいの？」

「そんなわけがないだろう。俺が見立ててやった着物だ。汚《けが》れを知らないお前の新雪の肌がよく映える、いい色だ」

あっけにとられた梨花を無視して彼は小さなひきだしを次々に開け、いくつかの小瓶や薬包紙を盆の上に載せていった。ひきだしにしまってある生薬は、使いやすいように小分けにして小瓶に入れてあるものと、油紙に包んでいるものがあるのだ。

（……いつものことだけれど、ああいうこと、普通は真顔で言わないよね……）

人を惑わすことに長けた狐にとっては、なんでもないことなのだろうか？

梨花は考え込みそうになったが、お小遣いをもらっている身である以上、ぼんやりしていてはいけない。自分もなにか手伝わなければと、青依のもとへと歩み寄った。

「ねぇ、青依。犬張子さんのお薬の調合って難しい？」

「難しくはない。今取り出した薬を秤で正確に計り、混合するだけだ。すでに顆粒《かりゅう》にしてあるから、細かく刻む必要もない」

「ふうん」

梨花は青依が手にした盆に載った様々な薬を見つめてから、彼の顔を見上げた。

「……なんだ、目を輝かせて。お前もやってみたいのか？」

「うん！」

察しのいい彼の問いに、梨花はにこりと笑って頷いてみせる。

「小遣いは増額しないぞ」

銭ゲバの彼が鋭く釘をさしてきたので、梨花はむくれた。

「お小遣いが目的じゃないもん。わたしは患者さんのお役に立ちたいだけ」

青依には梨花の気持ちが理解できないのか、胡乱《うろん》げなまなざしで彼女の顔をじろじろと見おろしていたが、やがてフンと鼻を鳴らした。

「犠牲と奉仕の精神か？　……しかたがないな。お前の考えていることはよくわからないが、まあいいだろう。たまには任せてみるのも悪くはない」

青依は調合台に盆を置いてから、白衣の胸ポケットに差していたボールペンを抜き、手近にあったメモ用紙に生薬名とその分量をさらさらと書きつけていった。

半夏《はんげ》、蠡実《れいじつ》、鹿藿《ろっかく》、黄耆《おうぎ》、桂皮《けいひ》、地黄《じおう》、芍薬《しゃくやく》、川芎《せんきゅう》、蒼朮《そうじゅつ》、当帰《とうき》、人参《にんじん》、茯苓《ぶくりょう》、甘草《かんぞう》。

ずらりと並んだ生薬名を眺めていた梨花は、思いあたった。

「黄耆以下、十種類の薬は『十全大補湯《じゅうぜんたいほとう》』の材料ね。治療によって負担がかかった体の血や気をやしなう働きがある。居間の本棚にあった漢方薬図鑑で読んだよ」

「よく勉強しているな。お前は俺に喰われるのだから、知識などつけるだけ無駄なのに」

梨花は青依の一言をまるごと無視して質問する。

「……ということは、最初の三つは、患者さんに負担がかかるほど強いお薬なの？」

「ああ。わかっていると思うが、こういった薬は正確に計量することが肝要だ。薬も過ぎれば毒となる。薬と毒は表裏一体。医師はそれを常に念頭に置いていなければならない」

薬と毒は表裏一体。

理解していたつもりではあったが、その言葉の重みに、思わず表情を硬くする。

するとそれに気がついたのか、青依が小さく笑った。いつもの小ばかにしたような笑みではなく、まるで師匠が弟子を見守るような、温かい微笑だった。

「そんな顔をするな。そばで見ていてやるから」

自分から調合したいと申し出たくせに不安な気持ちを見透かされてしまったのが恥ずかしくて、頬を赤くした梨花は黙って頷いた。

青依は秤を梨花のほうに寄せて、無言で薬匙《やくさじ》を手渡してくる。

梨花は匙で一種類目の顆粒の薬を掬いとり、油紙を載せた秤で慎重に計量しはじめた。

「時間をかけすぎだったが、お前の調合の腕はなかなかよかった。ただし駄賃はない」

自分が調合した混合薬を器用な手つきで薬包紙に包む傍らで、梨花は頰を引きつらせる。調合の間、青依は約束どおり、そばで見守っていてくれた。梨花が緊張しすぎて手が震え、貴重な薬を零してしまったときも彼女を責めることなく、「落ち着け。肩に力が入りすぎだ」と優しく声をかけてくれたのだ。

だが、調合が終わるやいなや、すぐに銭ゲバの彼に戻った。

零した分の薬代を小遣いから引いておくと言って、ほくそ笑んだのである。

けれど、とにもかくにも青依の指示のもと、梨花は無事に薬を準備することができた。

青依は混合薬の包みとぬるま湯入りの湯呑みを盆に載せて両手で持ち、さっさと薬房の扉へと向かう。梨花も慌てて彼の背中を追い、診察室へと戻った。

青依は衝立をずらし、手術台の横に立った。そして薬と湯呑みを載せた盆を台の空いたところに置くと、鼻ちょうちんを出して眠りこけている犬張子の頰をつつく。

青依の指はうっかり鼻ちょうちんに触れてしまったのか、しゃぼん玉が弾けるように、パチン！と音を立てて鼻ちょうちんが割れた。犬張子がぼんやりと目を開ける。

「んあ？　ここはどこだ？」

寝ぼけまなこで天井を見つめ、犬張子は開口一番、そう言った。

「ここは神楽坂。百鬼あやかし診療所だ。お前が道端で伸びていたところを、ここにいる顔だけは可愛い小娘が発見し、連れて帰ってきた」

「俺はいったいどうしちまったんだ？　顔なじみがいる『梅花亭』名物の『猫もなか』と

季節菓子の『蛍袋』を買って、さあ帰るかって歩きだして……そっから先の記憶がねえ」

「お前の体を調べてみたところ、厄介な虫に嚙まれていたことがわかった」

「え、そうだったの？　厄介な虫ってなに？」

ついつい横から口を挟んだ梨花に、彼は気を悪くした様子もなく説明した。

「背赤後家蜘蛛《せあかごけぐも》。東京都環境局が指定している危険な外来生物のひとつだ。咬《か》まれれば発熱や嘔吐《おうと》、めまい、頭痛といった症状が現れ、重篤な場合は筋肉麻痺を起こす。

あやかしが咬まれた場合も人と同様の健康被害が出るということと、その処置については去年出席した『日本あやかし総合医学会』で聞いた」

青依はときどき、学会に出席するために診療所を留守にすることがあった。

彼がまめに学会に足を運んでいることは知っていたが、その正式名称が日本あやかし総合医学会であることを、梨花は今さらながら知った。

日本全国から、あやかし専門の医師ばかりが集まってくる学会というのはなんとも興味深いが、梨花は詳しく聞きたい気持ちを抑えて、今は彼の話に耳をかたむけた。

「背赤後家蜘蛛に刺された際の処置としては抗毒素《こうどくそ》による治療が有効だ。これは通常、筋肉内に注射で投与するが……」

注射という単語を聞いた瞬間、手術台の上の犬張子がわかりやすく身を硬くした。

青依は犬張子の不安な胸中を察したのか、幾分か声をやわらげて続ける。

「あやかしの体の構造は実にさまざまで、君のようにふかふかで、筋肉があるのかないのかよくわからないようなあやかしも少なくない。そういった患者には注射ではなく、抗毒薬を経口摂取《けいこう》してもらうことになる。苦いのは我慢できるか?」

　青依の問いに、犬張子は高速で何度も頷いた。よほど注射が嫌だったと見える。

「『良薬は口に苦し』というでござる! がってん承知の助でござる!」

「よろしい。ところで君、名前は」

「拙者、豆大福《まめだいふく》と申し候」

「豆大福か。どこかで聞いたような名だな。まあ詳しい話はあとだ。苦くてえぐみのある薬だが、覚悟を決めて頑張って飲め」

　青依が真顔で言うと、豆大福は急に不安になったのか、眉をハの字にした。

「そんなに苦い薬なのでござるか。いったい全体、なんという名前の薬でござるか」

「名前という名前はない。半夏、蠡実、鹿藿をはじめとする複数の植物性生薬の混合薬だからな。皮膚《ひふ》寒熱《かんねつ》、胃中熱気《いちゆうねっき》、瘍気《ようき》などを治す」

「……ふーん。なるへそおへそ」

　明らかになにがなんだかよくわかっていなさそうな顔で、豆大福は頷く。

「俺は暇ではない。向こうで午後の診療の準備をしているが、なにか体調に異変をきたしたらすぐに俺を呼ぶか、そこにある鈴を鳴らすように」

　手術台の上には巫女が奉納舞の際に手にするような、神楽鈴が置いてある。

　大ぶりの黄金の鈴がたくさんついているので、振ると、少し離れたところにいても気がつくらい大きな音が出るのだった。

　青依は豆大福のほうに盆をずいっと近づけてから、薬房へと戻っていった。

　あとには豆大福のほかに、梨花と、いつの間にかその頭の上に載っていた白玉団子だけが残される。豆大福は手術台の上に起き上がって、三角形に折り畳んである薬包紙をのろのろと開いた。まず顆粒になった生薬に鼻を近づけて、くんくんと匂いを嗅ぐ。とたん豆大福は泣きだしそうな顔をした。薬を飲むのが苦手なのかもしれない。

「お手伝いしましょうか」

　梨花が声をかけると、豆大福は困った様子で頷いた。

「かたじけないでござる」

「それではちょっと失礼して……」

　軽いので、頭の上に白玉団子が載っているのをつい忘れて梨花が腰を折ると、白玉団子が音もなく手術台の上に転がり落ちていった。

「あっ、ごめんね、白玉団子。落としちゃった！　ケガしてない？」

「おう、俺ぁ平気だぜ。それより早く豆大福に薬を飲ませてやんな」

　さすがはうさぎ、白玉団子はもう体勢を立て直して豆大福の横に座っていた。

「それでは豆大福さん、あーんしてくださいね」

「こ、こうでござるか……」

　豆大福はちょっと照れたように赤くなったが、素直にポカリと口を開けた。

梨花は薬包紙をスコップのような形状にして、顆粒の薬を犬張子の口にサラサラと振りかけた。それから素早く湯呑みをかたむけて、ぬるま湯を含ませる。やはり苦かったのか豆大福はたちまち涙目になったが、なんとかして飲みくだしたようだった。

「いい子ね！　ちゃんとお薬を飲めたから、いいものをあげるわ」

梨花は袂から、薄紙に包まれたビー玉くらいの大きさの砂糖菓子を取り出した。

豆大福に手渡すと、白玉団子が血相を変えて「ちょっと待ったー！」と叫んだ。

「ど、どうしたの？　白玉団子」

「梨花、まさかそれ、青依特製の悪いあやかし撃退用の金平糖じゃねぇだろうな⁉」

「そんなわけないでしょ。豆大福さんにあげたのは梅花亭で売ってる甘いお干菓子《ひがし》だよ。金平糖はこっち」

梨花がまた袂に手を突っ込んで、小瓶いっぱいに入った色とりどりの金平糖を取り出して見せると、白玉団子は病人である豆大福の後ろにササッと隠れてしまった。

「豆大福さん、白玉団子のことはお気になさらず、お干菓子を召し上がってね」

「もぐもぐ。もう食べたでござる。えも言われぬ上品な甘さの和三盆《わさんぼん》糖が、口の中で淡雪のように儚《はかな》く溶けて消えてしまったのは、一瞬の出来事だったでござる」

豆大福の言うとおり、いつの間にかお干菓子を包んでいた薄紙はカラになっていた。

それどころか、ただの紙が折り鶴に変身していた。前脚も後ろ脚も丸っこいが、意外と器用な犬なのであった。梨花は豆大福の頭を「よしよし」と撫で、再び座布団に横たえると、布団代わりの青依のハンカチを腹にかけてやった。

「また様子を見にくるから、少し眠るといいわ。午後の診察がはじまったら患者さんがぽつぽつとここを訪れると思うけれど、話し声が気になるようなら、離れの入院棟に移してあげる。今はどなたも入院していないし」

「いろいろとよくしていただき、感謝申し上げ候……」

豆大福は薬が効いてうとうとしてきたのか、ゆっくりと瞼を下ろした。

半分夢の中にいるような心地で、豆大福が誰にともなく尋ねる。

「……『梅花亭』の『蛍袋』と、『猫もなか』はどうしたでござるか」

行き倒れていた豆大福を梨花が発見したとき、豆大福が背中にしっかりとくくりつけて背負っていたのは、神楽坂の老舗和菓子店『梅花亭』の紙袋だった。

梨花は豆大福のお腹をポンポンと叩き、優しく囁く。

「ちゃんと保管してるよ。紙袋は雨で少しだけ濡れてしまったけれど、あなたがしっかりと庇っていたから、お菓子はどちらも無事みたい」

「よかったでござる……」

ほっとしたように呟いた豆大福が、再び鼻ちょうちんを出して寝息を立てはじめるまで、そう時間はかからなかった。

「あれは？　寝たか」

白玉団子を両手で抱き、足音を立てないようにして衝立の向こう側に回ると、こちらに背を向けて書き物机に向かっていた青依が聞いた。

「うん。豆大福さんが持っていた和菓子は無事だよって言ったら、安心したのか、すぐに眠っちゃった」

「和菓子屋で買い物ができたということは、人の金を持っていたんだな。……まさかあの犬張子、どこかの家で奴隷のようにこきつかわれているんじゃないだろうな」

不穏な言葉に、梨花は表情を曇らせた。

「……奴隷？　どうしてそんなことを思うの？」

『典薬寮《てんやくりょう》』の者から聞いたことがある。あやかしには人権もなければ、動物愛護法で守られることもないだろう。それをいいことに、あやかしに過重労働を強《し》いる人間というのがいるらしい」

診療簿らしきものをつけながら青依が口にすると、梨花の腕の中で白玉団子が鼻息を荒くした。

「なんだと!?　だとしたらこの俺が許さん南無三、悪霊退散！」

「お前、本当に騒がしいうさぎだな。病人が目を覚ますだろう」

回転椅子ごと振り返った青依に注意され、白玉団子はしゅんとしてしまった。

梨花は深刻な気持ちになった。

自然が失われ、夜の闇が消えつつある現代日本では妖怪は生きづらい。

日本には、国家非公認の『典薬寮』という秘密の組織がある。有識者や元政治家などによって構成された典薬寮は、いわばあやかしのためのボランティア団体だ。現代のあやかしたちが健康で文化的な最低限度の生活を送れるように支援活動をしているという。

人間とあやかしは互いに存在を認識しあってはいても、基本的には不干渉だ。

屈託のない子供たちはあやかしを見つければ話しかけ、一緒に遊んだりもする。けれど、大人になってからあやかしに遭遇した者は、まず自分の目か脳の病気を疑うものだ。

間近であやかしを見てしまったとしても、大多数の人はそれを他人に打ち明けることはしない。「昨日、川に河童がいたんだよね……」などと身近な人に喋ろうものなら、よくて〝ふしぎちゃん〟、悪いときには〝電波〟扱いされて、学校や職場で浮くはめになる。

そんなリスクを冒してまで、河童の目撃情報を語りたい大人はそういないはずだ。

だが、人の心は千差万別。中にはあやかしの存在を受け入れた上で、彼らをいいように利用してやろうとする悪党がいるのである。

『典薬寮』のような慈善事業によってあやかしたちはある程度は保護されているとはいえ、現行法では極端な話、あやかしを殺害したところで器物損壊罪《そんかい》にすら問われないのである。ちょうど人が人を呪殺しても、殺人罪にはならないように……。

「ともかく、ひどい霊能力者のもとで、ロボットかなにかのように劣悪な環境で強制労働に従事させられているあやかしたちもいないわけではない」

梨花はボロ雑巾のような姿になるまで働かされる豆大福の姿を想像してしまい、たまらず口にした。

「ねえ、青依」

「なんだ」

「もしも豆大福さんがどこかで虐待を受けているあやかしなら、助けてあげたいの」

「どうやって？　まさかまたうちに置くのか？　役立たずはこいつだけで充分だぞ」

青依は梨花が抱きしめている白玉団子を視線で示した。

「えっと……じゃあ豆大福さんは、診療所のマスコットキャラにしたらどうかな？」

おずおずと提案すると、白玉団子が頭からプンスカと湯気を発した。

「マスコットキャラは俺だぜ！」

「そっか……。じゃあ番犬は？」

「おう、そんならまあいいぞ！」

「よかった。じゃあ決まりね！」

梨花と白玉団子がにこにこして顔を見合わせる横で、青依は秀麗な眉をひそめる。

「おい。お前たち、家主の俺を無視してなにを勝手に決めている」

「青依は反対なの？　……あ、そういえば狐は犬が怖いんだっけ」

『日本霊異記《にほんりょういき》』の「狐《きつね》を妻《め》として子を生ましむる縁《ことのもと》　第二」にこんな記述がある。

【彼《そ》の犬の子、家室《いへのとじ》を咋《く》はむとして追ひ吠ゆ。すなはち驚き譟《さわ》き恐《お》ぢ、野干《きつね》に成り、籬《まがき》の上に登りて居《い》る】

（……その犬の子が、狐の化けた妻に噛みつこうと彼女を追い立てて吠えた。すると妻は驚きおそれをなして、正体を現し狐となって、垣根の上に登っていた）

　これを学科の授業で配られたプリントで読んだので、青依も犬が怖いのだろうなと梨花は思っていたのだ。だが彼はというと、余裕の笑みを浮かべている。

「俺は隠神だぞ。神であるこの俺に怖いものなどあるわけがないだろう。ましてあんな大福餅のような子犬など。俺はただ、梨花、お前の命令に従いたくないだけだ」

「わたし、命令なんかしてないけど……」

「そうだそうだ、この被害妄想タコ野郎」

　梨花に便乗して白玉団子まで言いたい放題言ったところで、ピンポーン、と玄関のチャイムが鳴った。診察室に設《しつら》えてある柱時計を見れば、針は十四時ちょうどを指している。

「もうこんな時間か。おい白玉団子。玄関まで行って応対に出ろ」

「俺が応対に出るのか」

「そうだ。三食食わせてやっているんだ。お前もたまには役に立ってみせろ」

「俺がいなくなったからって梨花に変なことすんなよ、ぜってーすんなよ！」

　白玉団子はしつこく念を押しつつ梨花の腕をすり抜けて飛び下りると、案外と素直に青依の言うことを聞き、診察室を出ていった。

「……変なことをするな、か」

　小さな足音が遠ざかってゆき、聞こえなくなったところで、彼がぽつりと呟いた。

「え？」

なんだか不吉な予感がして椅子に座る彼の顔を見つめると、彼は嫌な笑みを浮かべていた。薄く開いた口の奥に、狼のそれのように鋭く尖った牙が覗いている。

見慣れたはずのそれに、なぜかぞくりと肌が粟立《あわだ》ったとき、伸ばされた青依の手に二の腕を掴まれて、思いきり引き寄せられた。

ぼうっと突っ立っていた梨花はその場に踏ん張る余裕もなく、勢いで彼の胸に飛び込んでしまった。

椅子に腰かけた彼の腿《もも》を跨《また》ぐような格好で座らされ、頬がカッと熱くなる。着物の裾が乱れ、白いふくらはぎがあらわになってしまう。逃げようにも、いつの間にか背中にまわされていた手でがっちりと体が固定されていては、身じろぐことすら困難だった。

（こ、こんな格好、嫌。恥ずかしい……）

梨花は耳まで熱くなったが、ここで動揺を見せては完全に彼のペースである。

「なにをするの！」

できるだけ迫力のある声で言うと、彼は面白そうに目を細めた。

「お前に変なことをする」

「はあ!?」

「俺はプライドが高い。命令されるとひどく腹が立ち、逆にやりたくなるたちなんだ」

「あなたに命令したのは白玉団子よ。白玉団子に変なことをしたらいいじゃない」

「お前は変なことの意味をわかっていないらしいな。俺はお前を啼《な》かせたいんだ」

梨花を膝に座らせているせいで、今は彼のほうが目線が下だ。

下方から濡れたような目で見上げられ、梨花の鼓動は自然と速くなった。

「なに考えてるの？　これからお客様が来るのに、こういう悪ふざけはやめて！」

じたばたともがけばもがくほど、抱擁《ほうよう》が深くなっていく。歴然とした腕力の差を見せつけられて、強気でいた心がしぼみはじめたとき、耳もとに彼の吐息がかかった。

「梨花。お前の首に俺の牙を深く突き立てたら、お前はどんな風になるんだろうな」

彼の口内に潜む牙の太さ、鋭さを眼裏に思い描き、梨花はぶるりと震えた。

「どんな風もなにも、痛くて泣き叫ぶに決まっているでしょ！　もう放して！」

「痛くはない」

睦言《むつごと》のように彼は甘く囁いた。

けれど梨花の髪に顔をうずめる彼が、どんな顔をしているのかはわからなかった。

「そんなはずない。だって……、だってあんな牙で噛まれたら、絶対に痛いもの」

「そうだな。お前がへたに俺に抵抗すれば、痛くしてしまうかもしれないな……」

実際に触れられているのかいないのか、しっとりとした唇の熱が耳たぶから首すじへと這い下りてくる。ぞくぞくとした悪寒のような痺れが背すじに走った。

「青依の嘘つき！　わたしが結婚する前夜までは、殺さないって言ったのに……っ」

「今からお前を殺すとは一言も言っていないだろう。変なことをするだけだ」

変なことと言うのがなにを指すのかはっきりとはわからないが、確かなのは今、彼が梨花の首に牙を突き立てようとしているということだ。

「い、嫌。お願い、青依。噛みつくのだけはやめて。わたし、本当に怖いの……」

小刻みに震えながら彼の広い背中にすがりついてしまった、そのときだった。

ガチャリ、という音がして、診察室の扉が開いた。

涙目でそちらを見ると、襟元にカメオ付きの黒いリボンブローチをあしらったブラウスに、膝下丈のスカートという清楚な格好をした人間の少女が、白玉団子を両手で抱いてそこに立っていた。歳は梨花と同い年か、ひとつかふたつくらい年上だろう。

日本人形のように長くて真っ直ぐな黒髪と大きな黒い瞳、白磁《はくじ》のように白く滑らかな肌をした、落ち着いた雰囲気の美少女である。――が。

瞳を潤ませ、頬を上気させ、髪も着物の裾も乱しながら男と抱き合っている梨花を目にすると、絶世の美少女は一瞬気まずそうな顔をした。しかし、すぐに落ち着き払った声音で言った。

「お取り込み中たいへん失礼いたしました。のちほど出直してまいります」

だが内心では多少動揺しているのか、少女はここのマスコットキャラである白玉団子を手にしたままその場から立ち去ろうとした。梨花はとっさに助けを求めた。

「違うの！　どなたか存じあげないけど、わたし噛みつかれそうなの！　助けて！」

「こいつのことは助けなくてもいいが、待て。人間の娘」

青依の方はあっさりと梨花を解放すると、何事もなかったかのように席を立った。

涙目で着衣を整える梨花のことなど意にも介さず、少女のもとへ近づいていく。

「人は霊力が高い者か、物の怪《もの け》に化かされた者しかここへ来ることはできない。君は白玉団子を抱いているあたり、あやかし慣れしている。ならば前者か。……おや？」

梨花が用心深く青依の動向を見守っていると、美少女の前に立った彼はなにを思ったのか、少し身を屈めて彼女の黒髪に鼻を近づけた。

「青依！　なにしてるの！　痴漢！　変態！　おまわりさん！　この人です！」

青依が作った金平糖で彼自身を撃退できるわけがないのだが、梨花は考える前に袂から金平糖の小瓶を取り出し、二、三粒、節分の豆まきのように青依の背中に投げつけた。

青依はうっとうしそうに梨花を一瞥《いちべつ》しただけだったが、梨花はめげずに彼と少女の間に割って入り、少女を庇うように両手を広げて彼の前に立ちはだかった。

ところが指先が震えているせいか、梨花の方が美少女に心配されてしまった。

「あの、大丈夫？　あなた、すごく震えているみたいだけれど」

「大丈夫です！　わ、わたし、青依なんか全然怖くないもん！」

「ふん。俺の腕の中で小動物のように震えることしかできなかったくせに」

青依は高慢な態度で梨花をからかってから、その背後の美少女をしげしげと見た。

「妙だ。君は間違いなくただの人間のようだが、隠神の匂いがする。何者だ？」

隠神と聞いて、梨花もまばたきをしてから美少女を見つめた。

少女のようなあどけなさと、大人の落ち着きを兼ね備えた彼女には、美人ということのほかに特に変わったところは見られない。

しかし彼女の黒檀《こくたん》の瞳に、一瞬だけ動揺の光がよぎる。

花びらのように魅惑的な唇を開き、彼女は言った。

「申し遅れました。わたしは普通の人間ですが、こういう者です」

ポケットから取り出した名刺入れから一枚を抜き、両手で青依に差し出す。

青依は受け取ると、そこに書かれた文字を読み上げた。

「『千早あやかし派遣会社』新藤由莉《しんどうゆり》……」

「わたしはただのアルバイトなんです。本来であれば弊社《へいしゃ》代表の千早がこちらにうかがうべきところなのですが、彼はあなたがおっしゃったように、隠神の特徴である黄金の目をしております。そこでこちらの患者様に余計な心理的負担を与えないようにと千早の方はお邪魔するのを遠慮させていただきまして、今は外で待機しております。……ですが、その――」

青依の顔をうかがって言い淀んだ彼女の言葉を、彼が引きとった。

「そう、別に配慮は不要だった。見てのとおり、俺も隠神だからだ。それで、君は千早紫《し》季《き》の妻か？　隠神と特別に親密な関係でもなければこんなに匂いは染みつかない」

由莉が問うように梨花を見てきたので、梨花は勢いよく首を横に振った。

「わ、わたしはなにも感じませんよ。霊感はある方ですけれど、由莉……さんの髪の毛からは、お上品な桜の匂いしかしません」

「上品？　確かにわたしはいつも桜の香りの激安シャンプーを使っているけれど……」

見るからに良いところのお嬢様といった風情の由莉から〝激安〟という言葉が飛び出すとは思わなかったが、梨花は彼女に対して親近感を覚えた。

それから由莉は、あらたまった様子で言った。

「本日、わたしがこちらにうかがったのはほかでもありません。ここに豆大福という名前の犬張子のあやかしがお邪魔していないでしょうか？　千早が豆大福の妖気を辿り、方々《ほうぼう》捜索した結果、我々はこちらに行き着いたのですが」

「あの丸い犬なら来ているぞ。梨花、豆大福を連れて来い」

「うん。……由莉さん、青依からは一メートル以上距離をとっておいてくださいね」

梨花は美しい少女のことが心配でちらちらと振り返りながら、衝立の裏に回った。

手術台の上で相変わらず鼻ちょうちんを出して眠っている豆大福をガーゼの布で包み、由莉のもとに持っていった。運ばれている間、豆大福はむにゃむにゃと口を動かして、「たい焼きてんこ盛り……」と幸せそうな寝言を呟いていた。

「豆大福！　……よかったわ、無事で！」

白玉団子と交換するかたちで豆大福を梨花から受け取った由莉は、豆大福をぎゅっと抱きしめて、心底安堵したように微笑んだ。

豆大福の鼻ちょうちんがパチン！　と弾けて、つぶらな目が開く。

「……むにゃむにゃ。お由莉、なんでここに？　てか、ここはどこだったっけな？」

「豆大福ったら、寝ぼけているの？　社長もわたしもすごく心配したのよ。あなたが前からやりたがっていた『電車に乗るはじめてのおつかい』に行ったきり帰ってこないんだもの。こんなこともあろうかと、社長はおつかいの決行日をわたしが午後に授業を入れていなかった今日に設定して、会社の方はあなたを送り出したあとに社員に半休を与えて、午前で閉めたの。それからふたりでこっそり神楽坂までつけてきたのに、なぜかあなたがどこにもいなくて……」

「な、なんだよお由莉、なにも泣くこたねぇだろ！」

よほど心配していたのか、由莉が途中で涙声になってしまうと、豆大福は彼女の手の中でおろおろした。

「いや、心配かけてすまんかった。俺ぁ妙な外来種の虫に刺されちまったみてぇで、道端でくたばってたんだ。そこをこの看板娘に拾われて、先生に介抱されたってわけだ」

「もう具合はいいの？」

洟をすすり、目を赤くしながら由莉が尋ねると、豆大福はキリッとした顔をした。

「おうよ！　『猫もなか』も『蛍袋』も無事だぜ！　金が余ったから、有名な『レモン大福』も買っといたぞ！」

「ばかね。大福は大福でも、社長とわたしにとってこの世でいちばん大切な大福は、あなたなんだからね。豆大福」

由莉はそう言って微笑むと豆大福に頬をすり寄せた。

（……なんだ。白玉団子とわたしの杞憂だったみたいね。豆大福さんは、こんなにも由莉さんや、そしてきっと千早さんにも愛されて、大事にされているんだわ）

梨花と白玉団子は同じように胸を熱くさせながら感動の再会シーンを見守っていたが、それをぶち壊したのは銭ゲバの青依だった。

「ところで、診察代だが」

「はい。おいくら万円でしょうか？」

ハッと現実に返ったように由莉が背すじを伸ばす。

もうちょっとふたりを感動に浸らせてあげてもよかったのに……と梨花と白玉団子がじっとりとした目で青依を見ていると、彼はさらにぶっ飛んだことをのたまった。

「三十万円」

「えぇーッ!?」と背すじをピンと伸ばし、驚いたときのマスオさんのような声を発したのは白玉団子である。

青依はそれを完全に無視して、由莉に言った。

「わかっていると思うが、自費診療だ。今日中に現金かカードで払え」

由莉は、呼吸困難に陥った金魚のように口をぱくぱくさせた。

もっともな反応であるが、彼女は梨花よりも冷静沈着な少女だった。

素早くスマートフォンを取り出して操作すると、それを耳にあてた。

「社長。豆大福は無事に発見しました。外来種の虫に刺されていたようで、こちらの先生に手当てをしていただいたようです。……それで、診察代なのですが。……え、五百万円あれば足りるかって？　いやいや、いくらなんでもそんなにしません。ですが、ぴったり三十万円だそうで……、え、は、はした金ですって!?　三十万円をはした金だとおっしゃるのですか！」

相手の声は聞こえないが、由莉の受け答えで、『千早あやかし派遣会社』の社長の金銭感覚が青依とは別の意味でどうかしているということを、梨花は無言のうちに悟った。

「おい、三十万は冗談だぞ」

青依が真顔で由莉に言った。まあそうだろうな、と梨花はため息をつく。

「初診料と薬代、すべて込みで八千円。君のところの社長はなんなんだ、いったい……」

「弊社の千早は金銭感覚がどうかしているんです」と由莉はこそこそと青依に返してから、電話の向こうの相手に伝えた。

「社長、三十万円はご冗談だそうで、本当は八千円だそうです。いえ、八千万円じゃなくて八千円です。小銭!?　また一万円札以外は小銭だとか言う！　ゴホン、……はい、ええ、かしこまりました。それでは先生にはそのようにお伝えしておきます」

電話中に何度か通話相手に対して荒ぶった由莉であったが、電話を終えたときにはもとの冷静さを取り戻していた。

「千早はこのあとすぐに振り込むとのことです。以前、なぜか弊社に白うさぎの因幡さんの治療費の請求書が届きましたが、あのときと口座にお変わりはないでしょうか」

「そういえば、白うさぎの因幡のときも治療費を振り込んでもらったな。『なぜか』ということは御社は白うさぎの因幡とは実は縁もゆかりもなかったということか。……まあいいか。ああ、振込先は変わっていない」

え、いいの……？　と梨花は内心で突っ込んだが、因幡の治療費については由莉もそれ以上は言及しなかったので、黙っていた。

カランカラン、と玄関扉が開く音がする。百鬼あやかし診療所では、診療時間内は玄関扉の鍵が開いていて、患者たちの出入りが自由になるのだ。

二階は私宅となっているのに鍵をかけないなど不用心なことこの上ないが、隠神の家で悪さをしようとする猛者《もさ》はいなかった。家庭菜園の野菜や薬草を盗まれたことがあるだけで、屋内にこそ泥が入ってきたことはない。

「患者が来たようだ。梨花、彼女を門前まで見送ってやれ」

お金のことで話がまとまればあとは用済み、とでもいわんばかりに、青依は聴診器を首にかけ、さっさと踵《きびす》を返した。

診察室は縁側の突き当たりにあって、縁側にはいつものように、順番待ちの患者用に緋《ひ》毛氈《もうせん》が敷かれた縁台が置いてある。その先頭に腰かけていたぬっぺらぼうに梨花はにこりと会釈をして、由莉と豆大福、白玉団子と一緒に玄関へと向かった。

玄関扉を開けてみると、雨はもうあがっていた。

片手で豆大福を抱いた由莉は、もともと豆大福が大事に抱えていた和菓子の包みを梨花から受け取ると、丁寧にお辞儀をした。

「本当にありがとうございました。このたびはうちの子がお騒がせいたしました」

「いいえ。梅雨時は人もあやかしも体調を崩しやすいですから、お大事にどうぞ」

「梨花さんと白玉団子さんも。百鬼先生にも、どうぞよろしくお伝えくださいね」

由莉はまさに白百合の花がほころぶような美しい笑みを浮かべる。しかしふいに、そのかんばせに翳りがさした。

「ねぇ。あなた、梨花さんとおっしゃったわね？」

「はい」

「あなたはさっきわたしに、噛みつかれそうだと言って助けを求めてきたけれど、本当に百鬼先生にああいうことをされるのは嫌なの？」

深刻そうな顔で聞かれ、梨花は口ごもった。

「嫌というか……」

けっして愉快ではないが、ものすごく不快というわけでもない。

言葉を探して沈黙してしまった梨花に、由莉は語気を強めて続けた。

「嫌ならはっきりそう言わなくちゃだめ！　言ってもわからない輩《やから》は、グーでパンチするのが効果的よ。わたしはいつもそうやって悪霊を撃退しているわ」

清楚な美少女の口から淡々と紡ぎ出された言葉に、梨花は耳を疑った。

「え、グーでパンチ……!?　ご、ごめんなさい、わたし、やったことないです」

「困ったわね。あなたもあやかしに寄りつかれやすい体質のようだから、自分の身は自分で守れるようにしておいた方がいいのに。……でも、人には向き不向きがあるわね」

由莉はため息まじりにそう言うと、ブラウスの襟の間に留めていた、カメオ付きの黒いリボンブローチを外した。

「あげる。お守りに持っていて」

目の前に突き出されたそれを、梨花はすぐには受け取ることができなかった。

「でもこれ、カメオですよね？　いただけません、そんな高価なもの」

「ただのプラスチック製のカメオ風ブローチだから気にしないで。重要なのはカメオでもリボンでもない。針の部分よ」

「……え？」

「殴れないなら、刺せばいい。相手が暴漢なら、正当防衛が成立するわ」

殴れないなら、刺せばいい。パンがないならお菓子を食べればいいじゃない、というような軽いニュアンスで、彼女は勇ましいことを言った。

「さ、刺す？」

「さすがに目は狙っちゃだめよ。そこまでするとと過剰防衛になりかねないからね」

由莉はあっけにとられた梨花の手をとり、ブローチを強引に握らせた。

それから彼女は鞄の中から名刺入れとボールペンを取り出して、派遣会社の名刺の裏にメッセージアプリのＩＤと電話番号をさらさらと書きつけていった。

「わたし、自分がゴリラみたいにたくましいせいか、あなたのようにおとなしそうな女の子のことを放っておけないのよね。もしもなにか悩みがあったらいつでもここに連絡してちょうだい。わたしたち、立場も似ていることだし、きっと力になれると思うわ」

差し出された名刺を、梨花は今度は素直に受け取った。

「それじゃあ、わたしはこれで」

由莉は黒檀の目を細めて艶やかに梨花と白玉団子に微笑みかけると、長く真っ直ぐな黒髪を微風になびかせながら石畳の路地に一歩を踏み出した。

ここは隠し小路。かくれんぼ横丁の途中に隠された狭い路地にある、ある種、異界のような場所だ。梨花は由莉が人の往来のあるかくれんぼ横丁に無事に出られるまで、その背中を見送ることにした。

梨花は路の少し先にある柳の木の下に、背の高い青年がひとり佇んでいるのに気がついた。真っ黒なスマートフォンを耳に当て、仕事関係だろうか、なにやら難しい顔で話しているようだった。

黒いスーツの上下に、黒いネクタイ、黒い鞄……。

葬式帰りのような全身黒ずくめの男で、おまけに髪も、烏《からす》の濡羽《ぬれば》のような漆黒。

ただ黄金の双眸だけが雨曇りの空の下、異質な輝きを帯びているのが遠目にもわかった。よくよく見ればどこか陰のある、人形のような美青年である。

やがて青年は不機嫌そうな顔をしたまま電話を切った。

診療所の門から顔だけを覗かせてこっそり見守っていた梨花には気づくことなく、喪服姿の青年は、彼に駆け寄っていく由莉の姿を視界に映した。

するとそれまで眉間に皺を寄せていた青年は急にまなざしを和らげて、由莉に向かって柔らかく微笑みかけたのである。つられたように、豆大福を抱いた由莉も笑う。

親密そうに視線をかわしあった美男美女はごく自然に手を繋ぎ、しっとりと濡れた石畳の道を歩いていった。

男性の方は千早社長で間違いなさそうだが、わりあいキャラの濃い豆大福でさえ空気化させるほど、あのふたりの様子は明らかに愛し合う者どうしのそれであった。

そういえば先程、青依も「隠神と特別に親密な関係でもなければ、そこまで匂いは染みつかない」と言っていたか。

なるほど、手を繋ぐほどの間柄だから、匂いが移ったのかと梨花は解釈した。

(わたしもいつかあんな風に、好きな人と手を繋いで歩ける日がくるのかな……？)

梨花はまだ見ぬ自分の王子様の姿を想像してみようと、どきどきしながら目を閉じた。

しかし悲しいことに、男性と接する機会が極端に少ない女子校育ちの彼女の眼裏に浮かんだのは、もっとも身近な存在でありながら、なにかにつけては自分に怨嗟《えんさ》の言葉を吐きかけてくる、陰気で傲慢でいじわるな妖狐の顔だけなのであった……。

鬼女の章

日中は入道雲がもくもくとそびえていた青空も、陽《ひ》が傾くにつれて茜《あかね》色に変わり、やがて透き通った瑠璃《るり》色になった。

夜空を照らすのは銀粉《ぎんぷん》のような星々だが、神楽坂の街を照らすのは祭提灯だ。

今日から毎年七月の恒例行事、『神楽坂まつり』がはじまった。初日と二日目には毘沙門天の門前にほおずき市が立ち、三日目と四日目には阿波踊り大会が催される。

ほおずき市が開かれる十七時まであと二十分を切ったころ、梨花は青依と、彼の黒い鞄の中から顔を出す白玉団子とともに大勢の人でごったがえす神楽坂上を歩いていた。

『神楽坂まつり』の折には、毘沙門天の前から坂道に沿ってずらりと屋台が並ぶ。

屋台で売られるのは、かき氷やラムネといったお祭りの定番から、フレンチや和食、中華料理など多種多様だ。このお祭りの屋台の食べ物の特徴は、なんといってもその価格の安さと質の高さである。神楽坂の人気店から、普段は高くて入れない高級レストランまで様々な店がこぞって出店するので、街の内外で評判になるほど屋台のクオリティが高いのだった。

そんな屋台でりんご飴とそば粉のクレープを買ってもらって完食した梨花は、もうすっかりお腹が満たされていた。が、白玉団子はというと、焼きそばに焼き鳥、タコライスに牛すじ煮込みをひとりでたいらげ、さらには青依が自分用に買ったスペイン料理店の自家製サングリアまで半分ほど飲んでもまだ飽き足らないらしく、浮立った様子であたりを見回している。やがて、人目もはばからずに叫んだ。

「青依、次は焼きとうもろこし食いてえ！　あとタレカツ！　天串も！」

「……お前はもう散々食っただろう。これ以上混む前に毘沙門天に行くぞ」

立錐《りっすい》の余地もないほどの混雑で、神楽坂上はまさに文字どおり、お祭り騒ぎである。だから白玉団子が声を張り上げたところで、気にとめる者はなかった。

梨花は青依とはぐれないように、彼の長袖のシャツの袖を摑んで歩いていた。

今日はせっかくのお祭りなので、薄水青《うすみずあお》の地に流水《りゅうすい》と紅金魚《べにきんぎょ》が描かれた浴衣を着ている。紅白の帯締めをつけた白練《しろねり》の半幅帯《はんはばおび》に、金魚の尾鰭《おひれ》を思わせる紅い薄絹《うすぎぬ》の兵児帯《へこおび》を組み合わせているので、はたから見れば涼やかな装いだ。

しかしながら、梨花は先程から、暑さのせいばかりではない汗を白い額にうっすらとかいていた。同居人の男にまた子供扱いされるのが嫌で我慢していたが、無意識のうちに口数が少なくなっていたせいか、とうとう彼に気づかれてしまった。

「どうした。やけにおとなしいが、鼻緒ずれでもしたのか。それとも喉が渇いたか？」

どちらも図星で、梨花は顔を耳まで赤くしてしまう。

青依は怪訝《けげん》そうにこちらを見ていた。和服など着慣れているだろう、とでも言いたげな目だ。しかし彼女が履いているレース足袋《たび》を目にとめると、合点がいったようだった。

「ああ、今日は浴衣だから、足袋の素材がいつもと違うのか」

「……うん。裸足《はだし》で下駄を履いたら鼻緒ずれすると思ってレース足袋を履いてきたのに、なんだか滑って、やっぱり鼻緒ずれしたの」

「……しかたがない奴だな」

彼はため息をついたが、気のせいか、その声には少しだけいたわりを感じた。

彼は周囲を見渡してから梨花の手をひき、脇道に入った。道を一本逸れただけで屋台は姿を消したが、自販機が設置されていて、そのそばにはベンチが置いてある。

しかし間が悪いことに、電気が灯《とも》されていない自販機には『故障中』という貼り紙がしてあった。お金を入れるところは、ご丁寧にもガムテープで塞がれている。青依はハンカチを取り出して当然のようにベンチに敷くと、梨花の肩を押してそこに座らせた。

「ここでおとなしく待っていろ。近くの屋台でなにか飲み物を買ってきてやる」

すると彼の鞄の中で、白玉団子がすかさず挙手した。

「青依、俺も！　俺も！」

「いずれ喰うために大事にしている梨花と違い、お前を可愛がってやる理由はない」

青依は冷たく言ったが、浮かれた白玉団子の耳にはなにも入っていないようだった。

「くんくん。おい、青依、あそこで鮎《あゆ》の塩焼き売ってんぞ！　うまそう！」

青依は無言で白玉団子の胴体をつかんで鞄の中から取り出そうとしたが、白玉団子がしがみついて離れないので、諦めて連れていくことにしたようだった。

「では俺は行く。三分以内に戻る。変な奴が声をかけてきても無視しろ。いいな」

白玉団子の耳が飛び出した鞄を持って去ってゆく美貌の青年の後ろ姿を、梨花は申し訳ない気持ちで見送った。

「ねぇ、ちょっと今いいかな？」

おとなしく待機しはじめてから一分も経たないうちに、真正面から梨花に声をかけてくる者があった。驚いて顔を上げてみれば、梨花と同じ大学生くらいの男の子である。

「君もひとりなの？　俺もなんだ。ほんとは今日、彼女……じゃなくて友達と遊ぶ約束してたんだけど、ドタキャンされちゃって。あのさ、よかったら一緒に――」

世間知らずの梨花でもわかる。これはいわゆるナンパという行為である。

そして彼が今一瞬、「彼女」と言ったのを梨花は聞き逃さなかった。一見、爽やかそうな学生風のこの男子は、彼女がいるのに他の女をナンパするというのか。

悶々と考えていると、青年の手が伸びてきた。肩に触れられそうになっていることに気がつくと、梨花は急に怖くなって、思わずぎゅっと目を閉じた。

「ぎゃー！　いでででで！」

と潰れたカエルのような声で叫んだのは、もちろん梨花ではない。

おっかなびっくり目をあけてみれば、うさぎの耳が生えた鞄とラムネの瓶を片手で持った青依が、もう一方の手で青年の腕をひねり上げていた。

「残念だったな。それは俺の連れだ」

青年よりも上背のある青依は、たいそう不機嫌そうな顔をして青年を見おろした。

青年は「チッ」と舌打ちして青依の手を振り払うと、

「……この女、おとなしそうな顔して彼氏持ちかよ」

と、吐き捨てるように言って足早にその場を去っていった。

「あ、ありがとう、青依。迷惑かけちゃってごめんね」

「あの虫けらめ。この花を散らし、手折《たお》る権利があるのは俺だけとも知らず……」

「なにをぶつぶつ言っているの？」

「いいや、なんでも。ほら、飲め」

差し出されたラムネを、梨花は「ありがとう！」と満面の笑みを浮かべて受け取った。

さっそく一口飲みこめば、冷たくて甘い飲み物が五臓六腑《ごぞうろっぷ》に沁《し》み渡ってゆく。

瓶を軽く揺すると、透き通ったビー玉がカラカラと涼しげな音を立てる。

（ああ、夏だなあ……。幸せ）

この一帯に吊るされた提灯の明かりに瓶を透かし、ビーズのようにきらきらした泡が底から飲み口の方へ上がっていくのをうっとりと眺めていると、青依がだしぬけに自分の前にひざまずいた。

「青依も歩き疲れちゃったの？　一口飲む？」

カラン、と音をさせて梨花はラムネの瓶を彼の前に差し出したが、返ってきたのは「いらない」というそっけない答えだった。

きょとんとしていると、彼が梨花の片方の足首をつかみ、下駄を脱がせた。

足袋も剝ぎ取られそうになっていることに気がつくと、梨花は声を上げた。

「……きゃあ！　な、なに!?」

「騒ぐな。鼻緒ずれしたんだろう。絆創膏を貼ってやる」

彼は診療所の外であっても、やはり医者だった。鞄の中に抜かりなく入っていた携帯用の救急箱を取り出すと、消毒薬の匂いがする液体をガーゼに浸した。うっすらと血が滲んだ足の指にそれを押し当てられると、その冷たさに、つま先がぴくりと跳ねた。

「沁みるか？」

彼はつかのま手をとめたが、梨花が頬を染めて首を振ると、手当てを再開した。

（いつもわたしに「俺の前にひざまずけ」とか言ってくるのに、医療行為のためなら、ためらいもなく自分の方がひざまずいちゃうなんて……）

医者としての彼のことはもとから尊敬しているが、感情と職務を切り離し、淡々と憎き相手の足の指に絆創膏を貼る彼の手元を見ていると、その想いはますます強くなる。

手のひらにラムネの瓶の心地よい冷たさを感じながら、梨花はぽつりと言った。

「本当にごめんなさい。夏祭りなんて一年ぶりだから、つい浮かれちゃったの」

「気にすることはない」

彼は手をとめることなく、優しく微笑んだ。

ここで言葉を切ってくれれば見た目も中身もイケメンだったのだが、

「大切に手をかけて育ててやった蝶の翅《はね》を毟るのは愉しいからな。俺は極上の快楽を得るためならば、手間と時間は惜しまない主義なんだ」

余計なことを付け加えてくるから残念な人になってしまうのだった。

梨花が微妙な気持ちになっているうちに手当てを済ませたのか、彼はシンデレラにガラスの靴を履かせる王子様のように丁寧に彼女にレース足袋を履かせ、うやうやしい手つきで紅い鼻緒の下駄を履かせる。先に立った彼が手を差し伸べてきたので、梨花は素直にその手をとってベンチから立ちあがった。

「気力は回復したか？」

「うん。ラムネを飲んだらすっかり元気になったよ。甘いものって、お薬みたいね」

薬、と口にしたところで、梨花ははたと気がついた。

「薬といえば、うちの診療所の薬種棚にもほおずきがあったよね」

「あるぞ。ほおずきは酸漿《さんしょう》ともいって、その昔は生薬として珍重された。中国最古の薬物書『神農本草経』には『熱煩満《ねつはんまん》を治す。志を定め、気を益《えき》し、水道を利す』と記述があり、かつては鎮咳《ちんがい》、解熱《げねつ》、利尿《りにょう》に用いられたという。ただし副作用が激しいから、この頃ではうちも含めて、処方する薬局はほとんどないそうだが」

梨花は彼の博識さをさすがだと思いながら、ふむふむと相槌を打っていた。

「青依って、本当にお医者様なんだね。難しいことをたくさん知っているのね」

「ああいいぞ、梨花。その調子でもっと俺を讃《たた》えろ。そして俺の前にひれ伏すがいい」

彼はいつも一言余計なせいで、せっかくのかっこいい部分を自分自身で台無しにしていることに、やはり気がついてはいないようだった。

「はい！　はい！」

今まで寝ていたのか、青依の鞄の中で妙に静かだった白玉団子が急に挙手した。

「は、はい。どうしました、白玉団子さん」

驚いて、思わず教師のように尋ねると、白玉団子はキリッとした顔をした。

「ほおずきは日本にも馴染み深い植物で、古くは『古事記《こじき》』に〝赤輝血《あかかがち》〟という名で登場してる。素戔嗚尊《すさのおのみこと》が退治した禍津神、八岐大蛇《やまたのおろち》の紅い目を赤輝血と呼んだんだ」

なるほど、と梨花は納得した。ほおずきは薬と禍津神の両方にゆかりのある植物だからだったのか。いつもは人混みを嫌う青依も、神楽坂にほおずき市が立つ日はきまって午後の診療を休みにして、梨花を連れて神楽坂上に繰り出すのは。

白玉団子は、今夜だけでもいろいろなものをおごってもらった恩を忘れたように、彼の鞄の中から青依をキッと睨みつけた。

「そこの隠神、聞いてたか？　まつろわぬ神ってのはな、退治される運命なんだ」

「わかったわかった。どうでもいいが、お前、さっきからひげに天かすがついてるぞ」

梨花が見てみると、確かに右側のひげの一本の先に天かすがついていた。

白玉団子は困ったような顔をして顔の左側をこすってから、青依に聞いた。

「とれたか？」

「とれてない。逆だ」

「とってくれ」

「断る。お前はさっき八岐大蛇の話を持ち出して、俺に喧嘩を売ってきたからな」

根に持つタイプの青依は冷たくあしらった。白玉団子が見当違いの部分ばかりをこするのがかわいそうで、梨花は白玉団子のひげについた天かすをとってやった。

「すまんな。さすが梨花は慈悲深い巫女姫様だ。……ん？」

「なあに？」

「よく見るとおめぇもほっぺにいちごジャムみてぇのがついてんぞ」

梨花はハッとした。そういえばさっき、いちごのクレープを食べたのだ。

梨花は和装バッグの中からコンパクトミラーを取り出そうとしたが、こんなときに限って忘れてきたらしく、見当たらない。

「とってくれる？」と白玉団子にお願いしたら、なぜか横に立っていた青依に肩を抱き寄せられた。

透き通った琥珀《こはく》色の瞳の中に、驚いたように目を見開いた自分の顔が映っている。

梨花の頬を夕陽のように赤く照らしていた祭り提灯の光が、ふっと翳る。端整なおもてが近づいてきて、唇の端に限りなく近い場所を湿ったなにかが這った。

それがなんなのか気がついたのとほぼ同時に、美しい顔が離れていった。

「……甘すぎるな。お前はこんな安っぽい菓子をうまそうに食べていたのか」

金魚のように真っ赤になり、口をぱくぱくさせた梨花に代わって、白玉団子が憤怒の声を上げた。

「てめぇコノヤロ、梨花の唇を奪ったな！　返せ！　梨花の初接吻《はっせっぷん》を返せ！」

怒りのあまり白目をむいた白玉団子に、青依は相変わらず涼しい顔で返した。

「俺は無実だ。頬しか舐めていない。だいいち俺の本性は狐なのだから、他の個体の体を舐めることに特別な意味などない。それはむしろお前の方が破廉恥《はれんち》だということになるのでは？」

白玉団子、お前がなにかいやらしいことを考えたのだとしたら、それはむしろお前の方が
白玉団子は鼻の穴を膨らませたものの、反論の言葉を思いつかなかったのか、静かになってしまった。白玉団子の仇《かたき》をとるように、今度は梨花が抗議した。

「本性がどうであっても、今の青依は男の人の姿なんだよ！　もふもふが人間のほっぺを舐めるのと人間がほっぺを舐めるのとでは、絵面《えづら》が全然違うでしょう！」

「つまり狐の姿に変化《へんげ》さえすれば、俺はお前の全身を舐めまわしてもいいということか」

黄金の双眸を妖しく輝かせながら、彼は自分の朱唇を赤い舌でぺろりと舐めた。

言いたいことがたくさんありすぎて言葉にならず、今度は梨花が静かになった。

「……はあ。これくらいで動揺しているようでは先が思いやられるな。お前は数年後には俺に身ぐるみ剝がされた上、生きたまま体のあちこちを舐められたり、噛まれたり、血を啜《すす》られたり、肉を食いちぎられたり、骨を砕かれたりするというのに」

やれやれといった様子で彼はため息をつくが、やれやれなのはこっちであった。

時間が経って気を取り直したらしい白玉団子が、短すぎて届かない前脚で、シュッシュッと青依を殴るそぶりを見せている。

「その前に俺とやりあって全身を返り血に染めるのはおめぇの方だぜ、青依！」

「ぷっ。そうか、俺の方が返り血を浴びるのか」

青依はおとなげなくも白玉団子の揚げ足をとった。

またもケンカが勃発しそうな雰囲気になったので、梨花は慌てて場をとりなした。

「えっと……。ほおずき市がはじまるまでにはまだ少しだけ時間があるし、早くみんなで毘沙門天様にお参りに行こう？」

白玉団子の方はまだ一方的に青依に怒りを向けているようだったが、梨花の一言で、おとなしく彼の鞄の中に吸い込まれていった。


人波の途切れない神楽坂上を五、六分歩き、やっとのことで朱塗りの門が美しい毘沙門天に辿り着く。

春の終わりには藤の花が満開になり、薄紫《うすむらさき》の霞《かすみ》がかかったようになる藤棚には今は花の影は見えないが、華やかな浴衣姿で行きかう少女たちや、子供が手にした透明の袋の中で泳ぐ紅白朱金《こうはくしゅきん》の金魚、提灯の赤、木々の緑で境内は艶《あで》やかに染まっていた。

青依と並んで本堂へと続く階段を上りきると、お賽銭箱から少し離れたところに、仮設の授与所のようなものが設営されているのを発見した。青依とはぐれないようにしながら横目で見ると、七月限定のお守りが二種類頒布《はんぷ》されている。ひとつは白地にほおずきの刺《し》繍《しゅう》がほどこされた布製のお守りで、もう一種類はほおずきを模した根付《ねつけ》であった。どちらもたいそう可愛らしいお守りであったが、とりわけ、根付の方は梨花の乙女心をわし摑みにした。

　ほおずきの絵の上に『健康・結実（成る）御守』と書かれた台紙と一緒に、透き通った袋に収められているのは、胡桃《くるみ》の実ほどの大きさをした、精巧な作りの赤ほおずき。それが半分にパカッと割れるようになっていて、中にはなんと、ちゃんと小さな実が入っているのだ。

　梨花は瞳をきらきらと輝かせた。

（わあ、可愛い！　でも……）

　今日はお小遣い日前で、梨花は数百円すら持っていなかった。梨花は青依の横顔を見上げた。しかし彼は当然といえば当然だが、お守りには全く興味がなさそうだった。

　今日はもうさんざん青依にごちそうになってしまった梨花は買ってほしいとも言えず、後ろ髪を引かれる思いで仮設の授与所をあとにした。

　お賽銭箱には、ご縁がありますようにとの意味を籠めて、五円玉を入れた。

　一説には、神社仏閣に参詣した際にはめったやたらにお願い事をしてはいけないというが、毘沙門天の本堂の前に立った梨花は、願わずにはいられなかった。

（来年も再来年も、青依と白玉団子と一緒にここへ来られますように。それから、前期の必修科目の単位を落としませんように……！）

　前期の試験期間まっただなかの梨花は、明日に最後の試験を控えている。本当なら今ごろ家や図書館で勉強しているのが正しくて、ほおずき市で遊んでいる場合ではないのだというしろめたさから、後者のお願いを追加したのである。

目を閉じて熱心に願掛けをしていた梨花が目をあけたとき、横に立っていたはずの青依の姿がなかった。きょろきょろと辺りを見回すと、長身の彼はすぐに見つかった。

彼は階段のそばの柱に寄りかかり、あくびを噛み殺していた。

「青依、お待たせ」

梨花が彼のもとに駆け寄ると、彼は眠たげな目をして聞いてきた。

「なにを熱心に願っていたんだ？」

「な、内緒よ。そういう青依は？」

「別になにも。隠神である俺が、なぜほかの神仏などにすがらなければならない」

「そう言うと思ったよ。……白玉団子はなにかお願いした？」

「いや、俺もなんも。俺の女神様は梨花だかんな！」

「もう、白玉団子ったら」

「信仰するなら俺にしておけ。お前の女神は俺に喰われ、俺の一部となるのだから」

「……ねぇ、お寺の境内でそういう血なまぐさい話はやめよう？」

梨花は諭すように言い、青依の袖を引っ張って階段を下りはじめる。まもなく市がはじまるのか、階下では、ほおずきの鉢植えが次々とほおずき売りの屋台へと運びこまれているところだった。鉢植えがたくさん入った段ボールを手にした業者の人が歩くたびに、チリン、チリンと涼しげな音が鳴るのは、それぞれの鉢におまけの風鈴がついているからだ。

帯につけた懐中時計で時刻を確認すると、ちょうど十七時になるところである。

「あ、もうはじまるみたいだよ。早く行って、いちばんいいほおずきを買おう！」

勇み足で進もうとしたせいか、梨花はうっかり階段を踏み外しそうになった。

転がり落ちなかったのは、そそっかしい彼女の行動など予見していたかのように、青依が後ろから細い腰を抱きとめたからだった。

「お前が祭りで興奮するのは神に仕える巫女だからか？　それとも幼稚だからか？」

「うう……。ごめんなさい」

青依は梨花の手をとり、しっかりと握りしめた。

「あ、あの、青依」

青依は梨花にとって異性として意識する存在ではなかったが、それでも赤くなってしまう。するとと青依は軽く笑って歩きだした。

「公衆の面前で俺と手を繋ぐのと、無様に転ぶのとではどちらが恥ずかしい？」

梨花の歩幅に合わせるように、わざとゆっくりと歩いてくれているようだ。

「それに」と、青依が付け加える。

「お前はいつも隙だらけだ。俺が少しそばを離れただけで、すぐに悪い虫がつく」

恋人繋ぎのように指をからめられて、不覚にも鼓動が大きく跳ねた。

「……本当に過保護なんだから」

梨花は羞恥と祭りの熱気に頬を紅潮させながら、やっとのことでそれだけ返した。

あくる日は、五時限目が前期の最後の試験であった。

五時限目は開始が一番遅い授業で、終業時刻は十八時を過ぎてしまう。

調布にある大学の前からバスと電車を乗り継いで、神楽坂に着いた頃にはすでに十九時を回っていた。

祭りは二日目とあって、毘沙門天の界隈は昨夜と同じように大混雑であったが、一歩かくれんぼ横丁に足を踏み入れれば、異界に迷い込んだように喧騒から遠のいた。

加えて、あやかしには簡単に行き来できるが、人間は限られた者しか立ち入ることのできないさらに細い隠し小路に入れば、そこはもう現世《うつしよ》と隠世《かくりよ》のあわいであり、一種異様な雰囲気が漂うのだ。

道の両側に等間隔に枝垂《しだ》れ柳《やなぎ》が植えこまれた小路を歩いていると、暗がりの向こうから、ふわふわと輪入道《わにゅうどう》が飛んできた。

輪入道とは、鳥山石燕《とりやませきえん》の『画図《がず》百鬼夜行《ひゃっきやこう》』で「車の轂《こしき》に大なる入道の首つきたる」と説明されているように、人間の顔がついた車輪である。車輪の中心に据えられている巨大な顔は、ヨコハマタイヤの看板に描かれた顔そっくりで、いい笑顔をしているのだが、このあやかし、ひとつ困った点があった。

常に車輪全体が燃えさかる炎に包まれているので、近寄ったときの暑さが、夏場に蒸し暑い台所でドーナツを揚げているとき以上なのだ。そして辺りが青い闇に包まれはじめた宵の刻だというのに、輪入道の周りだけ真昼のように明るかった。

すれ違いざま、眩しさをこらえながら、梨花は笑顔で挨拶をした。

「輪入道の火村《ひむら》さん、こんばんは。今夜も町はお祭りで賑やかですね」

「やあ！　これは先生のところのお嬢さん、こんばんは。神楽坂が活気づくのは喜ばしいことですが、しかし暑いですね。さすがの僕も熱中症になってしまいまして、今の今まで診療所で点滴を打っていただいていたところなんですよ。ははは」

ヨコハマタイヤの看板の顔……もとい、輪入道の火村は満面の笑みを浮かべて言った。

この少し日本人離れした目鼻立ちと、爽やかな笑みが明るすぎて眩しい。

これまでに冷え性に悩む雪女や、猫アレルギーの猫又、雨が降ると低気圧により片頭痛を引き起こす雨ふらしといった患者たちを何人も見てきた梨花は、「むしろ火村さんが他人を熱中症にさせる側では？」などという無粋で失礼なツッコミは入れなかった。

「ここ数年、夏は命にかかわるような猛暑になるのが普通になってきましたものね。こう暑いと体力の消耗も激しくなりますから、水分補給はこまめになさって。また気になる点がありましたら、いつでもうちにお越しくださいね。お大事にどうぞ」

「ええ、先生にもどうぞよろしくお伝えください」

ヨコハマタイヤは地顔でもある満面の笑みで挨拶してから空高く浮上すると、やがて、星空に吸い込まれるようにして見えなくなった。あやかしは幽霊と違い誰の目にも見えるので、わざわざ高度を上げて飛んで帰ったのはお祭りを楽しむ人々を驚かせてしまわないようにとの配慮だろう。普段はあやかしの雇用枠がある中華料理店で火として働いている彼は、そうした気配りのできるあやかしなのであった。

梨花は満天の星に向かってひとしきり手を振ってから、また歩きだした。

診療所の前に着くと、青依が門前に出ていた。

午後の診療時間が終わったばかりであるせいか、彼はまだ着替えていなかった。が、この高温もあってか、白衣とスーツの上着は脱ぎ、シャツの袖は肘まで捲《まく》っていた。

門前に吊るしたほおずきの鉢植えに、盥《たらい》から柄杓《ひしゃく》で掬った水をかけてやっている。

ほおずきの鉢植えは昨夜の市で買ったもので、今が見ごろの赤ほおずきと、これから色づく青ほおずきがどちらも鈴なりに生った良い品だ。鉢植えの下に吊るしておいた花火の絵付けがされた風鈴が、あるかなきかの微風を受けては、リン、リン、と涼しげな音を奏でている。

「青依、ただいま。あなたがほおずきのお世話をしてくれるとは思わなかったわ」

彼の手にかかればなんでも枯れるので、家庭菜園や薬草の栽培は梨花の担当なのだが。

青依は柄杓を盥に戻すと、けだるげに梨花を見つめた。

「お帰り。……お前の帰宅が遅いから、しかたなく水をやっていたんだ。ほおずき売りの旦那が言っていただろう。ほおずきの鉢植えは日当たりのいいところに吊るして、夏は朝と晩に、たっぷりの水をかけてやるようにと」

「うん。そう言ってたね」

梨花は思わず「ふふ」と笑った。隠神は通常、人間や人間に懐いたあやかしを殺し、あるいは傷つけるという、おそろしい禍津神だ。だから隠神である青依は梨花に限らず人間を見下しているようなところがあるにはあるのだが、隠神らしくないところもおおいにあった。普通の隠神であれば、人里で人とともに暮らすあやかしのケガや病気を治すということなどまずしないだろうし、人間のほおずき屋さんの言いつけを素直に守ることもないだろう。他の隠神たちから見たら、彼はきっと相当の変わり者なのではないかと梨花は思う。

彼を観察しているうちに、梨花の中に、これまでにも何度となく彼に尋ねてきた問いが浮かんだ。

「ねえ、青依はどうしてあやかしを診るお医者様になろうと思ったの？」

それに対する彼の答えはいつもきまっていて、「言わない」か「お前に教える義理はない」かのどちらかだ。けれど、今日は少し違った。

彼は薄い唇に笑みを乗せると、宝石のように魅惑的な瞳で梨花を見つめた。

「お前がそれを俺に聞くのは何度目だ？　お前はそんなに俺のことを知りたいのか」

「だって、気になるじゃない。ごはんを食べたり、衣服を買ったり、税金を納めたり……、わたしを養育するのには確かにたくさんのお金が必要だけれど、世の中にはほかにもいろんなお仕事があるでしょう？　どうしてお医者様だったのかなって」

「どうして？　ふむ、そうだな……」

青依は顎に手を当ててなにか考えているようだった。

「ちょっと。まさかこの場で適当な理由を考えて、わたしをあしらおうっていうの？」

「あしらう？」と彼は心外そうに言い、両手でそっと梨花の顔を挟んだ。

「医師という立場であれば、それを理由にお前の体を隅々まで調べることができるじゃないか。お前はどこをどんな風に触れられると苦痛を感じ、あるいは快感を覚えるのか。それを知り尽くしていれば、お前を喰い殺すときの愉しみが増えるだろう？　それが俺が医者になった理由のひとつだ」

「コンニャロー！　黙って聞いてりゃ変質的なことばかり言いやがって！」

ザバーッ！　と音を立てて、水を張った盥の中から白玉団子が飛び出した。

小さすぎて気がつかなかったが、ずっとそこで水浴びをしていたらしい。

ずぶ濡れの白玉団子は青依の顔面に貼りつくと、引っこ抜かんばかりの勢いで彼の黒髪をわし摑みにし、ぐいぐいと引っ張りはじめた。

青依は無言で白玉団子を顔から剝がすと、雫《しずく》の滴る前髪をうっとうしげに搔き上げた。

彼の手の内でジタバタする白玉団子はまるきり無視して、彼は話題を変えた。

「ところで梨花、試験はどうだった。昨夜は遅くまで勉強していたようだが」

急に現実に引き戻された梨花は、暗い顔でうつむいた。

「なんともいえない……。自信がないの。解答欄は一応ぜんぶ埋めたけれど……」

「そうか。ならばそれでいい」

「え？」

意外な反応に梨花が目を瞠《みは》ると、筋張った大きな手のひらが頭に置かれた。

「試験において大事なのは、とにかく解答欄を埋めることだ。お前はよく頑張った」

髪をわしわしと乱雑に撫でられて、梨花は半分、照れ隠しで怒った。

「もうっ、髪がぐしゃぐしゃになっちゃうでしょ！」

「そうだそうだ！　おめぇもぐしゃぐしゃになれ！」

白玉団子が報復措置をしようと青依の髪に前脚を伸ばしたが、やはり短すぎて届いていなかった。この道は診療所が閉まるとほとんど往来がなくなる。そんな中、三人が派手に小競り合いを繰り広げていると、珍しく声をかけてくる者があった。

「……あらあら青依ったら、やあね。あんた、いつから童女趣味《ロリコン》になったの？」

青依の手がぴたりととまったので、梨花は素早く彼から距離をとった。乱れた髪を手櫛で整えてから、膨れっ面だった表情を取り繕って声をした方を向く。

門前に立っていたのは、絵更紗《えさらさ》のような銀朱《ぎんしゅ》の蝶を散らした黒地の薄物《うすもの》に、モダンなレースの羽織をまとった和装の佳人《かじん》であった。

結い上げた黒髪には、朱色と黒のオーガンチュールリボンをつけている。

これほど赤が似合う女性を梨花は見たことがなかった。

薄化粧の施された象牙色の肌に、柳の眉。棗《なつめ》型の瞳に、艶《あで》やかに潤う真紅《しんく》の唇。鼻梁《びりょう》は通り、うっすらと笑んだ頬の片えくぼが色っぽい、絶世の美女である。

人間の年齢でいえば二十代なかばの女盛りといったところか。

ただし髪飾りの端からわずかに見え隠れする二本の角《つの》を見ると、明らかにあやかし……というか鬼なので、実年齢は定かではない。

「紅葉《もみじ》か。久しぶりだな。三年ぶりか。あんたは東京を離れたと風の噂で聞いたが」

旧知の友人に会ったように砕けた口調で、彼は美女に返した。

三年前といったら、梨花がまだ叔母の家にいて、青依と出会っていないころだ。

「しばらく故郷の鬼無里村《きなさ》に帰っていたの。東京の水はどうにも合わなくって」

「そりゃあ美しい自然豊かな長野に比べれば水質は劣るだろうな」

「ええ。でも今年の三月にまたこっちに出てきたのよ。神楽坂じゃないけれど、同じ新宿区のマンションよ。良い浄水器を設置したら、水に困ることはなくなったわね。ただね、ちょっと悩みがあるの。あんたにしか相談できないこと――」

「ストップ」

話の途中で、彼は片手を上げて制止した。

そして銭ゲバとして重要なことを彼女に伝えた。

「今日の診察はもう終わった。これから診るなら、夜間診療代が加算されるぞ」

「あんたとあたしの仲じゃないの。立ち話で済む話だし、まけてちょうだいよ」

紅葉と呼ばれた女性は、小紋《こもん》の袖から白い手を伸ばすと、甘えるように青依の首の後ろに腕をからめた。目のやり場に困った梨花は、落ちつきなく視線をさまよわせる。

すると青依の肩越しに梨花の姿を視界にとどめた彼女が、目を細めて艶然《えんぜん》と微笑んだ。

（な、なによ……）

挑発するようなそのしぐさに、梨花の胸にもやもやとしたなにかが生まれた。

青依はデレデレしているわけでもないが、彼女の手を振りほどこうとはしない。それが梨花には面白くなかった。彼は自分にとって、保護者のような存在だ。恋をしているわけではないし、殺意を抱かれているのだから恋のしようもないのだが、気分が悪いのは、青依と紅葉が美男美女で、あまりにもお似合いすぎる大人の男女だったからだ。

（わたしのことはいつもからかったり、子供扱いしたりしてくるくせに、紅葉さんにはそんなことしないし。呼びかただって、「お前」じゃなくて、「あんた」だし……）

この差はなんなのだろうと思いながら、梨花は足元に転がっていた白玉団子を拾い、抱きしめた。青依はようやく紅葉の手をほどきながら、やる気のなさそうな口調で言う。

「立ち話で済むなら、さっさと用件を言ってくれ。外は暑い。……いや、もういっそうちに上がってくれないか。冷たい茶ぐらいなら出すぞ。梨花が」

青依が申し出ると、紅葉は流し目でちらりと梨花を見た。

「別に喉は渇いてないし。飲みたくないわ。こんな乳臭《ちちくさ》い子が淹れたお茶なんて」

「ち、ち、乳臭いって……！」

幼児扱いされて、梨花はわなわなしながら紅葉から青依へと視線を転じた。

ここはぜひとも青依に「梨花は乳臭くなどない」と怒ってほしかったところなのだが、さすが古の時代より梨花を憎んでいる男、彼はあっさりと紅葉に同意した。

「さすがは第六天魔王《だいろくてんまおう》の申し子、鬼女《きじょ》紅葉殿だ。梨花がガキだとよくわかったな」

この男！

「あら、鬼女じゃなくたってわかるわよ。顔立ちが可愛いだけで、胸はあまり大きくないし、色気に欠けるわ。生娘《きむすめ》にしか見えないけど、まだお味見はしてないの？」

「しない。言っておくがこいつは性的な意味で食べるのではなく、本当に喰うために飼っている娘だぞ。血も肉も清らかな娘の方が旨いと聞くので、大事にしているだけだ」

「ふうん。かわいそうなお嬢さんだこと。男を知らないまま死んでしまうのねぇ。ふふふ」

ふたりの会話を聞いているうちに、梨花の腕がわなないた。梨花が震えているのではなくて、抱きしめている白玉団子が怒りのためにぷるぷるしているのだった。

「あんにゃろーどもめ！　巫女姫様たる梨花を下劣な話題に出しやがって！」

「いいよいいよ白玉団子、怒ってもよけい暑くなるだけだし、わたしたちはお家の中で水ようかんでも食べよう？」

青依の分も食べてしまおうと固く心に決めながらふたりのそばをそっと離れようとしたとき、梨花は紅葉が青依に告げた言葉で、思わず足をとめてしまった。

「……で、肝心の用件なんだけれど。よく効く惚れ薬を作ってほしいのよ」

「惚れ薬？　恋をさせる薬を作るのは無理だ。あんたが求めているのは、媚薬だとか精力剤だとか、男の性的本能を掻きたてる薬か？」

「ええ、そうよ」

きわどい質問にも平然として答えてから、紅葉はなんともいえない顔で続けた。

「まあ、わざわざ調合してもらわなくても、あんたがちょっとあたしの想い人の首に嚙みついてくれれば、それで済むんだけどねぇ」

……首に嚙みつく？

お行儀が悪いと思いつつ、梨花はついつい耳を澄ましてしまった。

（豆大福さんを拾った日、青依がわたしをからかって、膝の上に載せて……）

――梨花。お前の首に俺の牙を突き立てたら、お前はどんな風になるんだろうな。

そんなことを言って、梨花の首に嚙みつこうとしたことがあった。

青依の牙にはいったいどんな秘密が……？

梨花が耳をそばだてているのに気がついたのか、紅葉がくすりと笑った。

「あら、お嬢さんは知らないの？　青依の牙にどんな毒が含まれているのか」

「ど、毒……!?　毒ってなんですか」

「隠神というのはね、本体の獣の姿のときには、その牙に、相手の臓腑《ぞうふ》に焼けつくような痛みを与える猛毒を。そして爪には五感を狂わせる毒を含んでいるの」

梨花は口を開いたが、あまりにも衝撃的な話に、言葉が出てこなかった。

（焼けつくような痛み!?　青依、あのとき「痛くはない」って言ったじゃない！）

深く息を吸い込んで、青依の大嘘つき！　と罵声を浴びせようとしたとき、「でもね」と紅葉が梨花の表情の変化を面白がるように続けた。

「不思議なもので、隠神は人の姿になると、その毒の性質がまったく変わるのよ」

「おい、紅葉。余計なことは吹き込むな」

青依が口を挟むと、紅葉はいたずらっぽく小首を傾げた。あどけない童女のようなそんなしぐさでさえ、彼女がすると妙に婀娜《あだ》っぽく見えるのだから不思議である。

「吹き込まれたら困ることでもあるの？　仮にこの子に逃げられたって、こんなどんくさそうな子をつかまえるのなんて簡単でしょう？　あんたは隠神様なんだから」

「……まあ、それもそうだな」

傲慢で俺様でジャイアニズムのかたまりの青依は「隠神様」と呼ばれて気をよくしたのか、紅葉が梨花に彼の牙の秘密の続きを話すことをあっさりと許可した。

梨花は胡乱げなまなざしで青依の顔を見たあとで、紅葉の瞳を見つめた。

「人の姿をとっているときの隠神の牙と爪には、どんな毒があるんですか？」

「牙には催淫毒《さいいんどく》が、爪には動きを封じる毒があるの。羨《うらや》ましい限りだわ。あたしにもそんな毒が備わっていれば、わざわざ青依に頼る必要もなかったのに……」

羨ましい限りだわ、以下は梨花の右耳から左耳へと抜けていった。

（……催淫毒？　それって、嚙みついた相手をいかがわしい気持ちにさせる毒……？）

どういうことか？　つまり青依は自分を動物実験のネズミよろしく、毒の効果がいかほどか試す被験体にしようとしていたのか!?　とんでもない事実を知ってしまった梨花は、目玉が零れ落ちんばかりに刮目《かつもく》して青依を凝視する。

梨花の目力があまりにも凄まじかったせいか、彼は少しきまりが悪そうに梨花から目を逸らすと、都合の悪い話題をさっさと切り上げてしまった。

この件については後日厳しく追及しよう……と梨花は静かに心に誓った。

「紅葉。あんたなら薬に頼らずとも、その美貌でどんな男でも落とせるだろう」

「今まではそうだった。だけどどうしたって落ちない男がいるのよ。あたしが生まれてはじめて好きになった男。相思相愛だっていうのに、手も繋いでくれないの。……ねぇ青依、あたしってそんなに魅力がないかしら？」

長い睫毛を伏せて、紅葉は青依の肩にしなだれかかった。体の線が出にくい着物の上からでもわかる豊満な胸を、彼の二の腕に押しつけているのが女性の計算であることくらいは、世間知らず、かつ女子校育ちの梨花にも見え見えだった。

（わたしだって、ただやらないだけで、押しつける胸くらい……）

梨花は自分の首から下を見おろした。今日は白いダブルボタンがついた、紺色のセーラーカラーのマリンワンピースを着ている。触って胸の膨らみの質量を確かめようとして、やめた。こんなことで張り合ってどうする。

自分が青依の立場であったなら、鼻の下を伸ばしていたかもしれない。

けれど青依はというと、まるで無反応であった。医師である彼は美しい女性の姿をしたあやかしの裸くらいは見慣れているから、本当になにも感じていない可能性がある。

色恋沙汰に無縁の人生を送ってきた梨花が白玉団子を手にあれこれ思いを巡らせている

うちに、大人のふたりの間ではすでに媚薬の価格交渉まで進んでいた。

「青依、あんたが守銭奴の銭ゲバ医師で、金のある患者からは容赦なくふんだくるって噂は本当のようね。なにをどうしたら超強力な媚薬が五百万円になるのよ！」

「超強力だから五百万円なんだ。絶対に効くぞ。あんたの好いた男はそれを飲んで数分と経たないうちに、あんたを抱きたくてたまらない衝動に駆られるだろう。一夜《ひとよ》のうちに幾度あんたが果てても、なおあんたを求め続け……」

青依は妙なところで言葉を切った。梨花が白玉団子を抱いたまま、まだそこにいたことを思い出したらしく、咳払いをして声をかけてきた。

「梨花、お前は中に入って雪見だいふくでも食べていなさい」

「えっ？　水ようかんを食べようと思っていたのだけど、雪見だいふくもあるの？」

「ある。お前が好きな菓子だから、昼休みに自分の昼食を購《あがな》うついでに買ってきた」

「あ、ありがとう……」

梨花はつい今しがた短気を起こして、青依の分の水ようかんまで食べてしまう気満々だった自分の子供っぽさを恥じた。青依と梨花が言葉を交わしている短い間に決心がついたのか、紅葉は額に手を当てて、なにかを振り切るように軽く頭を振った。

「青依、いいわよ。その超強力な媚薬とやら、五百万円で買ってあげるわよ」

銭ゲバの青依が梨花から紅葉に注意を戻すのは早かった。

「よし、交渉成立だな。納期に二週間程度時間をいただくことになるが、構わないか。俺の専門は東洋医学だが、媚薬に関していえば『神農本草経』にある莨菪子《ろうとし》よりも、『大アルベルトゥスの秘法』に記された媚薬のほうが安全かつ有用だと考えている。しかし材料を用意するのに日数がかかりそうなんだ」

「ええ、もちろん、二週間くらいなんてことないわ。それで、あんたが調合しようとしている媚薬には、具体的にはどんな効能があるの？」

「『狼の左足の髄《ずい》を取り、龍涎香《りゅうえんこう》とシープルの白粉《おしろい》とを混ぜあわせてクリーム状に揉み、その手で愛する男を愛撫すると、男も女と同様に熱中してくれる』だとか、『精力減退を感じる男は、蜥蜴《とかげ》の灰にオトギリ草と葫葱《えぞねぎ》の脂《あぶら》を加え、香油にして、交渉の一時間前に左足の拇指《おやゆび》と腰に塗るべし』だとか……いろいろあるが、ちょっとここでは」

白玉団子をぬいぐるみのように抱いたまま突っ立っている梨花を彼が一瞥し、口をつぐんでしまうと、紅葉は察したように口元を歪めた。

「ああ、こういう話はお子様には刺激が強すぎるってことね。いいわ。青依の調薬の腕は確かだし、二週間後にまた来るから、適当に媚薬を作っておいてちょうだい」

「任せておけ。その際には薬代五百万、小切手か現金で支払っていただく」

「はいはい。わかったわよ。……まったく、二言目にはお金なんだから」

紅葉はぶつくさと文句を言っていたが、なにを思ったのか、ふと楽しげに梨花のほうに歩み寄ってきた。

「お嬢さん、髪の毛に薄紅色の百日紅《さるすべり》がひとつついてるよ。とってあげる」

紅葉は鮮やかな爪紅《つまべに》の映える指先で梨花の髪をひと房掬ってから、その耳たぶに、ふっくらとした唇を寄せた。そうして、やや棘《とげ》のある声で囁いた。

「……青依もお気の毒ですこと。あなたというお子様が同居しているせいで、家に女のひとりも連れ込めないんだから」

梨花が息を呑んだときには、もう彼女の指先も、唇も離れていた。

彼女の白魚《しらうお》のような指の先には、砂糖菓子のように可憐な百日紅の花がひとつ。

梨花は花をとってもらったことを思い出して、無理やり笑顔をつくった。

「あ、ありがとうございます……」

「どういたしまして」

紅葉はにっこりと笑って返すと、最後に親しげに青依の肩を叩き、百鬼あやかし診療所をあとにした。

「あの女、今梨花になんつったんだ？」

白玉団子がこそっと聞いてくる。

「ええと……、女の子なら、身だしなみに気をつけなさいって」

「ほーん。小姑《こじゅうと》みてえな女だな。梨花は頭に枯れ葉がついてたって可愛いのによ！」

「白玉団子……」

いつでも自分の味方でいてくれる白玉団子の言葉にじんときて、梨花はふかふかのあやかしをいっそうきつく抱きしめた。

（わたし、青依の恋愛事情については考えたこともなかったけれど……。もしかしたら、わたしは青依にとって、本当にお荷物ってこともあるのかな……）

白玉団子の耳に鼻をうずめてうつむいていると、頭にぽんと手が置かれた。

「なにをボーッと突っ立っているんだ。早くうちに入るぞ」

「う、うん……」

梨花はなんとなく青依の顔を見られなくて、長い睫毛を伏せた。

「……急におとなしくなってどうした？　暑気《しょき》にあてられたか」

彼は腰をかがめると、梨花のおでこに自分の額を当てた。

人間よりも高温の獣のぬくもりを直接感じて、梨花の頬はたちまち熱くなった。

「おい、お前、顔が異常に火照っているぞ。だからさっさと家の中に引っ込んで雪見だいふくでも食べていろと言ったんだ。来い」

片手で白玉団子を取り上げられ、もう片方の手で手首を摑まれて、梨花は強引に彼に歩かされた。

――青依もお気の毒ですこと。あなたというお子様が同居しているせいで、家に女のひとりも連れ込めないいんだから。

紅葉に囁かれた一言が頭の中でぐるぐるして、離れない。

鬱々と物思いに耽《ふけ》ってしまった梨花は、横で青依と白玉団子が怪訝そうに顔を見合わせたのにも気がつかなかった。

夕食後、青依は梨花に紫蘇《しそ》や薔薇、枸杞《くこ》の実などを煎じたお茶を淹れてくれた。

彼はなにも言わなかったが、梨花は前に読んだ薬膳の本で、これが月経前の気鬱や腹痛に効果のあるお茶であることを知っていたので、なぜ彼はこんなお茶を淹れてくれるのだろうと首をかしげた。一方の白玉団子も、一包装にふたつしか入っていない雪見だいふくを、なんとまるまる一個、梨花に気前よくくれた。

それで梨花はこのふたりに自分が落ち込んでいるのを見抜かれているのだと悟った。

（うう……。こうやって気を遣わせてしまうところもお子様なんだわ、わたし）

難儀なことに、ふたりが優しくしてくれればしてくれるほど気が塞いでしまう梨花だったが、これ以上暗い空気を醸し出すわけにはいかない。だから、「ふたりとも、今日は妙に優しいね。わたし、まだお誕生日じゃないよ？」と冗談めかして言って、なんとか明るくその場をしのいだのだった。

弱めに冷房をつけて寝ても七月の夜は寝苦しく、梨花は丑三つ時のまっただなかに喉の渇きを覚えて目を覚ました。

横を向くと、灯りを落とす前までそこにいたはずの白玉団子の姿がない。スマートフォンの光で周囲を照らしてみれば、白玉団子は敷布団からだいぶ離れた畳の上に転がっており、両目を〝3〟の形にして鼻ちょうちんを出して眠っていた。白玉団子には専用の小さな枕を用意して、毎晩一緒の布団で並んで寝ているのだが、彼は寝相が悪かった。

梨花は起き上がり、白玉団子を起こさないようにそうっと抱き上げると、所定の位置に戻しておいた。

寝間着の浴衣の裾を捌《さば》いて忍び足で階段を下り、その先の台所でコップ一杯の水を飲んだら、干からびかけていた体が蘇った。

寝直そうと階段の手すりに手をかけたとき、梨花は別室から、かすかにガラスが触れ合うような音を聞いた。もしかして、と思って階段を迂回して縁側の方に行ってみると、その先の診察室からかすかに細い光が零れている。

雨戸は閉まっていなかったので、幸い足元は星明かりで薄明るかった。

梨花は淡い光を頼りに縁側の突きあたりまで歩き、診察室の扉を開けたが、誰もいない。青依がいつも使っている書き物机や衝立で目隠しされている手術台の横を通り過ぎ、奥にある薬房の扉を開けてみると、彼はやはりそこにいた。

調合台の上には秤やすり鉢《ばち》、乾燥させた植物が入った小瓶などが散乱している。

それらの前に立った青依は簡素な私服の上に白衣というういでたちで、無機質な目をして試験管に入れた透明の液体を掻き混ぜていた。なんだかとても眠たそうである。

「青依、まだ起きていたの？」

「……これだけ調合したら寝る。お前は？　眠れないのか」

「わたしは、お水を飲みに起きてきただけ。もう寝るけど」

寝るけど……と言いながらも、梨花は薬房に入り、調合台に近づいた。

台の上に開いて置いてある、見慣れない、分厚い大判の書物が気になったのだ。

それは日本語で書かれた博物書でもなければ、彼がよく読む漢字だらけの古い漢籍《かんせき》でもなかった。フランス語と思しき外国語が、細かい文字でびっしりと連なっている洋書である。なにが書かれているのか梨花にはさっぱりわからなかったが、よく見ると左下に小さな装画があった。裸の男女が折り重なるように絡み合って――。なにを表している絵なのか察する前に、バタン！　と大きな音を立てて青依が本を閉じてしまった。

「まったく、油断も隙も無いな。こんなものを見るな。お前にはまだ早すぎる」

……たかだか絵ではないか。梨花はさすがにムッとした。

「子供扱いしないで。わたし、もう十八だよ。こんなので驚いたりしないよ」

「そのわりには顔が赤くなっているようだが？」

「なってないよ！」

梨花はぷいとそっぽを向いた。確かに少し頬が熱いような気がするが、それは火を使うこともあるこの薬房が、やや暑いせいだ。これで会話が終わってしまうと自分が完全に負けたような気持ちになるので、梨花は一言追加することにした。

「ねえ青依、その媚《び》……、コホン、お薬、本当に調合する必要があるの？」

「お前はなにを言っている。あるに決まっているだろう。五百万だぞ！」

眠たそうに薬を混ぜていたのに、お金の話になったとたん、彼は元気になった。

ふーん、と梨花は半眼になり、ここぞとばかりに先程の紅葉の話を蒸し返した。

「媚薬が必要なら、紅葉さんの言ったとおり、あなたの貴重な睡眠時間を削ってまで調合する必要なんてないんじゃないかな？　青依が紅葉さんの好きな男性の首に噛みつけば、彼女の期待するような……、あの、大人のことが起こるんでしょう？」

「なにが楽しくて男の首に噛みつかなければならないんだ。だいたい、ふたりの逢瀬《おうせ》の現場に俺が立ちあうこと自体、もういろいろとおかしいだろう」

それはそうだ。

（……でも、自分の牙に催淫毒があること自体は否定しないわけね）

そうとわかると、新たに気になることが次々と浮かんできた。

「じゃあ青依は、女の人とふたりのときに、相手の首に噛みついたことはあるの？」

「ない。前世のお前に封じられて、目覚めてからは一度も女と関係を持っていない」

それは五年前に巫女の封印が解け、覚醒した直後に出会った少女に、彼が本気の恋をしたからだろうか。

（だとすると、青依って意外と一途で純情なのかも）

梨花は彼のことを少し見直した。大切なのは現在である。だから過去のことは気にしないようにしようと思いつつも、やはり気になってしまうのが好奇心旺盛な梨花の悲しい性分だった。

「じゃあ、千二百年前は？」

梨花が聞くと、彼は記憶を繙《ひもと》くようにわずかに沈黙してから、首を横に振った。

「すすんで噛みついたことはない。なぜならばそんなことをしなくても、たいていの女は勝手に俺に欲情し、みずからその身を委《ゆだ》ねてくるからだ。もっとも、噛んでほしいとねだられたときは別に断る理由もなかったが……」

噛みついたことがないと聞いて、垣間見えた彼の道徳心に一瞬だけほっとしてしまってから、梨花は憤慨した。

「最低！　不潔！　金輪際わたしに触らないで！」

無理やり女性をその気にさせて襲うようなことはしなくても、〝来るものは拒まず〟の姿勢が彼の発言の裏に透けて見え、それが梨花を憤怒たらしめたのである。これ以上彼と話していると夢見が悪くなりそうなので、梨花は肩をいからせて彼に背を向けた。

「……そうか、残念だ。じゃあこれもいらないんだな」

なんだろうと思い振り返ると、彼は白衣のポケットから小さなものを取り出した。

長方形の台紙と一緒に透明の袋に包まれているそれは、昨夜、梨花が毘沙門天様にお参りする前に欲しい欲しいと思いつつ眺めていた、実入りのほおずきの根付であった。

「どうして……」

「どうしてもなにも、お前、昨日ずっと物欲しそうな顔をして見ていただろう。隠神であるこの俺が気づかないとでも思ったか。慈悲深い俺は、お前が長々と何事か願っている間に買ってやったんだ。今の今まで買ったことすら忘れていたが……」

梨花は彼が手にしたほおずきの根付に吸い寄せられるように引き返すと、正面から飛びつくように青依に抱きついた。

「青依、ありがとう、すごく嬉しい！　わたし、ずっと大切にするね！」

彼の白衣には学校の保健室を思い出すような、消毒液の匂いが染みついている。

現時点では梨花の庇護《ひご》者でしかない彼の香りが、彼女は嫌いではなかった。

むしろ消毒液と、彼自身の睡蓮にも似た清廉な香りが混ざり合った匂いに包まれていると、ほっとしてしまう。無邪気でげんきんすぎる梨花の反応は完全に彼の想定外だったようで、彼はしばし固まってから、ゆっくりと梨花の後頭部と背中に手をまわした。

「ひっつき虫め。『金輪際触らないで』とほざいていたのはどこのどいつだ？」

うっ、と梨花は言葉をつまらせてから、彼の胸元でもごもごと言い訳した。

「……ごめんなさい。大昔の青依が不潔だっただけで、今のあなたは清潔だよ」

「そうだ。わかればいい」

梨花はわりと失礼なことを言ったのだが、雑なところもある彼は、鷹揚《おうよう》に頷いた。

「それにしても、お前も変な奴だ。そんなに大はしゃぎするほど欲しかったなら、はじめから素直に俺にねだればよかったのに」

「それは嫌なの」

「なぜだ」

「わたし、本当は一刻も早く青依から自立したいの。できるだけ甘えたくない」

青依は無意識的な行動のように、梨花の柔らかな髪を指にからめた。

「自立だと？　まさかこの家を出たいなどと言いだすんじゃないだろうな」

「うん。そりゃあ、いずれは……。というか、できれば就職したらすぐに」

「お前は俺が嫌いなのか？」

思ってもみなかった問いに、梨花はうろたえた。

「そういうわけじゃないけど。でも――」

「だめだ。お前を俺から逃がすつもりはない」

梨花の言葉を遮るように、彼は語気を強めた。

「自立だのなんだのと理由をつけて、俺から逃げるつもりだろう。だとしたら無駄な抵抗だ。俺はお前がどこにいてもかならず見つけるし、かならず喰ってやる」

「わたしは逃げも隠れもしないよ。でも、わたしがこの家にいたら、いつか青依の方が困るんじゃないかなって、そう思っただけだよ」

「なぜ俺が？」

「だって……」

梨花は言い淀んだ。

――あなたというお子様が同居しているせいで、家に女のひとりも連れ込めない。

紅葉の言葉はまだ、小さな棘のように梨花の胸に刺さったままだった。

青依と自分の関係は、とてもいびつだ。血の繋がりはなく、愛情もない。ただ前世の因縁と、彼の憎悪だけで絆《きずな》が生まれて、そばにいる。絆――ではない。正確には自分たちを繋いでいるのは、絆《ほだ》しだ。だからといって、今の生活が不幸せだとは梨花は思わない。

梨花は青依や白玉団子と穏やかに過ごすひとときが幸せだった。

けれど、暗い因縁で結ばれた関係である以上、この幸せは永遠には続かないのだ。

青依が有言実行ならば、梨花は近い将来に彼に命を奪われることになるのだろうし、それ以前に、もっと現実的なことがある。

梨花の命を貪るよりも先に、彼が誰かを妻にするという可能性だ。

「……青依が初恋の女の子と再会して、結ばれたとしたら、あなたはその子と一緒に暮らしたいと思うでしょう？　そのときにわたしがいたら、どう考えても邪魔じゃない」

梨花の指摘に、彼は少し考えてから言った。

「俺はあの娘のことを今までにも散々探してきた。全国のあやかしたちからも必死に情報を集めていた。それでも見つからなかったんだ。……再会するとは思えない」

青依は瞼を押さえたが、その直前に瞳に悲嘆の色が浮かぶのを梨花は見逃さなかった。

初恋の少女の話をするときだけ、彼は普段と違う表情を見せる。

（本当に好きなんだ……）

逢いたくても逢えない想い人のことを思い出させて、彼につらい思いをさせたいわけではない。だから梨花はもう、なにも言えなくなってしまった。

青依は瞼を押さえていた指を離すと、いつものように感情のない目で梨花を見た。

「もしものことなど考えるだけ無駄だ。それに、お前は……」

「……わたしは？」

どきんと心臓を波打たせて、次の言葉を待つ。しかし彼が続けた言葉で、拍子抜けした。

「お前は、植物を枯らさない」

「え？」

「俺が植物の世話をすると、いつも枯らしてしまうことはお前も知っているだろう」

知っている。だから診療所の薬草園や家庭菜園の植物は、梨花が世話をしているのだ。

「それがどうかしたの？」

きょとんとして尋ねると、彼は淡々と口にした。

「隠神は生きた植物と相性が悪い。ほおずきや死人花《しびとばな》のような例外はあるが、穢れに弱い多くの草木は、俺が触れるとたちまち朽ち果ててしまうんだ」

「……ええと、なんの話をしているの？」

「俺がお前をこの家に置いている理由を話しているんだ」

「つまりわたしは、土いじり要員として必要ってこと？」

梨花が頬をひきつらせながら聞くと、彼は当然のように頷いた。

「そうだ。自家栽培できるものは食べ物にしても薬にしても、家で収穫した方が金がかからずに済むじゃないか。特に薬草は、外国から仕入れるとやたら高くつく」

「この家におけるわたしの存在意義って、経費削減のため？　ま、まさかそれだけ？」

「それだけだ」

別に否定してほしかったわけではないが、あまりにもあっさりと返された一言には、さすがにぐさりときた。

梨花が眉根を寄せたのに気がついたのか、彼は申し訳程度に言い添える。

「いや、あとは炊事洗濯係もだな。俺は料理が不得手だが、お前の手料理はうまい」

青依はこれでフォローを入れたつもりなのだろうが、梨花はますます微妙な気持ちになった。庭仕事と家事全般ができるからという理由で彼が自分をこの家に置いているならば、自分は彼にとって、思いっきり交換可能な存在ということになる。

「じゃあ、もしもわたしが庭仕事も家事もできなかったとしたら、わたしがこの家に住む必要はないよね。だって青依の最終目的は、わたしを食べることだけなんだもの」

「まあそういうことになるな」

「青依はさっき、わたしがどこにいてもかならず見つけるとも言った」

「そのとおりだ。何度でも言うが、お前はもう俺から逃げられないからな」

「……ふーん。あ、そう。わかった。よくわかったよ！」

確かに自分はただの居候《いそうろう》だ。生薬の知識や調合技術も、青依には遠く及ばない。けれど少しは診療所に貢献していると思っていた。彼の仕事の役に立っていると思っていたのだ。自分にしかできないことがある、自分は彼に必要とされている……そう信じていたかった。しかし今、そのすべてをあっさりと否定され、梨花は自分の足元が音を立てて崩れ落ちていくのを感じた。この二年間、自分なりに頑張ってきたことは彼にとっては無駄なことでしかなく、自己満足に過ぎなかったのだと思い知らされる。

唇の裏をきつく嚙みしめていないと、悔し涙が溢れてきそうだった。

梨花は自分でもなぜこんなに腹が立ち、苛立っているのかわからない。

ただ彼と、自分自身に対する失望感だけが鮮明だった。

だから最後に「青依のばか！」と付け加えずにはいられなかった。本当にばかなのは、自分の方なのかもしれないと頭のどこかで気づきながらも。

それでもほおずきの根付はしっかりと握りしめて、今度こそ本当に薬房から立ち去った。


調合台の前からその姿を見送った彼は、扉が勢いよく閉まると、顔をしかめた。

「なんなんだ、あの小娘はカッカして。やはり今は月の障《さわ》りの前なのか？　あるいは女子校育ちをこじらせたか。それともまさか、遅めの思春期がやってきたのでは……」

青依を封印したとき、日蔭蔓――憎き巫女姫――は満年齢で十八。

つまり今の梨花と同い年だった。日蔭蔓は、顔は梨花と同様に年の割にはあどけなくとも、内面はずいぶんと冷静でおとなびていたものだった。しかし梨花に限らず、この令和の時代の十八歳というのは、平安の世の十八歳の娘たちと比べて、だいぶ幼いのだった。

にわかに多感な年頃の娘を持った父親のような気分になり、彼はしばらくの間途方に暮れたように調合台の前に立ち尽くしていた。

私室に戻った梨花はまた布団からはみ出していた白玉団子を定位置に戻してから、自分も布団に潜り込んだ。

スマートフォンを見て、アラームがセットされているか確かめてから、梨花はメールのアイコンの左上に、赤い通知のマークが出ていることに気がついた。

こんな夜更けに起きている友人もそういないだろうから、早い時間に届いたメールかもしれない。そんな風に考えながらアイコンをタップすると、案の定、受信日時が昨日の二十時頃になっている新着メールがあった。

差出人は、叔母であった。高校一年生の頃から二年生まで——つまり祖父が亡くなってから、青依が梨花の前に現れるまでの一年間、梨花を家に置いてくれた親族だ。叔母の家ではいい思い出がなかったため梨花は動悸がしたが、思い切ってメールを開いた。


白玉団子は鼻ちょうちんを出しはじめると、少しくらいの物音では起きない。

梨花はキャリーケースを押し入れから引っ張りだしてくると、中に筆記用具一式と、読みかけの本、必要最小限の洋服と化粧品を吟味して詰め込んだ。

(いつか青依に食べられてしまう運命なのだとしても、それまでの間、窮屈な思いをしてここにいることはなかったんだわ。どうして今まで気がつかなかったんだろう)

あやかしの頂点に君臨する隠神のそばにいれば、悪いあやかしに襲われる心配はないのかもしれない。けれど、それだって本当のところはどうなのかわからない。

まだ自分を狙っているのかどうかもわからない凶悪なあやかしの存在に怯えて、青依の庇護下で、彼に捕食されるその日まで彼に飼われるように暮らしていく。

それで本当に生きていると言えるのだろうか？

（なんでもかんでも青依の思いどおりになるなんて思ったら、大間違いなんだから！）

梨花はキャリーケースの蓋を閉めた。

青依からもらったばかりのほおずきの根付は、小さなハンドバッグにつける。青依にこれを買ってもらえたことが嬉しかったのは事実なので、大事にするつもりだ。

それから梨花は勉強机に向かうと、ペンをとり、大急ぎでルーズリーフに文字を書きつけていった。

青依へ

突然ですが、わたしはしばらく旅に出ます。探さないでください。

白玉団子も連れていくべきかどうかは最後まで悩んだけれど、きっとここにいた方が安全なので、あなたに託します。

生活が落ち着いたらちゃんと白玉団子を引きとりにくるから、それまではどうかお願いね。それから、白玉団子は寝相が悪くていつもお布団からどこかへ転がっていってしまうの。気がついたときに隣で寝ていたはずの白玉団子がいなくなっていたら、お布団に戻してあげてね。

今までお世話になりました。これからもお元気で。

梨花

文章をしたためていると、青依が階下から二階に上がってくる音がした。

この部屋の手前にある彼の部屋のふすまが開き、また閉まる気配がする。

梨花は眠気をこらえて、たっぷり一時間ほど待つ。

青依の寝付きの良し悪《あ》しはわからないが、このところの彼は睡眠不足だから、一時間もあれば眠りに就くだろう。

どこか遠くで蟬《せみ》が鳴きだし、真夏の空が白みはじめた頃、梨花は荷物を抱えてそうっと部屋を――そして百鬼家をあとにした。


梨花は電車の中で、叔母からのメールを読み返していた。

そこには叔父がリフレッシュ休暇を取得できたため、叔母一家が家族で十日間ほどヨーロッパ旅行をすること、そしてその間、梨花には椿家でペットシッターをお願いしたいという旨が書かれていた。

いつから飼いはじめたのか、叔母の家には猫が一匹いるのだという。

家を留守にするときにはいつも依頼していたペットシッターが夏バテで急に入院することになったため、梨花に代役を引き受けてもらいたいというのだ。顔なじみのペットシッターは例外だったのだろう。叔母は他人をあまり家に上げたがらない人だったので、面識のないプロを雇うより、素人《しろうと》でも血縁者の梨花を家に上げることにしたようだった。

報酬は一日一万円。日当が高額なのは、それだけ責任が重い仕事だからだろう。なにしろペットの命を守る仕事なのだ。

日本を発つのは明日だという。

梨花に異論がなければ餌やりやシャンプーについて指示するため、今日の昼にでも荷物をまとめてうちに来るように——と、そんな文言でメールは締めくくられていた。

日当一万円は、梨花にとってとても魅力的な話だ。いい思い出はない叔母の家だったが一家で旅行をしている間はひとりで過ごすことができるし、十日間の間は、青依とも顔を合わせることなく過ごせるだろう。うまくいけばその間に、住み込みのアルバイト先を見つけることができるかもしれない。

昨夜の青依とのケンカは、売り言葉に買い言葉だった。

本当は青依と白玉団子のそばで暮らしたい。けれど彼に養われ、守られるだけの生活では、いつか自分がダメになってしまう。彼なしでは生きていけなくなってしまう前に、自分も人並みに働けるし、ひとりでも生活ができるという確かな自信が欲しかった。

——なにより、やはり紅葉の言葉が引っかかっていた。

紅葉に囁かれた言葉はただの意地悪ではない。本当のことだったからだ。

彼が自分をひよこ扱いして家に置いておいたとしても、普通の人間の女性から見れば、梨花は当然のことながらひよこではなく十八歳の人間の女性である。恋人がいないはずの青依の家に見知らぬ女の子が住んでいたら、どんな女性だってびっくりする。

やはり自分がとるべき最善の行動は、青依と離れて暮らすということに他ならないのだ。そもそも青依が自分と一緒に暮らす必要はどこにもないのである。

梨花という獲物が人生最大の幸せを迎えたとき——彼いわく、梨花が愛する人と結婚する前夜まで放し飼いにしておいて、はじめて会った日のように自分を迎えに来て、食べてしまうことだってできるはずだ。

隠神である青依の庇護を失った瞬間に、自分はまた手負蛇に傷つけられたときのように、怖い目に遭うかもしれない。梨花が百鬼家からいなくなったら、青依は野菜も果物も薬草もすべて枯らしてしまうかもしれない。そんな風に、お互いに離れて暮らすことで生じるリスクはあろうが、メリットのほうがきっと大きいだろう。

それにもう、ここまで来たら引き返せなかった。

電車はゆるやかに減速して、やがて目的駅で停車する。

彼女は大きな荷物を携えて席を立つと、重い足取りでホームに降り立った。

＊＊＊

夜が明けてまだ間もない刻限、私室の寝床でやすんでいた青依は、白玉団子に顔をポカスカ殴られて目を覚ました。

「青依！　起きろーっ！」

「……うるさいな。俺は六時起床と決めているんだよ。……出ていってくれ」

なぜこのうさぎが自分の部屋にいるのか知らないが、迷惑なことこの上ない。彼は布団を頭の上まで引きかぶった。しかし白玉団子の次の一言で、ガバッと飛び起きる。

「大変だ、梨花が消えた！　こんな書き置きを残していなくなっちまったんだ！」

青依は白玉団子の前脚から紙切れを奪い取ると、素早く紙面に視線を走らせた。

「しばらく旅に出ます。探さないでください……だと？　なんなんだ、この人をばかにしたような書き置きは。要するに家出か？」

青依はルーズリーフに走り書きされた文章にひととおり目を通すと、それをぐしゃりと握りつぶした。寝不足で隈《くま》のできた顔で白玉団子を見ると、白玉団子は憤慨した。

「俺はなんもしてねぇぞ！　むしろ梨花をいじめてたのはおめぇだろうが！」

「俺は梨花を可愛がっていた。そんなことよりも、この手紙にはお前のことばかりが書かれている。二行目以降はすべてお前に関することといっても過言ではない。……なんだ？俺は梨花にとって、団子状のうさぎ以下なのか？　おい」

「俺以下もへったくれもねぇだろ。察しろよ、俺が特別に梨花から寵愛《ちょうあい》されてるわけじゃねぇ。単におめぇが梨花に猛烈に嫌われてたってだけのことよ。あまりにもおめぇについて書くことがないもんだから、俺の話題で無理やり紙面を埋めたんだろうよ」

「不愉快だ」

青依はギリギリと歯ぎしりをした。

梨花は確かに昨夜、「青依のばか！」などとわめき散らしていた。

とはいえ、どちらかと言えば引っ込み思案で臆病で、行動力があるような娘ではない。

それにあの娘は、自分のことを嫌いなわけではないとも言っていたではないか。

にもかかわらず昨夜のうちにこの家から姿を消すなど、誰が想像するものか。

自分は巫女のことを殺したいほど憎んではいるが、その逆はあってはならない。

(美しく無力な小鳥のように、おとなしく俺の掌中で啼いていればよいものを)

──この家におけるわたしの存在意義って、経費削減のため？

昨夜、彼女にそう聞かれたとき、もしも違う回答をしていたのなら──たとえば「違う、お前だからここにいてほしいんだ」とでも答えてやっていたなら、梨花がいなくなることもなかったのだろうか。

「梨花はいったいどこに行っちまったんだ」

途方に暮れる白玉団子の横で青依はスマートフォンを操作し、梨花の電話番号をタップした。何コールか鳴ったあとで、無機質な自動音声に切り替わる。

青依は舌打ちすると、【どこにいる？　夕方までに帰ってくれば特別に許してやるから、さっさと返事をしろ】とメッセージを送った。もちろんこんなことで簡単に梨花が帰ってくるとは思っていなかった。あの娘は、妙なところで頑固なのだ。

（ならばこちらから連れ戻しにいくまで）

　青依は額のあたりに意識を集中させた。

「お、おい、どうした？」

　白玉団子が、さっと彼から距離をとる。

　隠神が霊力を使うとき、黄金の瞳には火の粉のような光が明滅する。白玉団子はそれにおそれをなしたのかもしれない。しかし青依は構わずに、呪《しゅ》をとなえた。

「玉梓《たまずさ》　宵闇《よいやみ》　稲荷《いなり》の祭《まつり》　初午《はつうま》　二《に》の午《うま》　三《さん》の午《うま》」

　巫女姫・日蔭蔓と同じ魂を持つ梨花の霊気をたどり、居場所を突き止めるのは、青依にとってはたやすいことだった。見慣れた私室の風景が溶けて、目の前に、神楽坂の駅が、電車が、車窓の景色が広がる。

（あのばか。叔母のもとに向かっているのか。またあの家に戻るつもりなのか？）

　特定したところで、青依は術を解いた。視界に広がっていた幻の光景が消え、瞳にちらついていた細かな光もフッと消えた。

　青依は無言で立ち上がると、私室を出て、階段を下りた。

「おっ、なんだなんだ、なんか思いついたことがあるなら言えよ」

　青依はそれも無視して玄関の外に出ると、ドアノブに『本日都合により休診いたします』という札を掛けた。それからまた屋内に戻り、冷水で顔を洗い、アホ毛のように跳ねた寝癖を直してから、糊《のり》のきいた黒いシャツに袖を通す。

銀に近い灰色のネクタイを黙って締めていると、先刻からどこへ行くにもちょろちょろとくっついてくる白玉団子が痺れを切らしたように声を発した。

「おいおい、なんなんだ？　診療所は休みにするってのに、白衣以外はいつもと似たような格好じゃねぇか。寝ぼけてんのか？　それとも往診とか営業に行くのか？」

「人は意識的にしろそうでないにしろ、多かれ少なかれ見た目で他人を判断する。いかにもまともな社会人の格好をしていれば、実際にはまともではない妖怪変化も、まともな人間に見えるものだ……」

青依は白玉団子を片手で摑むと、有無を言わさずビジネスバッグに放り込んだ。

「どこに行くんだ。まさか、梨花がいなくなったからって俺を持て余して、高尾山《たかおさん》かどっかに捨てに行くんじゃねぇだろうな⁉」

手元を見おろすと、鞄の中から白玉団子が泣きそうな顔でこちらを見上げていた。

正直なところ、白玉団子のことなど微塵《みじん》も考えていなかった。

梨花と出かけるときの習慣で鞄に放り込んでしまっただけだった。

自分が捨てられることを危惧している自意識過剰な神獣に、青依は薄く微笑んだ。

「俺はお前を捨てたりしない。今までどおり、お前の世話を梨花に押しつけるだけだ。俺は今から椿家に行く。梨花はそこに向かっているようだ」

「えっ、俺も梨花の叔母の家に住むのか？　でも俺ぁ、梨花の親戚なんて知らんぞ」

「お前はばかか。梨花をうちに連れ戻すんだ。あの娘には自分が誰の所有物なのか、その身に叩き込んでよくわからせてやらなければならないようだ」

「おめぇ、そういうこと言うから嫌われんじゃねーの？」

白玉団子のツッコミには反応せず、青依はビジネスバッグを持って診療所を出発した。

＊＊＊

始発で神楽坂から東西線に乗り、中野《なかの》で中央線《ちゅうおうせん》に乗り換えて、そこから三十分程度。一時間もかからずに叔母の家の最寄り駅に着いてしまう。時刻はまだ七時前だ。

叔母の家を訪問するのは十一時という約束だったので、梨花は十時半頃まで、駅に併設されたカフェで文庫本を読んで時間を潰した。

駅から徒歩で十分。駅前の商店街を抜け、土手を通り過ぎて閑静な住宅街に入ったところに、叔母の家はある。叔母の家に一歩、また一歩と近づくにつれて、今までの仕打ちを思い出し、足が鉛《なまり》のように重たくなっていく。けれど、決めたのは自分自身だ。青依から自立するためにも、今日、叔母の家に赴くのは必要なことなのだ。

梨花はなんとか自分の気持ちを励まして顔を上げ、立ち止まることなく歩き続けた。

チャイムを押すと、すぐに叔母が出てきた。美人だが常に眉間に皺を寄せた神経質そうな表情も、細身の体型も以前のままだ。最後に会ってから二年しか経っていないのだから、姿形もそう変わるものではないのだろうが。

叔母の足元には毛の長い白猫が一匹、甘えるようにまとわりついていた。濃い青の瞳が美しい猫だった。まだ小さいので子猫なのだろう。

「いらっしゃい、梨花。よく来たわね。……あら、荷物はそれだけなの？」

「叔母様、ごぶさたしております。必要なものが出てきたら、あとで、せ……百鬼さんに送ってもらおうと思って。試験ももう終わって、夏休みになりましたから」

「あら、そう」

「可愛い猫ちゃんね。はじめまして。梨花といいます」

梨花はその場にしゃがみ込むと、そっと手を伸ばしてふわふわした猫の頭を撫でた。猫は気持ちよさそうに目を細め、梨花の手に頬を擦り寄せてくる。

「わたしがお世話をするのはこの猫ちゃん？　名前はなんていうの？」

「シュネバーレンよ。ドイツ語で『雪玉』。この子が初対面の人に懐くなんて珍しいわね。他人に触られると、噛みつくか引っ掻くかのどちらかなのに」

そういうことは先に言ってほしかった、と梨花は内心で思いながら、叔母に聞いた。

「今日は、なんだかおうちの中がずいぶん静かね。叔母様とシュネバーレンちゃんのほかには誰もいないの？　叔父様と慧《けい》くんと杏奈《あんな》ちゃんは？　ご挨拶したいのだけど……」

慧は三十を過ぎた従兄、杏奈は梨花と同い年の従妹の名だ。

「主人は買い物よ。慧はやっと就職先が決まって先々月に家を出ていったわ。今は社員寮で暮らしているから、明日は羽田で直接待ち合わせなの。杏奈ももう夏休みだけど、今日はサークル活動だそうよ。昼前には帰ってくると言っていたわ」

「そう……。杏奈ちゃんも今年から大学生だものね」

梨花は愛想笑いを浮かべて口にしながら、内心で慧がこの家にいないことにほっとしていた。数年前のことがあるので、彼とは会いたくなかったのだ。叔父とは幼い頃に一度だけ会った記憶があるが、この家では唯一、おおらかで親切な人だった印象である。

叔母ともそうだが、梨花は杏奈とうまく接することができるかの方が気がかりだった。同居していた頃は、叔母は良くも悪くも梨花に干渉してこなかったが、杏奈はみずから梨花に近づいてきては、いじわるをしてくるような女の子だったからだ。

翌朝には一家は海外へと発つが、この一夜をどうやり過ごすかが問題だ。

叔母に続いて二階に上がり、二年前と同じ部屋に通される。

「しばらくの間物置きみたいになってしまっていたから、埃っぽいけれど。掃除は自分で好きなようにしてちょうだいね」

「はい。ありがとうございます」

室内には二年前と同じカバーがかけられたベッドがあり、勉強机があり、小さなクローゼットがある。物置きになっていたというが、物は完全に別室に移されたようで、部屋の中は以前と少しも変わらないように見えた。

まるで、青依と出会う前に時間が巻き戻ってしまったかのようだった。古びて変色したレースのカーテンが吊るされた窓からは真夏の強い日差しが斜めに差し込んでいたが、それが、ふっと翳る。梨花が窓辺に歩み寄って空を見上げると、太陽は出ているが、鈍色の雲がめまぐるしい速さで流れており、それがときおり陽《ひ》を遮っているのだった。

　ぽつぽつと雨が屋根を打つ音がしはじめるまでに、時間はかからなかった。

「嫌だわ、雨。朝の天気予報では降るなんて言っていなかったのに」

　叔母が眉間の皺をますます深くしてから、梨花のほうに向きなおった。

「梨花、着いた早々で悪いんだけど、傘を持って杏奈を駅まで迎えに行ってくれる？　あの子、折り畳み傘も持ち歩かないのよ。私は今料理中で手が離せないから」

「わかりました。わたしも、少し散歩したいと思っていたんです」

　駅からの帰り道の十分間は杏奈と一緒か……と思うと息が詰まりそうな思いがしたが、ここで断って叔母と険悪な空気になるのも避けたいところだったので、梨花は快諾した。

そしてほおずきのお守りがついたハンドバッグを持ち、傘を二本携えて、叔母の家を出た。

　小雨が降る中、傘をさして、今通ってきたばかりの道を引き返す。

　駅に着くと、梨花は改札のそばの柱に寄りかかった。スマートフォンを見てみるが、青依からは不在着信が一件と、そっけないメッセージが一件のみ。

【どこにいる？　夕方までに帰ってくれば特別に許してやるから、さっさと返事をしろ】

　メッセージの文面まで俺様だ。

（無視しよう）

　梨花はふてくされたようにスマートフォンをバッグにしまい、改札から駅前のロータリーを見るともなしに眺めた。空には雨を降らせる雲がかかっているが、大部分はまだ明るい青空だ。お天気なのに、雨が降る。

こんな日は、どこかで狐がお嫁入りをしているのだという。

(青依の家にお嫁さんが来る日も、こんな風にお天気雨が降るのかな)

少し気を抜くとすぐに青依のことばかり考えてしまう自分に気がつくと、梨花は自分自身に呆れた。自分から家を出てきておいて、なんて未練がましいのだろう。

深くため息をついたとき、「梨花?」と背後から少女に声をかけられた。振り返ると、黒いオフショルダーのミニワンピースを着た少女が笑みをたたえて立っていた。

「あー、やっぱり梨花だ! やだ、梨花ってば全然変わってなーい!」

待ち人の杏奈であった。二年前は黒髪だったのが明るい茶色の巻き髪に変わり、前よりも手の込んだ化粧をしているが、彼女だとすぐにわかった。

「杏奈ちゃん? ずいぶんと印象が変わったね。前より可愛くて華やかになった」

「えー、そう? それって単に、髪の毛染めて、パーマかけたからじゃないかなあ」

謙遜したように言いながらも、長い髪の毛先を指にくるくると巻きつけながら話す彼女はまんざらでもなさそうだった。

「えっと……、叔母様から聞いていると思うけれど、明日から十日間、わたしがお留守を預かることになったの。滞在するのは今日からだから、よろしくね」

梨花がぺこりと頭を下げると、杏奈はおかしそうにけらけらと笑った。

「他人行儀だなあ。従姉妹同士なんだし、仲良くしようよ。よろしくね、梨花」

「う、うん……」

あれ、もしかして、杏奈ちゃん、なんだか前よりも柔らかくなった……？

そんなことを思いながら、梨花も彼女に微笑み返した。従妹だし、できることなら彼女とはうまくやっていきたいと思っていた梨花は、内心で胸を撫でおろしていた。従兄の慧も就職したというし、二年間のうちに、叔母の家庭内でもなにかいい変化があったのかもしれない。

ふたりは傘を差して、並んで歩きだした。はじめは「暑いね」とか、「突然雨が降ってくるから嫌になっちゃう」とかそんな当たり障りのない話をしていたが、人通りの多い商店街を抜けて土手にさしかかったところで、ふいに杏奈が話を切り出した。

「ねぇ梨花、パパ活って知ってる？」

「ぱぱかつ？」

徐々に強くなってきた雨が、自分の手にした傘をパラパラと叩く音を聞きながら、梨花は聞き返した。杏奈は歩行速度をわずかに落とす。

「うん。ちょっとおじさんとごはん食べたりデートするだけで、何万ももらえるバイトみたいなもの」

「知らない男の人からお金をもらうの？　……それって、援助交際じゃなくて？」

梨花が眉をひそめると、ぷっと杏奈は噴き出した。

「やだー、梨花ってば古いなあ。パパ活はそういうんじゃないって。ほんとにただの健全なお付き合いなんだから」

「えっと、まさか杏奈ちゃん、そんなことしてないよね？」

ただ微笑みを返しただけの杏奈に、梨花は真剣なまなざしを向けた。

「わたし、叔母様には言ったりしないけど、そんなのやめたほうがいい。いつか絶対危ない目に遭うよ。杏奈ちゃんにその気がなくたって、相手の方はわからないんだから」

もしも力ずくで乱暴されそうになったら、梨花と身長もそう変わらず、恰幅《かっぷく》がいいわけでもない彼女はひとたまりもないだろう。

雨脚が強くなるとともに、空が暗くなってくる。遠くの方で、雷が鳴っている。

梨花が黙り込んでしまうと、杏奈がくすくすと笑った。

「やだな、違うよ梨花。パパ活するのは梨花の方。だってあたしは放課後は友達と遊んだり、彼とデートしたりするので忙しいもん。そんな暇ないよ」

信じられないようなことを言われて、梨花は言葉もなく彼女の顔を見た。

「梨花って薄化粧なのに、その顔でしょ？　けっこう可愛い部類だよ。それならばっちりメイクしたら、かなりおじさんたちからモテると思うんだ。シュネバーレンの遊び相手をするだけで日給一万円も出て、おまけに十日間もうちに住まわせてあげるんだから、杏奈の代わりにお小遣い稼ぎしてくれない？　報酬は折半でいいよ」

とんでもない話が勝手にどんどん進められていくのが怖くなって、梨花はぶんぶんと首を振った。

「や、やだよ！　杏奈ちゃん、叔母様から少しはお小遣いもらっているんでしょ？」

「五万はもらってるけど、全然足りないよー。服だって化粧品だってたくさん欲しいし、もう夏休みだから、プールのある遊園地や花火大会だって行きたい。なのにうちってほら、バイト禁止だし」

五万……。こっちはバイト禁止で三千円である。いや、それは今は問題ではない。

「だからって。とにかくわたしは嫌よ。そういうのに関わるのはよくないよ」

梨花は足をとめ、まっすぐに杏奈の視線をとらえた。冷めた目で見つめかえされると、かつていじめられていた日々の記憶が蘇ってきて、膝が小刻みに震えてくる。それでも目を逸らさずにいたら、杏奈の方が飽きたとでもいうように、先に視線を背けた。

「はあ、まじめかよ……。でも梨花だって、……百鬼さんだっけ？　あの男の人のところで暮らしてるじゃない。ママもパパも百鬼さんのことを信用しているみたいだけど、本当はどうせタダでいいように弄ばれてるんでしょ。なのにお金をもらえるパパ活に抵抗があるなんて、変なの」

梨花の頬にカッと血が昇った。

自分のことはばかにされても構わないが、彼を侮辱されたのにはひどく腹が立った。

「あの人は、そんなことのためにわたしを引きとったんじゃないよ！」

庭仕事と家事要員、兼、彼の餌として引きとったのだ、ということは言葉にしたら虚しくなりそうなので言わないが、梨花は続けざまに口にした。

「ちょっと変なところもあるけど、優しくて、まじめで、立派なお医者様なんだから！」

一息にそう言うと、梨花の強い語気に圧《お》されたように杏奈が顔をひきつらせた。

「な、なんなの？　急に大声出しちゃって。……てかさ」

杏奈が白い手を梨花のハンドバッグへと伸ばす。彼女の意図を察したときにはもう遅く、バッグにつけていたほおずきの根付があっというまに彼女の手中に収められた。

怪訝そうな顔でそれをじろじろと見つめ、「なあに、これ」と尋ねる従妹をなるべく刺激しないように、梨花は平静を装った声音で答えた。

「お守り。近所のお寺の前で、ほおずき市があったの」

「ふーん。……で、これは彼氏に買ってもらったの？」

「か、彼氏じゃないよ！」

「図星なんだ。はあ、梨花は安上がりでいいなあ。こんなので満足できるなんて」

「……わたしがなにを大事にしようと勝手でしょ。返して」

梨花が杏奈の手から根付を取り上げようとすると、彼女はそれを握り締めて後ろ手に隠した。珊瑚色のグロスで彩られた杏奈の唇に、意地悪そうな笑みが浮かんだ。

「梨花がパパ活やってくれるっていうなら、返してあげてもいいよ」

あまりにも不平等な取引を持ちかけられて、梨花は涙ぐみそうになった。

けれどぐっとこらえて、なおも反発した。

「嫌よ。だけど、それは返して」

「……わかったよ」

梨花がほっとして、小さく安堵のため息をついたときだった。杏奈は根付を握った手を高く振り上げて、それを夏草が繁る土手の遠くをめがけて投げ捨てた。簾のようにざあざあと降りしきる大雨の中にほおずきの橙色《だいだい》がちらついたのはほんの一瞬のことで、それはすぐに濃緑《こみどり》の闇の中に消えた。梨花は杏奈の横をすり抜けて、土手に足を踏み出そうとした。

「探すの？　どこに転がっていっちゃったかわかんないし、あんなちっちゃいもの、こんな雑草が伸び放題のところで見つかりっこないよ」

杏奈がせせら笑うのを後ろから聞きながら、梨花はただ「本当に大事なものなの」と答えた。階段を探す手間も惜しく、慎重に土手を下りはじめた梨花に、杏奈は楽しげに声をかけた。

「わかった。じゃあママには梨花がとっても悪い子で、その辺で声をかけてきた男の人に勝手についていってっちゃったって報告しとくね！　ついでに、あたしたちがいない間に家に男を連れ込むかもしれないよって！」

杏奈の方を見やると、彼女は「ばいばーい！」と梨花に明るく手を振ってから、弾むような足取りで去っていった。

杏奈は、二年前と少しも変わらなかった。梨花は帰ったら、杏奈から報告を受けた叔母に一も二もなくぶたれるのだろう。二年前、夜に従兄が梨花の部屋に侵入してきたときもそうだったように。叔母は梨花の言い分に耳を傾けてくれるような人ではないのだ。

でももう、そんなことはどうでもいい。

梨花はなかば自棄のように、土手を下っていった。子供の背丈ほどの高さまで伸びた雑草は雨に濡れ、そこに分け入るだけで洋服がびしょ濡れになる。雷鳴が先程よりもずっと近くなり、真昼だというのに、周囲は今や日暮れのように薄暗い。

風が出てきたせいで、横殴りの雨が梨花の頬や髪に容赦なく叩きつける。

傘が意味をなさなくなったので、梨花は傘を閉じてバッグと一緒に足元に置くと、濡れそぼった草を両手でかき分けはじめた。

固い葉や、植物の棘で、手やむきだしの腕はまたたくまに切り傷だらけになる。

こんなことになるとは思っていなくて、パンプスを履いてきたのも間違いだった。

濡れた蔓性の植物に足をとられ、何度も転んでは膝に血が滲んだ。

けれど冷たさも痛みも感じなかった。ただ目の裏が痛くなるほどに、瞼が熱かった。

神仏とは相反する存在である隠神の彼は、毘沙門天様の加護があるお守りに触れるのも本当は不快だっただろう。

それでも梨花が欲しがっていたからと買ってくれた、彼の気持ちが嬉しかった。

それなのに、そんな大切なものをなくしてしまった……。

この雨で土がぬかるめば、根付は埋もれてしまい、いよいよ見つけることは難しくなるだろう。だから梨花は一刻もはやくほおずきの根付を見つけなければならなかった。

ない。

……ない。

（この辺に落ちたと思ったのに……どうしてどこにもないの）

ここから程近いと思われる場所で雷が落ちる轟音を聞き、肩がびくりと震えた。

雷は苦手だ。それでも探し続けなければならないのに、恐怖で足が動かない。

草を払った手の甲に、涙と冷たい雨が混ざったぬるい雫がぽたぽたと落ちた。

神楽坂に帰りたい。

薬草の匂いが染みついた家に帰りたい。

青依とケンカをして、白玉団子と一緒に寝て、三人で温かなごはんを食べたい。

「青依、白玉団子……」

血の繋がりがなくても、本当の家族のように同居していたふたりの名前を口にして、梨花はその場にへたり込んだ。

つかのまそうしてうつむいていたら、草を踏みしだく足音がこちらに近づいてきた。

梨花の姿を不審に思った、巡回中のおまわりさんだろうか。

そう思ったが――。

「……無様だな」

頭上から降ってきたのは、あまりにも聞き慣れた声だった。

「希代の巫女姫様が地面を這いつくばる姿はなかなかの見ものだ。気に入った」

「梨花ーっ」

雨と一緒に落ちてきた白玉団子が梨花の膝に着地して、それから胸に飛び込んできた。白玉団子を両手で受けとめてから顔を上げると、傘をさしたスーツ姿の青依が、光のない目で梨花を見おろしていた。

「ふん、さてはさっそくあの従妹にいじめられたな？　で、今度はなにを捨てられた？　大切な母の形見でも隠されたか？」

梨花は首を左右に振る。

「違う。でも、とても大切なもの……」

口にしたとたんにまた目頭が熱くなって、大粒の涙がぼろぼろと溢れてきた。

青依は彼女の前に膝をつき、自分の服が濡れてしまうのも構わずに傘をさしかけてくる。距離が近くなり、彼の匂い——消毒液と、澄んだ睡蓮の香りに包みこまれる。慕わしい香りに安堵したら、またあらたな涙が零れてきてしまった。

「泣くな。お前を泣かせてもいいのは俺だけだぞ」

青依は怒ったような口調で言いながら梨花の顔を上げさせて、雨と涙と泥でぐちゃぐちゃになった頬をハンカチでそっとぬぐっていった。

「……かわいそうに。綺麗な顔が傷だらけじゃないか」

梨花はどこか夢でも見ているような心地で青依の顔を見つめていたが、ふと、彼の異変に気がついた。

黄金の双眸が異様に輝いている。

雷の閃光のせいではなく、瞳そのものがあやうい光を帯びているのだ。

瞳孔は猫のそれのように縦に裂け、そのさまは美しくもあり、禍々《まがまが》しくもあった。

「青依……、怒っているの？」

梨花は寒さに震える指で、彼の頬に触れた。

隠神の生態については、以前、彼自身の口から聞いたことがあった。

「隠神は強く感情を揺さぶられたり、昂奮したり、欲情したときに、双眸の瞳孔が細くなって異質なきらめきを纏う。その状態を月暈《げつうん》がかかる、あるいは月《つき》の暈《かさ》がかかるという」のだと。けれど梨花はそれを知識として知っていただけで、実際に彼の目がこんな風に変化したのを見たことがなかった。

「怒っている……なぜそう思う？　俺の目に月の暈がかかっているのか？」

質問に質問で返されて、梨花は黙って頷いた。

「そうだろうな。俺は今激しく憤っている。俺の所有物をこんな風にされて……。いっそ妖狐の姿に変じて、お前の従妹の喉笛に牙を立ててやろうか」

なぜ妖狐の姿に……と考えかけてから、梨花は紅葉の言葉を思い出した。

隠神というものは、人の姿をとっているときにはその牙には催淫毒が、その爪には相手の動きを封じる毒があるという。しかし獣の姿のときには、その牙には相手の臓腑に焼けつくような痛みを与える猛毒が、爪には五感を狂わせる毒を含んでいるのだとか……。

内臓に焼けつくような痛みだなんて、考えただけで身震いがした。

梨花は勢いよく首を横に振って、青依に懇願した。

「や、やめて。そんなことしちゃだめ。あれでもいちおう血の繋がりのある従妹なの！」

「……血縁とは厄介なものだな。〝もふもふ姿〟の俺を見られる絶好の機会なのに」

確かに梨花はもふもふになったときの青依を見たことがないし、見せてほしいとお願いしたこともある。本体をもふもふ扱いされるのが気に食わないのか、それとも、これは勝手な想像だが、獣形をとると彼は面白い顔になるなど残念な意外性があるから見せたくないのか——理由はわからないが、とにかく彼はもったいぶって本当の姿を見せてくれたことがなかった。

しかし梨花は自分の好奇心を優先させるほど、杏奈のことを憎んではいなかった。

「それはまた今度でいいよ。どうせわたしを食べるときには狐になるんでしょ？」

「いいや。俺はこの姿でお前を責め苛《さいな》んでやるつもりだが？」

「まあそんなことは今はどうでもいい。とにかく車に乗るぞ」

「……えっ」

「……うん」

まさか青依が人の姿のまま自分を食べるとは思っていなかった梨花は、凄惨な光景を想像してしまい、無口になった。

ふたりの間に挟まれた白玉団子が、くぐもった声で告げる。

「梨花、案じるこたぁなんもねえぜ！　青依はいずれ俺がボコボコにしてやるし、今日の俺たちはおめーを奪還するためにあれこれ作戦を練って来たんだかんな！」

「奪還？　作戦？」

「椿家に十日間滞在しろって言われたんだろ？　ペットシッターとして！」

「そうだけど……。どうして知っているの？」

「手段などいくらでもある。あまり俺をみくびらないことだ」

と、けだるげに返したのは青依である。心なしか昨夜よりも隈が濃くなっているところを見ると、相当の霊力を使って梨花の居場所を探り当てたのだろう。

土手のそばに停められた車に辿りつき、梨花は白玉団子と一緒に助手席に放りこまれた。青依は運転席に座ってシートベルトを締めると、エンジンをかけた。

彼が向かった先は、やはりというか、叔母の家だった。

白い柵の門の向こうでは、四季咲きの薔薇の群生が雨に打たれてうなだれている。

「俺には、お前がここで暮らしたがっているようにはとうてい思えない」

車を停めると、それまで黙っていた青依がフロントガラスを見つめたまま言った。

「なぜうちを出た。お前が報酬を目あてにペットシッターを引き受けたとは思えない。俺のもとで暮らすのは、お前にとってそんなに苦痛だったのか」

「そうじゃないよ！　でも、……でも」

言い淀む梨花に、黄金の視線が真っ直ぐに向けられる。梨花は目を合わせられず、白玉団子に顔をうずめた。白玉団子は安らかな寝息を立てていた。車の揺れが気持ちよかったのか、こういうときに限って、白玉団子は鼻ちょうちんを出して眠ってしまうのだ……。

「……わたし、ちゃんと大人になりたいの。でも青依のそばで暮らしていたら、いつまで経っても成長できない。わたしを餌としてしか見ていないあなたはそれでいいかもしれない。だけどあなたがわたしを食べるのは、今日明日の話じゃないでしょう。だから、わたしはあなたに捕食されるその日までは、まっとうな大人として生きたいの……」

また顔に熱が集まっていく。消え入りそうな声で彼の問いに答えると、運転席から身を乗り出してきた彼に両肩を摑まれて、強引に目を合わせられた。

「それなら、俺が大人のように扱ってやれば、お前は俺のもとに帰ってくるのか？　たとえば小遣い制を廃止し、代わりにお前を診療所の従業員として雇うと言えば」

いつもからかうような色をたたえて自分を見てくる双眸は、思いがけず真摯《しんし》だった。

そのまなざしの強さに圧倒されながら、梨花はぎこちなく首肯《しゅこう》した。

「う、うん。自立するお金を稼ぐためにも、アルバイトはしたかったし。でも、できれば診療所じゃないほうがいいな」

「叔母の家でペットシッターになるのはよくて、俺のもとで働くのは嫌なのか？」

「うん」

「理由を言え」

「庭仕事も、家事も、診療所のお手伝いをするのも、わたしである必要がないから。人を雇うなら、わたしじゃなくて、もっとプロの人を雇ったほうがいいでしょう？」

「それとも」と、梨花はためらってから、続けた。

「……わたしじゃないといけない理由があるの？」

自惚《うぬぼ》れも甚《はなは》だしい質問だったかもしれない。恥ずかしくてすぐに白玉団子で顔を隠してしまったから、彼がどんな顔をしたのかはわからなかった。

たっぷりと十秒は押し黙ったあとで、彼がぽつりと言った。

「ある」

「どんな理由？」

「第一に、お前には向上心がある。うちに来るまでなじみのなかった生薬について、お前は当然のように勉強しはじめた。俺が薬の効能について話してやれば、真剣に耳を傾けてメモをとる。患者を診て、薬を調合するのは基本的には俺だが、お前は助手として充分な技能を備えている。教育や研修をする必要がないという点はコストカットの面から見ても魅力だ」

青依は一気に言ってから口をつぐんだが、「第一に」と言ったからには、第二があるはずだ。彼の瞳をじっと見つめて次なる言葉を待っていると、青依はつかのま逡巡《しゅんじゅん》してから、再び口を開いた。

「第二に、俺はお前の手料理を気に入っている。万能の隠神である俺が唯一できないのは、料理だ。時に炭化し、時に液状化する。第三に……いや、これはいい」

「だめ。わたしは自分の気持ちを全部正直に話したのだから、青依もちゃんと言って」

言いさしてやめた青依に、今度は梨花が詰め寄る番だった。

「第三に、お前がそばにいないと落ち着かない。仕事をしようにも気がそぞろになり、診療所を開けられなくなる。なぜかは俺にもわからないから、これ以上はなにも言えない」

青依は梨花の肩を摑んだまま、彼女の体を向こうへと押しやった。

いつしか青依の目から月暈は消えており、その表情は和らいでいた。

「じゃあ……わたしのこと、邪魔だって思ったことはない？」

梨花が思い切って聞くと、彼は目をすがめた。

「誰かになにか吹き込まれたのか？」

「……別に、そういうわけじゃないけど。わたしが勝手にそう考えただけよ」

「はあ、紅葉あたりがなにか言ったのか。お前はやたら女を庇いだてするところがあるからな。すぐに見当がつく」

言われてみると、自分は女性贔屓《びいき》のところがあるかもしれない、と梨花は思った。だから杏奈のことも、苦手ではあるのに心底嫌いになることができずにいるのだ。

沈黙してしまった梨花に、彼はきっぱりと告げた。

「邪魔だなどと思っていたら、俺はとっくにお前の保護者がわりをやめている。……いや、本当ならば、俺はお前を引きとったその日のうちにお前を喰ってやるつもりだった。だが当時、お前が死を望んでいたからその気が失せたんだ。そしてうちに置いてみたら、存外、お前が使える娘だったから、そのまま住まわせていた」

「じゃあ青依は、わたしに餌以外の価値も見出《みいだ》しているということなのね？」

「そうでなければ、お前をそばに置いたりしない」

梨花の肩を抱いていた手が、頬へと移動する。親指の腹が目の下に触れて、涙のあとをそっとぬぐう。言葉とは裏腹にガラス細工のように慎重に触れてくる彼の気持ちを、彼女は理解することができなかった。ただ彼が暗に、自分はまだ診療所にいてもいいのだと言ってくれたのだということだけは、熱いくらいに温かなその指先から伝わってきた。


薔薇のリースが飾られた玄関扉の前に立った青依がチャイムを鳴らすと、応答もなく、叔母がすぐに凄い剣幕で出てきた。

「梨花！　あなたって子は、……あ、え、百鬼さん……!?」

白玉団子（叔母にはただのぬいぐるみに見えるかもしれない）を抱いたずぶ濡れの梨花の隣に、同じく濡れ鼠《ねずみ》になった青依が姿勢よく立っているのを目にして、叔母はたいそう混乱したようだった。叔母に続いて杏奈と叔父が奥からやってくると、叔母はすかさず厳しい顔で杏奈を問い詰めた。

「杏奈、どういうこと？　あなた、梨花がその辺の男の人についていっただなんて言っていたけど、この人は百鬼さんじゃないの！」

「あ、あれぇ？　そうだったっけ……？」

杏奈はごまかすように叔母に笑いかけてから、「な、なんで百鬼さんがいるのよ……」と腑に落ちない様子で呟いた。

叔母と杏奈のやりとりをきょとんとした顔で眺めていたのは、ごくごく普通の会社員といった印象の眼鏡の男性。あたりまえだが、十年以上前に会ったときと比べれば皺も白髪も増えている。けれども人好きのする笑みとマイペースそうな雰囲気は、幼い頃の記憶の中にある叔父の姿とすぐに重なった。

叔父は梨花と目が合うと、目じりに細かい皺を寄せて屈託なく笑った。

「梨花ちゃん、よくわが家に来てくれたね！　シュネバーレンはさっそく君に懐いたみたいだね。僕たちがいない十日間の間、ここが自分の家だと思って気楽に過ごしてもらえると嬉しいな！」

梨花はまだ眠りこけている白玉団子をひとまず靴箱の上に置くと、叔父が差し出してきた手をとり、微笑んで握手をした。

「こんにちは、叔父様。しばらくぶりですが、お変わりなくてなによりです」

「椿さん」

叔父と梨花のやりとりを見たあとで、青依がだしぬけに声を発した。この場にいるのはほとんど椿さんなのだが、彼が見ていたのは椿家に婿養子に入った叔父の顔である。

「はい？」と叔父が小首を傾げると、青依はなんでもないことのように言った。

「梨花さんが十日間こちらに滞在し、ペットシッターをお引き受けするというお話なのですが、無かったことにしていただけないでしょうか」

「へっ？」

「梨花さんと私は今や他人ではありません。あなたがたもよくご存じのように、私たちは将来を誓い合い、とうに身も心も固く結ばれた婚約者どうしです。片時も離れずにそばにいた彼女と十日間も離れていなければならないなんて、私には耐えられない」

条件反射のように開いた梨花の口は、背後に立つ青依の手に素早く塞がれた。

「こ、こ、婚約者？」

つっかえながら聞き返した杏奈に、青依はまじめな顔でうなずいてみせる。

「ああ、君はご両親からなにも聞いていないのか。梨花さんの従妹である君に告げずにいたのは失礼したね。在学中に彼女の姓が変われば彼女が友人から好奇の目を向けられかねないから、大学在籍中に入籍することはないが、彼女が卒業したらすぐにでも籍を入れるつもりだよ」

梨花だってなにも聞いていなかった。

だが、叔母と叔父は心得顔で、動じたそぶりを見せない。まだなにか言おうとした杏奈を制して、叔母が口を開いた。

「婚約のことはともかく……。百鬼さん、ペットシッターに関しては、梨花は自分でやると決めてうちに来たんですよ。今さら無かったことにと言われましても、困ります」

「都内にはペットホテルがいくらでもあるでしょう。梨花さんに一日あたり一万円の日当を渡すよりもお安くつくと思いますが」

「それができるのであればとっくにそうしています。でもシュネバーレンは気難しくて、どういうわけだか椿家の人間となじみのシッターさん以外には懐かないんですよ」

にこりともせずに告げる叔母に、青依は穏やかな笑みを浮かべて返す。

「そうでしょうか。では、神楽坂の私のうちでお預かりさせていただくというのはいかがでしょう。お宅の猫は、私には懐くでしょうから」

叔母はひとつため息をつくと、おろおろとなりゆきを見守っているだけの叔父に言った。

「あなた、シュネバーレンを連れてきてちょうだい」

「でも、シュネバーレンは寝ているよ。あの子は起こすとひどく不機嫌になるだろう」

「シュネバーレンの気性の激しさをご覧になれば、百鬼さんも納得なさるでしょうから」

叔母に睨まれた叔父は、人の好《よ》さからか、「はい……」と弱々しく返事をして、家の奥へと引っ込んでいった。

ややあって、叔父がふわふわの毛に包まれた白猫を両手で抱いて戻ってきた。

無理やり叩き起こされたシュネバーレンは明らかに不機嫌そうにぶすっとした顔をしていたが、青依は構う様子もなく猫の頭に触れた。

「これは可愛らしい猫さんだ。はじめまして、シュネバーレン」

彼に触れられたとたん、シュネバーレンが叔父の腕の中で毛を逆立てて、フーッと青依を威嚇《いかく》した。それ見たことかと言わんばかりに叔母が肩をすくめる。

「どうした？　シュネバーレン、私を怖がることはないよ……」

青依は叔父の手からシュネバーレンを受け取ると、三角形の白い耳に唇を寄せた。

「……鳥獣《ちょうじゅう》は齢経《よわいふ》れば妖《あやかし》と成《な》る。何《なん》の鳥《とり》、誰《いづく》の獣《けもの》ぞ、隠神《かくりがみ》に従わざる」

彼がぼそりと口にした瞬間に、シュネバーレンの様子が明らかに変わった。

逆立っていた毛はふわふわに戻り、目はまたたびの匂いを嗅いだようにとろんとして、甘えるように青依の顔に頬をすり寄せる。さらには小さな舌で彼の顔を舐めさえした。

（……青依は、術を使ったんだわ）

彼の言葉はよく聞きとれなかったが、現代語とはかけ離れたそれが、呪《しゅ》のたぐいであることは梨花にも察せられた。単語を断片的に拾った限りでは、「齢を経れば妖怪変化となる鳥や獣がどうして隠神に従わないのか」というような意味であったと思う。

超訳すれば、「お前はいずれ化猫になるかもしれないのだから、あやかしの頂点に君臨する俺には今から従っておいたほうが身のためだ」ということ。

梨花はゾッとした。青依のジャイアニズムはとうとう子猫にまで及んだらしい。

「なんてことだ……、シュネバーレンがこんなに他人に懐くなんて！　おい君、見てくれ、シュネバーレンが百鬼さんの顔を舐めまわしているぞ！」

感動したように瞳を輝かせたのは叔父である。彼が同意を求めると、叔母は異様な光景を前にしたようにシュネバーレンを見つめた。それから思案するように眉間を押さえる。

「……百鬼さんにも、ペットシッターの素質がおありだということはよくわかりました。考えてみましたら、あなたは動物病院を経営なさっておいでだそうですものね」

「では……」

目を細めた青依に、叔母はひとつため息を吐き出してからうなずいた。

「わかりました。では、シュネバーレンのことを頼みましたよ、百鬼さん」

「お任せください。十日間、この子のことは、いつか生まれてくる私たちの子供のように大切にお世話をいたします。ねぇ、梨花？」

「え……、う、うん……」

いきなり呼びかけられた梨花は、引きつった笑みを浮かべて相槌を打った。

なにがどうなっているのかわからないが、叔父と叔母の前では、自分たちは仲睦まじい婚約者ということになっているらしい。梨花がぎこちないそぶりをみせたのには気づかない様子で、叔母はちらりと叔父に目配せをした。

「あなた」

「あ、う、うん。ちょっと待っていてくれ」

叔父は再び慌てて家の奥へと引っ込んでゆき、すぐに銀行の封筒を持って戻ってきた。

「それでは百鬼さん、これを。少ないですが、シュネバーレンがお宅でお世話になりますので、どうぞお受け取りください。それから、わたくしのへたくそなイラスト入りで恐縮ですが、シュネバーレンの取扱説明書も同封しています」

青依は差し出された封筒を受け取り、中をあらためた。しかしシュネバーレンの取扱説明書と思しき紙を一枚引き抜くと、紙幣が入った封筒はそのまま叔父に返した。

「お金は結構です。私たちはいずれ親戚になる。親戚は助け合うのが当然ですから」

「そうおっしゃらず。受け取っていただいたほうが、わたくしどもとしても安心ですから」

叔父は首を振り、やや強引に青依の手に封筒を握らせた。もともと銭ゲバの青依である。固辞することもないと思ったのか、彼は素直に受け取ることにしたようだった。

「そこまでおっしゃるのでしたら、我々の結婚資金としてありがたく頂戴いたします」

封筒をすぐに鞄にしまう青依を横目で見ながら、よくもこうポンポンと嘘が飛び出してくるものだ……と、梨花は内心で呆れた。

シュネバーレンを片手でしっかりと抱いた彼は、空いた方の手で梨花の手をとる。

「それではわたしたちはこれで。よい休暇を」

椿一家に背を向けようとした青依に、叔父が慌てたように声をかけた。

「──あ、ちょっとお待ちください、梨花ちゃんのかな、ぬいぐるみをお忘れですよ！」

ぬいぐるみ？

梨花と青依が同時に振り返ると、両目を「3」の形にして、鼻ちょうちんを出して眠っている白玉団子を、叔父が両手で持ってふたりの前に差し出してきた。さっき靴箱の上に置いておいたのをすっかり忘れていた。あやかしは誰にでも見ることができるし、触れることもできるとはいえ、生温かくてふにゃふにゃした白玉団子をぬいぐるみと信じて疑わない様子の叔父は、結構な天然なのかもしれない。

青依は握っていた梨花の手を離すと、白玉団子の背中を、ゴミでも持つようにつまんだ。

シュネバーレンと白玉団子をまとめて抱いた梨花が助手席に座り、シートベルトを締めたのを確認してから、運転席についた青依が口を切った。

「梨花。これはお前に」

梨花が横を向くと、目の前にさっき見たばかりの銀行の封筒を突きつけられた。

「いらないよ。……どうせ中身は空なんでしょ」

その手にはのるものか、と思いつっけんどんに言ったら、彼は眉を寄せた。

「ばかか。お前じゃあるまいし、俺がそんな幼稚ないたずらをするわけがないだろう」

不機嫌そうに言い放ち、梨花の手に無理やり封筒を握らせてくる。

まさか……と疑いつつ、封筒の中身を見てみると、一万円札がたくさん入っていた。
二、四、六、八、十。
思わず数えてしまった。ぴったり十万円ある。「一億円札」などととんでもない額が書かれたおもちゃのお札ではなく、紛れもなく本物の紙幣であった。

「ど、どうして？　……青依、熱でもあるの？」

「ない。俺は健康だし、極めて冷静だ」

むすっとして彼は答えた。

「でも……」

「俺はその猫の世話を一切しない。餌やりもトイレの世話も全部お前がやるんだ」

だから、と彼は続けた。

「その金は、今日からひとりでシュネバーレンのペットシッターをつとめるお前への正当な報酬だ。貯金するもよし、着物を新調するもよし、お前の労働の対価なのだから、お前の自由にするといい。それから……」

彼はそこで言葉を切り、たっぷり五秒間は押し黙ってから、耳を澄まさなければ聞こえないくらい小さな声で言った。

「……かった」

「え？　なあに？」

「……お前の耳は飾りものか？　今まで悪かったと言ったんだ！」

梨花は驚愕《きょうがく》のあまり、彼の顔を凝視してしまった。

（信じられない。青依が謝るなんて！）

驚くべきことはそればかりではない。なんと、黒髪の隙間から覗く彼の耳がほんのりと赤く染まっている。じっと見つめられて気を悪くしたのか、彼は不機嫌そうな顔で正面を向いて言った。

「俺はお前を束縛しすぎていた。だがよく考えたら、それは賢明な育てかたではなかった。ストレスのない環境で育てた鶏の肉のほうが美味《うま》い。俺はそのことに気がつかなかった」

「……あの、わたし、ひよこじゃないんだけど……」

怒りたいのはこちらなのに、話を遮られたのが不服だったのか、逆に彼が睨んできた。

「だから俺は決めた。お前がそんなに束縛を嫌い自立を望むなら、小遣い制を廃止する。そして今後はお前を俺の助手として正式に診療所で雇う。その代わり、身の周りのものは、以後すべて自分で購うこと」

青依は軽く咳払いをしてから、「……衣服くらいは、まあ……買ってやってもいいが」と言い添えた。

「青依……」

梨花はぱちぱちとまばたきをしたが、やがて込み上げてきた喜びを隠さずに微笑んだ。

「ストレスのない環境で育てた鶏の肉のほうが美味い」から梨花に自由を与える。青依はもっともらしくそう言ったが、それがとってつけた理由であることは、照れ隠しのように伏せた目や引き結ばれた唇、淡く色づいた彼の目元が物語っていた。

彼に捕食されるその日まで、ただ彼に飼われるように暮らすのではなく、ちゃんと大人になりたいという梨花の願いを、彼は聞き届けてくれたのだ。きっと彼ならばその霊力をもって梨花を言いなりにすることもできただろうが、そうしなかった。

自分の思いを尊重してくれた青依の気持ちが梨花はなによりも嬉しくて、心の底から「ありがとう」と口にして、花咲《はなえ》むように笑った。

気疲れしてしまったのか、神楽坂に着いた頃には助手席に座った梨花が白玉団子とシュネバーレンを膝に抱いたまま、すやすやと眠りこんでいた。

青依は彼女を起こさないように、その体からそっとシートベルトを外した。

「無防備な女だな。俺が狐ではなく狼だったら、お前は車中で襲われていただろうな」

「コンニャロー！　そうはイカのリング揚げ――」

大騒ぎしようとした白玉団子に向かって、青依は人さし指を唇にあててみせた。

「寝かせてやれ。ろくに眠っていない上に、濡れるわ、ケガをするわ、いじめられるわで今日はこいつにとって散々な一日だったのだからな」

白玉団子はこくんと素直に頷くと、ひそひそと青依に言った。

「おめぇ、本当に梨花のこと喰うんか？　喰えるほど憎んでんのか？　ほんとのとこ」

青依は白玉団子の質問をもう完全に無視して、ドアロックを解除した。


「……っ、青依、嫌。もっと優しくして……」

絽《ろ》の着物に着替えた梨花は、診察室の椅子の上で、苦悶の声を漏らした。

窓の外は燃えるような夕焼け空で、カーテンの隙間から差し込む西陽は薄暗い診察室を妖しい血の色に染めている。

梨花は今、正面にひざまずいた青依からもたらされる痛みにじっと堪えていた。

「俺は充分に優しくしてやっているだろう？　……ほら、裾を自分で広げてみせろ」

彼の命令に抗うすべはなかった。

夕日で頬を赤くした梨花は、露《つゆ》のような涙を浮かべながら椅子に座り直した。

白地に紅薔薇模様の着物の裾を両手で開き、彼の前に震える膝をさらけ出す。

「いい子だな。俺の可愛い許嫁《いいなずけ》は」

「……初耳だったよ、許嫁なんて」

帰宅してから聞いた話では、青依は二年前に梨花を叔母の家から連れ出した際、梨花を青依に娶《めあ》わせるという旨がしたためられた偽の祖父の遺書を叔母に突きつけた上で、叔母を妖術にかけて無理やり納得させたらしい。あまりに強引で雑な方法ではないかと指摘したところ、彼は開き直った様子で、「そうでもしなければ、ほかのあやかしにお前を奪われていたかもしれない。いたしかたないだろう」などとのたまった。

「言っていなかったのだから、初耳なのは当然だ」

「いつか青依が好きな人と結婚したくなったときに、修羅場になっても知らないからね」

「ふん。お前はそんなことよりも、自分の心配をしたらどうだ？　手当てはまだ終わっていないんだぞ」

次に与えられる刺激に怯えて、梨花は下唇の裏をきつく噛んだ。

確かに彼の手つきは優しい。しかし、そうは言っても、沁みるものは沁みるのだ。

青依がピンセットでつまんだ綿は、消毒液でひたひたになっていた。それを膝小僧の擦り傷に容赦なく押し当てられたとたん、梨花はたまらず泣きべそをかいた。

「うう……、優しくしてって言ってるのに……」

「駄々をこねるな、小娘め。消毒液が沁みるのは当然だ。放っておけば化膿しかねないのだから我慢しろ」

彼はイライラしたように言うと、梨花の膝頭に大判の絆創膏をペチンと叩きつけた。

「よし。これで手足の手当ては完璧だ。着衣を整えて構わない。他に痛いところは？」

「ないけど……」

梨花は裾を整えながら、ごにょごにょと言った。

「けど？」

「あの、怒ってるよね？　今日一日中、あなたを奔走《ほんそう》させてしまったから……」

「怒っているに決まってるだろう。お前のせいで丸一日分の売上金がゼロだ！」

お金がらみのことになるとカッカする青依に怒鳴られて、梨花は縮こまった。

「ごめんなさい。うちの家計って、実はそんなに火の車だったのね……」

すると梨花の横で『梅花亭』の『琥珀金魚《こはくきんぎょ》』をおいしそうに食べていた白玉団子が、口をもぐもぐさせながらくちばしを挟んだ。

「んなこたねぇだろ。青依、おめぇ銭ゲバだから実は金は腐るほど持ってんだろ。梨花は知らんみてぇだが、梨花が着てる着物なんか、上等な代物ばっかかじゃ――」

青依は無言で白玉団子の首のうしろに手刀を入れると、白玉団子は食べかけの『琥珀金魚』の容器を握りしめたまま、鼻ちょうちんを出して幸せそうに眠ってしまった。

「そうなの？　青依」

「お前はうちの懐事情など知らなくていい。そんなことよりも……」

青依は無理やり話を切り上げると、彼女の前にひざまずいたまま、白衣のポケットから泥がついた赤ほおずきの根付を取り出した。

「まさかとは思うが、お前が必死に探していたのはこれじゃないだろうな……」

梨花はつい今しがたまで沁みる消毒液で半泣きになっていたのも忘れて、もともと真ん丸の瞳を零れんばかりに見開いた。

「それだよ！　あったの!?　どこに!?」

「どこにと言われてもな……。草むらだ。お前の甘い血の香りを頼りに探したから、すぐに見つかった」

甘い血の香り？　自分ではなにも感じないが、獣には識別できる匂いがあるのだろうか。

気持ちが高揚していた梨花は細かいことは気にせず、彼の手から両手で大事そうにほおずきの根付を受け取った。

「ありがとう、青依。見つかって本当によかった……」

「お前はこんなもののためにずぶ濡れになり、傷だらけになったのか？」

「こんなものって、……大事なものだよ！　青依は神仏の加護が宿ったものなんて大嫌いなはずなのに、それでもわたしに買ってくれたお守りだもん」

むきになって返すと、青依が「……ばかが」と小声で呟いた。

その瞼がうっすらと朱《しゅ》に染まっているように見えたのは、夕日のせいだろうか。彼は救急箱の蓋を閉じるとすぐに診察室を出て行ってしまったので、それを確かめることはできなかった。

＊＊＊

リン、と軒下に吊るした風鈴がひとつ鳴る。

するとそれに共鳴するように、カナカナカナ……と岩に染み入るような声で秋蜩《ひぐらし》が鳴きはじめた。

足元では豚の形の蚊遣《かや》りから、蚊取り線香の煙が細く立ち昇っている。

さっきまで一緒に縁側にいたシュネバーレンは、蒸し暑さに耐えられなくなったのか、早々にエアコンの効いた部屋に引っ込んでいってしまった。

梨花が家出した日から、およそ一週間後の週末である。

梨花と青依、それに白玉団子は縁側に座り、三人だけの夕涼みを楽しんでいた。

梨花はいつものように夏の薄物を纏っているが、青依も今日は珍しく和装であった。

三人は扇風機の風にあたりながら、先程、買い物帰りに『紀《き》の善《ぜん》』でテイクアウトしたばかりのおやつを食べていた。

神楽坂上にある老舗甘味処『紀の善』は、和カフェが多く軒を連ねる神楽坂の中でも屈指の名店である。いろんな種類のかき氷に、ひやし白玉、ぜんざい、豆かん、ところてん、あんみつにあべ川餅などなどおいしい甘味を豊富に提供しているが、中でも有名なのは抹茶ババロアだ。

青依は抹茶ババロア、梨花は普通のあんみつ、白玉団子は杏《あんず》あんみつを選んだ。三人別々のものにしたのは、むろん、一口ずつシェアするためである。

梨花はまず青依の抹茶ババロアをスプーンで一口分掬った。

「ひと口がでかい」とかなんとか彼が呟いたような気がしたが、梨花は聞こえないふりをして、翡翠色の宝石をほおばった。

お茶の味が濃厚なババロアは絹のように滑《なめ》らかで、甘さ控えめの餡子と一緒に口の中に入れると、たちまち頬が緩んでしまう。甘いものが好きな梨花も、甘いものがそれほど得意ではない青依も気に入っている、奇跡の一品であった。

続いて、白玉団子の杏あんみつを一口頂戴。

「おっ、ほんとにひと口がでけえな」と目を丸くした白玉団子の表情は見えなかったことにして、大粒の紅玉のような杏を、餡子や寒天と一緒にいただく。

これもまた絶品であった。ちょっぴり大人の香りただよう抹茶ババロアとは少し違い、こちらはとっても甘いので、小さなお子様からお年寄りまで、万人から愛される味である。さっぱりした寒天との相性が抜群な蜜浸けの杏を噛みしめると、たちまち甘酸っぱい果汁が口いっぱいに広がって、梨花は天にも昇る気持ちになった。

「ふたりも、わたしのあんみつをとっていいよ？」

青依と白玉団子の間に挟まれて座った梨花がふたりの顔を交互に見ると、「それじゃ遠慮なく……」とふたりは声を揃えて言って、それぞれ自分のスプーンにほんのちょっぴりずつあんみつを掬った。ふたりとも果物には手をつけず、寒天と赤えんどう豆を一個ずつしかとらなかった。

「もっととってもいいのに……」

「俺はお前が菓子を食べるときの顔を見るのが好きだ。リスのようで滑稽だからな」

「俺もだ！　俺の幸せは巫女姫様の幸せ、とどのつまりは梨花の幸せなんだかんな」

「そう？　青依の『リスみたい』はよけいだけど……ふたりとも優しいね」

他人の甘味はごっそり掬いとったが、自分のあんみつはあんまりとってほしくないと密かに思っていた梨花は内心でほくそ笑み、あんみつを食べはじめた。

『紀の善』のあんみつ。梨花にとって、これぞこの世の至高の食べ物、神楽坂の宝石箱であった。お花のように繊細なぎゅうひはふにゃふにゃなのにコシがある。こし餡は舌触りが滑らかで、口の中に入れた瞬間に雪のように儚く溶けていく。ごろごろと入っているみかんやさくらんぼは黒蜜とよくからみ、月長石《げっちょうせき》にも似た乳白色の寒天の硬さもほどよかった。

合間に冷たい麦茶をひと口飲んでから、梨花は急に思い出して言った。

「そういえば、今日は江戸川《えどがわ》区で花火大会なんだって。由莉先輩が豆大福を連れていってあげるって言ってたよ」

「由莉先輩？　先日ここへ来た、あやかし派遣会社のアルバイトか」

「うん。由莉先輩はわたしより一学年上だけど、なんだかいいお友達になれそうだったから、連絡先を交換しちゃった。ちょくちょくたわいもないお話をしているの」

「いつの間に……。連れは豆大福だけか？　どうせあの全身黒ずくめの社長も一緒だろう。ただの仕事仲間ではなさそうだからな」

「由莉先輩とはまだ恋の話ができるほど親密度を上げていないから、聞けていないけれど……、わたしもあのふたりは、特別な関係だと思う」

「あんだよ青依ー！　俺も花火大会に連れてってくれよー！」

口のまわりに餡子をいっぱいつけた白玉団子がぶうたれると、青依は即答した。

「嫌だ。俺は五百万円のために、夜な夜な媚薬の調合をしていて寝不足なんだぞ」

「いつも薬房の明かりが遅くまでついているものね……。お疲れ様、青依」

彼のお金への情熱に感心しながら梨花が呟いたところへ、インターホンが鳴った。

「誰だ。今日は休診日だというのに」

「急患のかたかも……」

青依に続いて、梨花と白玉団子も座布団から立ち上がり、玄関に応対に出る。

青依が扉をあけると、そこに立っていたのは一組の男女だった。

和服姿の絶世の美女に、昔の漫画のようなぐるぐるの眼鏡をかけた地味な青年である。

女性の方には思いきり見覚えがあった。鬼女紅葉である。

彼女は紫紺《しこん》の夏着物に生成《きな》りの帯、紫の帯締めという装いであった。

着物は銀鼠《ぎんねず》色の蜘蛛の巣の総柄で、帯留めが蝶というあたりがすがしいほどに悪女らしい。文字どおり、角隠《つのかく》しのためにつけたと思しき大ぶりの彼岸花《ひがんばな》の髪飾りも、妖艶な彼女にはよく似合っていた。

「紅葉さん、こんにちは」

用件は不明だが、とにもかくにも愛想よく挨拶した梨花とは真逆に、つかのまの休息を邪魔された青依は不機嫌そうな顔を取り繕おうともせずに言った。

「あんたは診療時間外にばかり来るな。……で、今日はなんの用だ？　例の薬なら鋭意調合中で、まだ完成していないぞ」

「その話なんだけれどね、……あ、誠一郎《せいいちろう》さん、ちょっと外で待っていてくれる？」

紅葉が牛乳瓶の底のような眼鏡をかけた青年をちらと見ると、誠一郎さんと呼ばれた彼は口元に穏やかな笑みを浮かべて頷いた。

「ええ、ゆっくりしていらしてください、紅葉さん。僕はいくらでもお待ちします」

「ごめんなさいね。すぐに用事を済ませるから」

紅葉はすまなさそうな顔をして彼に詫びてから、百鬼家の玄関に足を踏み入れ、扉を後ろ手に閉めた。

パタン、と音を立てて扉が閉まった直後、上目遣いで青依を見上げた紅葉は、ぽってりとした紅い唇にひとさし指をあて、しなをつくってみせた。

「ねぇ、青依。突然で悪いんだけど、媚薬の話は無かったことにしてくれるかしら？」

ほんのつかのま、その場がしん、と静まりかえった。

それから、低い声で青依が口にした。

「……なんだと？」

「あの人……あたしの好きな誠一郎さんっていうんだけど、あれからふたりで食事をしたときに、それとなく聞いてみたのよ。『どうしていつも手も繋いでくれないの？』って。そうしたら彼、なんて言ったと思う？」

「知らん」

「……頬を真っ赤にしてこう言ったのよ。『あなたのことが大切すぎるから触れられないんです』って。ねぇ、どう思う？　可愛いでしょ？　あのダサ眼鏡をとると、実際可愛い顔してるのよ！　眼鏡をとると美形ってやつ。だからあたし、決めたの」

「なにを」

「媚薬でどうこうして事を急ぐんじゃなくて、彼の心の準備が整うまで待ってあげようって。三年待ってもなにもしてこなかったら、もうあたしのほうから襲っちゃうわ。女にそこまでさせてしまったら、もう手を出さざるをえなくなるでしょうしね」

「なるほど、いい話だな」

青依はにこりともせずに彼女の話を最後まで聞いてから、ゆっくりと告げた。

「だが、そんなものは、契約不履行の理由にはならないんだが？」

地獄の底を這うような低い声であったが、紅葉は動じず、あっけらかんとしていた。

「男が細かいこと言わないの。媚薬を求める資産家のあやかしなんてこの先ごまんと来るだろうし、そう急いで売ろうとしなくたっていいじゃないの。どうしても買い手がつかないってときは、そこのお嬢さんに飲ませて、あんたの慰みものにしてみたらいいんじゃない？　黄金の鈴を振るったように澄んだ声をしているし、可愛く啼いてくれそうよ」

「俺がそんなものを使うと思うか！　この牙には天然の催淫毒があるというのに！」

「……え、怒るところはそこなの……？」

梨花は青依の正気を疑い、白玉団子と一緒にそっと彼から距離をとった。

紅葉は帯につけた懐中時計を見ると、しらじらしくも眉を下げた。

「あら、もうこんな時間。ごめんなさいね、悪いけど、これから彼と江戸川花火大会なの。また来るから。……あ、そうだわ、梨花ちゃんにこれをあげる。こないだいじわるなことを言っちゃったお詫びよ。じゃ、またね」

お詫びなら青依にしたほうがいいと思うのだが、紅葉は梨花に軽い杉の箱を押しつけると、にこりと笑って出ていってしまった。

あっけにとられた様子で紅葉の背中を見送った青依は、わなわなと震えだした。

「あれはまた来ると言って、永遠に来ないパターンだぞ……！」

梨花もそう思った。しかし今は、余計なことは言わない方が賢明である。

「紅葉さん、わたしになにをくれたのかな?」

長方形の杉の箱をその場で開けてみると、中には桃花鳥《とき》色に薄水青、山吹《やまぶき》、雪白《ゆきしろ》の和紙でできた花束――ではなく、花に見立てた美しい線香花火の束が収まっていた。

「青依、見て。花びらみたいなとっても可愛い線香花火！　今夜さっそくやってみようよ！」

梨花が嬉しそうに顔を輝かせると、紅葉に対して立腹していた青依の表情がほんのわずかに和らいだ。

けれどそのささいな変化には気づかずに、梨花は今度は白玉団子に声をかけた。

「さ、白玉団子。まずは冷たいうちに、『紀の善』のお菓子を食べちゃおう」

「おうともよ！　冷たい甘味に蟬の声に線香花火。これぞ日本の夏だ！」

梨花と白玉団子がはしゃぎながら縁側を歩いていくのを見ながら、青依は苦笑した。

(紅葉は侮れない女だな)

詫びならば自分に渡すべきだろうと思ったが、彼女はきっと見抜いていたのだろう。

梨花が笑えば、それだけで自分の怒りを鎮め、気持ちを和ませてしまうことを。

それがどうしてなのかは青依にはわからないし、知りたいとも思わなかったが。

鵺の章

梨花が青依のあとに続いて玄関扉を出ると、真夏の太陽が頬に強く照りつけた。

この夏も酷暑のようで、八月になってからは一層うだるような暑さが続いている。

それが身にこたえるのは人間に限った話ではなく、百鬼家の玄関先の植物もほおずきの鉢植えをはじめとして、どことはなしにしょんぼりとしていた。

隠神の青依もさすがに暑いのか、スーツの上着は脱いで片腕にかけていたが、今日もシャツにきっちりとネクタイを締めた彼は、門前で梨花の方を振り返った。

「じゃあ俺は行ってくる。俺が不在の間誰か訪ねてきても応対するな。居留守を使え。いいな」

相変わらずの俺様ぶりと過保護ぶりに、梨花は内心でこっそりとため息をついた。

それはもう昨日から、何度もしつこく念を押されていることだった。

「わかってるよ……。電話にも出るな、でしょ？」

「そうだ。もしも俺の言いつけを破ってみろ。その白い喉に嚙みついてやるからな」

「破ったりしないから！　……いちいち脅かさないでよ」

彼の黄金の瞳が光るのを見て、梨花は素早く彼から距離をとった。

獣の姿をした青依に嚙まれれば激痛をともなう猛毒に苦しむといい、人の姿をした彼に嚙まれれば催淫毒に冒されるという。どちらにしても、ただごとでは済まなかった。

青依は今日、あやかしたちの保護と支援を目的に設立された国家非公認組織『典薬寮』の依頼を受けて、隣県まであやかしたちの健康診断に向かうことになっている。

薬草の世話をしなければならない梨花と、梨花の身辺警護をつとめる白玉団子は今日は丸一日、お留守番だった。

「ねぇ、今日は本当に青依の晩御飯を用意しておかなくていいの？」

「帰れるのは早くとも今夜遅くか、翌早朝だ。明日の昼頃になる可能性の方が高いから、お前は俺を待たずに夜十時には寝ろ」

「はーい」

じゃあ今日はずっと白玉団子とふたりぼっちなのか……と、梨花はしゅんとした。毛玉のようにもふもふで可愛かったシュネバーレンは、もう叔母の家に帰ってしまったのだ。

「……なんだ、俺と離れるのがそんなに寂しいのか。生まれたてのひよこみたいだな」

小さく笑われると、梨花は暑さとからかわれた怒りで、顔を真っ赤にした。

「寂しくないよ！　もう、無駄口を利いてないで早く行ってきたら！」

「ああ、行く。いい子にして待っているように」

青依は梨花の髪を梳《す》いた。――かと思えば、彼女が耳に留めていた桃色の小さな金平糖のイヤリングの片方を、パチンと外す。彼はそれに朱唇を寄せると、妖しく微笑んだ。

「今日一日、これを借りるぞ」

「いいけど……。片方だけのイヤリングなんて、いったいなにに使うの？」

「決まっているだろう？　寂しくなったらこれを眺めて可愛いお前を思い出すんだ」

明らかに嘘くさい口ぶりで告げてから、彼は門の横の車庫へと歩みだした。

「あ、……あのっ、青依！」

振り返った青依に、梨花は真面目な顔で言い添えた。

「気をつけて行ってらっしゃい。〝院長先生〟のお留守はわたしがしっかり守ります」

「期待しているぞ、〝助手の椿〟」

青依は軽く微笑みを返した。

先日のペットシッター騒動以来、彼は梨花を助手として雇い入れた。雇用契約書に誓約書、個人情報の利用に関する同意書、給与所得者の扶《ふ》養控除《ようこうじょ》申告書を梨花に書かせ、捺印《なついん》したものを提出させたのだ。書類は形ばかりのものかもしれないが、しっかりと書面上で彼と雇用関係になったことと、勤務中は彼が梨花を椿という姓で呼んでくれること、それが自分のささやかな自立の一歩のように思われて、梨花には嬉しかった。

ほどなくして、車庫から百鬼家の黒い自動車が現れた。

その車体が裏路地を抜け、石畳の道の角を曲がるまで、梨花はその場に立って車を見送っていた。

この頃のニュースでは、こんな酷暑の日にはためらわずにエアコンをつけるようにとよく注意喚起がされている。

そういうわけで、ためらわずにエアコンをつけた梨花は彼を見送ったあと、快適な温度に保たれた居間でごろんと仰向けになった。淡い桜色の地に赤い麻の葉模様の浴衣の袖が、いぐさの香りが漂う畳の上にふわりと広がる。

「夏休みなのに暇だな。親友の花音《かのん》は家族で海外旅行。あやかし派遣会社の由莉先輩は社外研修とはたぶん名ばかりの、千早さんとのお泊まりデート。あ、でも豆大福ちゃんも一緒ならデートじゃないか。みんな羨ましいな。お休みを堪能していて。わたしはひとりぼっちで、つまらない」

瑠璃色の朝顔が描かれた水うちわで顔を扇ぎながら不満を垂れ流していたら、隣で同じように寝転がっていた白玉団子が、短い前脚で梨花の頬をつんつんした。

「梨花には俺がいるぞ！　俺と遊ぼうぜ！」

梨花は顔を横に向けた。うさぎの張子の腹は無地なので、白玉団子が仰向けに寝そべっていると、つきたてのお餅のように見えてくる。

「お餅……あっ！」

梨花は急に思い出して、がばっと身を起こした。

その動きで、右耳にだけ残された薄紅の金平糖のイヤリングがゆらゆらと揺れる。

「白玉団子を見ていたら思い出した！」

「なんだなんだ、どうしたどうした！」

白玉団子も急に表情を引き締めて、素早い身のこなしで起き上がる。

「SNSで見たの。今神楽坂の『シラタマサロン新三郎』で、『金魚白玉団子』っていう、金魚みたいな紅白模様が入った可愛い白玉スイーツが食べられるんだって。たぶん夏季限定だから、今から一緒に行こうよ、白玉団子！」

「金魚白玉か！　もちろん行くぞ！　わが巫女姫様にどこまでもおともするでござる！」

「お買い物もしよう。叔母様がくださったペットシッター代は貯金しちゃったし、診療所のお給料もまだ出ていないけれど、実は青依から少し早めのお盆玉をもらって、わたし、今ちょっとだけお金持ちなの」

　青依が一日分の食費や、万が一の際の医療代として置いていったお金のほかに、梨花のお財布には今、ふだんはめったに目にすることのない一万円札が入っているのだった。

「和小物屋さんでお手頃価格の帯留めも見たいし、『まかないこすめ』で桜うさぎの紙石鹸も買い足したいし、季節限定の薄荷《はっか》レモンの香水も気になっているの」

「『まかないこすめ』……。杵《きね》で金を叩いて金箔をつくっているうさぎがロゴマークになっている、歴史ある店だな。石川の金沢に蔵のある本店があり、神楽坂に本店のあるまかないこすめといや、百鬼家は梨花姫御用達の化粧品店」

「わあ、ガイドブックみたいな解説をありがとう！　白玉団子、よく知ってるね」

「ああ。ここだけの話、神楽坂本店には俺に瓜ふたつのうさぎ張子が飾ってあるからな。しかしおめぇ、化粧品みたいな消耗品はまだ青依に買ってもらってんじゃねぇの？」

「青依は、日焼け予防のお化粧パウダーや色つきリップは買ってくれるの。でも香水だけは買ってくれなくて。甘くかぐわしい血の匂いを感じにくくなるとか言って……」

　彼は梨花の肌の下に流れる血に花の蜜の匂いにも似た香気を感じるというが、梨花自身にはなにも匂わない。どう考えても、香水をつけた方がいい香りになると思う。

そんなことを考えている傍らで、白玉団子は深刻そうな顔をしていた。

「ケチで買ってくれんよりやべぇ理由だな。梨花、あいつがいねぇ隙に逃げようぜ」

白玉団子は狐のいぬ間に出奔《しゅっぽん》する準備をしようというのか、よく昭和の漫画に出てくるコソ泥がかついでいるような唐草模様の風呂敷に、お菓子や小銭を詰めこみはじめた。

梨花は困ったような顔をして白玉団子をなだめた。

「そういうわけにはいかないよ。青依はきっと疲れて帰ってくるだろうから、滋養のあるものの下ごしらえをして、ちゃんと待っててあげないと」

するとどうしたことだろう。白玉団子は、つぶらな目をじわりと涙で潤ませた。

「おめぇって奴ぁ、どこまでけなげなんだ。一生お仕え申し上げるでござる！」

言うが早いか、白玉団子は梨花の前にひれ伏した。

「白玉団子ったら、いちいち大げさなんだから。……さ、お出かけすると決まったら、早く行こう。もたもたしてたら日が暮れちゃうよ」

梨花が意気揚々として言うと、白玉団子も乗り気で、「あいわかった」と返事をした。

火の元の確認と玄関の戸締まりをしっかりして、梨花は弾む足取りで自宅を出た。

地元を散歩するだけとはいえせっかくのお出かけなので、梨花は外出用の夏着物に着替えている。柳色の地に、真っ白で大ぶりな夏芙蓉《なつふよう》が一面に描かれた型友禅《かたゆうぜん》。黒の帯には紅色のぼかしがかかった帯締めと、錦玉羹《きんぎょくかん》にも似たガラスの帯留めをつけた。片手に持った、波千鳥《なみちどり》の刺繍入りの巾着袋からは白玉団子が顔を出している。等間隔に枝垂れ柳が植えこまれた小路を抜け、かくれんぼ横丁に出たときだった。

　ふらつくような足取りで歩いていた十六、七の少女が、梨花の目の前で力尽きたように、突然、その場に崩れ落ちたのである。水宝玉《すいほうぎょく》を溶かしたような藍白《あいじろ》の着物に華奢な体を包んだ彼女のおもては、下ろした髪に隠されていてよく見えない。

けれど苦しそうに細い肩を上下させていることからも、具合が悪いのは明らかだ。

梨花は彼女の正面にしゃがみこむと、そっとその肩に触れた。

「どうなさったのですか？　どこか具合でも……!?」

梨花が聞くと、少女は、翡翠の玉を触れ合わせたように可憐な声で答えた。

「ええ、なんだか、立ちくらみがして……」

「立ちくらみ？　では、救急車かタクシーを呼びます。病院まで一緒に行きましょう」

梨花が手にしていた巾着袋からスマートフォンを取り出そうとすると、中に収納されていた白玉団子が彼女の意図を汲んだように、ほおずきの根付がついたスマホケースを発掘してくれた。「ありがとう」と言ってそれを受け取る。しかし少女は弱々しく首を振ると、梨花の手首に細い指をからめた。指先に載った爪は桃の花びらのようであった。

「いいえ、それには及びません。少し暑気にあてられただけです。それにわたし……」

少女はそこで、ためらうように言葉を切ってしまった。

黒髪の隙間から覗くそのうなじは、生まれてこのかた日に当たったことがないかのように真っ白であったが、よく見れば、狭い範囲に薄墨色の鱗《うろこ》状の痣《あざ》が浮かんでいる。刺青《いれずみ》とは異なるようだった。鱗の部分だけが剥離《はくり》した黒雲母《くろきらら》のように輝いて、ガラス細工を思わせる硬質な透明感を帯びている。

以前、喉の不調を訴えて診療所にやってきた人魚の体の一部にも、このような痣を認めたことがあった。それで梨花は、少女も魚か蛇のあやかしなのだろうと推測した。

梨花は典型的な内弁慶で、青依とはケンカできるのだが、初対面の人に気軽に話しかけられるほど外交的な性格ではなかった。しかし、あやかしの一大事である。

やっと正式に青依が自分を助手として認めてくれたというのに、声をかけるのも躊躇《ちゅうちょ》しているようではいけない。何事も最初が肝心だ。百鬼あやかし診療所の院長の留守を預かる助手として、自分は今こそ勇気を持って最初の一歩を踏み出すときなのだ！

梨花は奮起し、顔を真っ赤にしながら口を開いた。

「あの、よろしければうちで少し休んでいきませんか。あっあの、わたし、けっして怪しい者ではなくて！　そこの百鬼あやかし診療所で院長先生の助手をしている、椿梨花と申します。院長先生は本日、隣県に往診のため、今夜中には戻れないようなのですが、熱中症の簡単な処置ならわたしにもできますし、ひとりでゆっくりと横になれるお部屋もあるんです……！　そ、それにあの、うちには今、女のわたしと、こんな小さな神獣の白玉団子しかいませんから、安心ですっ！」

一息に言った梨花を、白玉団子が「頑張った！」と褒めてくれた。

「それは……ありがとうございます。ですが、ご迷惑をおかけするわけには……」

うつむいたまま遠慮がちに呟いた少女に、梨花はとんでもないという風に返した。

「迷惑だなんて！　……こんなに具合の悪そうなあなたを放っておいたと知れたら、あとでわたしが院長先生に叱られてしまいます。えっと、そうだわ。ここはむしろ、わたしを助けると思って、うちにいらしてください。ね？」

するると少女はやっと、かすかに微笑んだようだった。

「あなたは、お優しいかたですね……。では、お言葉に甘えてもよろしいでしょうか」

「もちろんです！　……おひとりで立てますか？」

「……ごめんなさい、少しだけ、お手を貸してくださいますか」

「もちろん」と梨花は返事をして、少女の前に手を差し伸べた。

鱗があるので冷血動物のあやかし変化《へんげ》なのかと思いきや、彼女の手は青依の手のように熱かった。体温が上がってしまっているのか、それとももともと獣のように体温が高いのか、梨花には判断できなかった。少女は梨花の手を握って、ゆっくりと立ちあがった。

少女の背丈は梨花と同じくらいだった。

その黒髪が涼風《すずかぜ》にふわりと靡《なび》き、目が合ったその瞬間、梨花は彼女の美しさに思わず息を呑んだ。背の中ほどまである黒髪が滝のように流れているのは、藍白に扇流《おうぎなが》しの文様の着物。地紙《じがみ》のそれぞれに四季の花々が描かれた扇を、流水と組み合わせた柄行《がらゆ》きだ。

涼やかな装いをした少女は水際立《みずぎわだ》った容貌をしていた。青ざめた肌に、血潮《ちしお》の紅を刷《は》いた唇、整った鼻梁——そして濃密な夜を思わせる、真円の黒水晶のような瞳。

人形のようなその可憐さに、同性ながら梨花はなんだかドキドキしてしまった。

けれど、少女がよろめいたとたんに梨花はすぐに我に返った。

「危ない……！」

慌てて細い体を抱きとめると、たおやかな少女の腕が梨花の背に回された。

梨花の肩に顔をうずめた少女は、あえかな吐息とともに、そっと囁いた。

「ああ、……あなたの血は、とてもよい匂いがする……」

「血……？」

梨花は美少女と密着している状況にドキドキしながら聞き返したが、返事はなかった。

きっと彼女は暑さで、どこか朦朧としているのだろう。自分にも青依と同じくらいの腕力があれば彼女を抱き上げて家まで運んだのだが、残念ながら非力であった。だから代わりのように梨花は少女の手をとると、その腕をかつぐように自分の肩にかけた。

「ここからほんとうにすぐなんです。少しだけ頑張って歩いてくださいね。わたしの肩にしっかりつかまって……」

梨花が少女を伴って再びかくれんぼ横丁の隠し小路に入ると、巾着袋の中で黙っていた白玉団子が、おずおずと声をかけてきた。

「梨花、金魚白玉は……？」

「今日は中止。明日青依が帰ってきたら、みんなで行こう？」

小声で言うと、白玉団子は少し悲しそうな顔をしたが、素直にこくん、とうなずいた。

そのまま悄然《しょうぜん》とした様子で耳の先まで巾着袋の中に引っ込んでいったので、梨花はかわいそうになって、さらにフォローを入れた。

「えっと……。でも、冷凍庫にあずきバーならあるよ。すごく硬いアイスだけど……」

再びひょっこりと巾着袋の口から顔を出した白玉団子は、もうにこにこしていた。

白玉団子はまだあずきバーを食べたことがないのを思い出し、梨花は「本当に硬いからね」と念を押しておいた。


少女を百鬼家に連れて帰った梨花は、ひとまず彼女を診察室に案内した。

彼女にソファで横になってもらうと、すぐにエアコンを強にしてかけ、白玉団子を連れて台所に移動する。

「あんまりおいしくない経口補水液と、そのお口直しとして、冷やし甘酒を一緒にお出ししようかな？」

冷蔵庫の前で考え込んでいると、白玉団子が「いいと思うぞ！」と同意した。

「甘酒は滋養もあって、うまいかんな！」

「じゃあ、それで決まりね」

梨花は白玉団子に冷凍庫から取り出したあずきバーをあげてから、冷蔵庫からよく冷えた甘酒の瓶を出した。それを雪花《せっか》模様の東京切子《とうきょうきりこ》のグラスに注ぎ、同じく冷たい経口補水液のペットボトルと一緒にお盆に載せる。

「白玉団子、準備ができたよ」

足元でおとなしくしていた白玉団子を見おろすと、白玉団子はあずきバーをぺろぺろと舐めていた。あれだけ硬いと言ったのにあずきバーに歯型がついているところを見ると、白玉団子は最初は梨花の忠告を無視して、無理やりかじろうとしたのだろう。

足早に縁側を通り抜けて診察室の扉を開けると、黒髪を扇のように枕に広げた少女は目を閉じていた。瞼は白木蓮《はくもくれん》の花びらのように白く、それを縁取る長い睫毛は黒絹のように艶《つや》やかである。

（やっぱり可憐だわ。まるでお人形さんみたい。美少女は眠っていても綺麗なのね……）

緊急事態でなければいつまででも眺めていたい美しさだが、今はそういうわけにもいかなかった。

「おやすみのところ申し訳ありませんが、起きてください……。ええと――」

そういえばまだ彼女の名前を聞いていなかった、と思い出したところで、黒い眼《まなこ》がぱちりとあいた。

「あ……、ごめんなさい、梨花さん。わたし、つい、まどろんでしまいました……」

少女は眠たげに目をこすりながら、ゆっくりと上体を起こした。

梨花はあらかじめ設置しておいたサイドテーブルにお盆を置いて、「経口補水液をご用意いたしました。お嫌いでなければ、甘酒も召しあがってくださいね」と微笑んだ。

梨花がキャップを開けてから経口補水液を差し出すと、少女はそれを両手で受け取り、口をつけた。眉も動かさずにごくごくと一気に飲んでいるところを見ると、もしかしたらあやうい状態になりかけていたのかもしれない。脱水状態になりかけている人が経口補水液を飲むと、おいしく感じるという話を聞いたことがある。

「もっとお飲みになりますか？　経口補水液」

あっという間に空になったペットボトルを回収しながら梨花が聞くと、少女は首を横に振った。

「いいえ、もう充分です。喉が潤いました……。甘酒を、冷たいうちにいただきます」

梨花が冷やし甘酒を満たした雪花のグラスを素早く差しだすと、彼女は「ありがとうございます」と言ってそれを受け取った。

「……篝火《かがりび》」

「え？」

囁くように彼女が口にした言葉に、梨花は小さく首を傾げた。

「わたしは、篝火と申します。黄昏のあやかしですから人の姿もとりますが、本体は力の弱い、小さな獣のようなもの……」

獣のあやかしで有名なのは、猫や狸、狐あたり。

（でも、彼女には鱗がある。もふもふ、かつ、鱗のあるあやかし……？）

そういえばそんなあやかしがいたような気がするな……と首をひねっていると、甘酒を一口飲んだ篝火が、パッと顔を輝かせた。

「この甘酒、とってもおいしいです……！　なんだか爽やかな柑橘《かんきつ》の香りがしますね」

頬を紅潮させて、少し声を弾ませた彼女の笑顔は、花がほころぶかのようだった。

美少女の微笑みにきゅんとした梨花は、ついつい饒舌になってしまう。

「その甘酒、神楽坂上の『のレン』というお店で買った、『神楽坂甘酒』っていうんです。ゆず風味ってめずらしいけれど、さっぱりしていておいしいですよね。お米と米麹《こめこうじ》だけで作られているから甘さも控えめで、わたしも気に入っているの……。そのお店ではほかにもいろんな種類の甘酒を扱っていて、りんごや桃味の甘酒なんかも売っているのよ」

「りんごや桃味の甘酒？　わあ、それも想像しただけで、すごくおいしそう……！」

おいしいものの話なのに白玉団子が加わってこないのを不思議に思い、梨花がちらりとそちらを見やると、白玉団子はやはりあずきバーに全神経を集中させており、自分たちの話を聞いてもいない様子だった。

梨花は白玉団子をそっとしておくことにして、篝火に言った。

「それを飲んだら、大事をとって、少しお布団で安静にしていた方がいいかもしれないですね。あ……でも、あなたがいつまでもここにいたら、おうちのかたが心配するかしら？」

すると篝火は寂しそうな笑みを浮かべて、首を横に振った。

「いいえ。わたしには身寄りがなくて、東京郊外の高尾《たかお》で、ひとりぼっちで暮らしています。今日はひさしぶりにお買い物がしたくて神楽坂まで出てきたのですが、ヒートアイランド現象というのでしょうか、やはり都心は山の方より暑くて……。少し熱気にあてられてしまいました」

「そう……、おひとりで暮らしているのね」

梨花は少し考えてから、思い切って提案した。

「ねぇ、それじゃあよければ今夜、うちに泊まっていかない？」

少女はぱちぱちとまばたきをしてから、「でも……」と言い淀んだ。

「篝火さん、あなたはとても消耗しているようだし、おひとりで帰すのはこころもとないわ。それにわたしたちも今日はふたりぼっちだから、退屈していたの」

篝火は甘酒をもう一口飲んでから、ゆっくりと、確かめるように梨花に聞いた。

「……院長先生は、今夜はお戻りにならないのですね？」

幾分か低くなった声に、今度は梨花が目をしばたたく番だった。

もしかして、見るからに箱入りのお嬢様らしい彼女は、男性が苦手なのだろうか。

(青依の口ぶりでは、今夜じゅうに戻れる可能性は極めて低いようだったし……)

ふたりが鉢合わせることはないだろうと判断し、梨花はうなずいた。

「ええ、戻らないわ。院長先生がお休みの間は診療所もお休みですから、静かですよ」

「……ほんとうにいいのかしら？」

「もちろんです！　そもそもうちは診療所なのだから、遠慮しないで。……ね？」

説得にかかった梨花に、篝火はほっとしたように表情を和らげた。

「……では、一晩だけ泊めていただけますか？　やはり体の具合が心配で、今夜ひとりで過ごすのは、正直なところ、心細かったのです。あなたのように優しいお嬢さんに助けていただいてよかった……」

「わたしもよかった。じゃあさっそく、客間にお布団を敷いてきますね！」

梨花ははりきって言うと、彼女に背を向けて、ぱたぱたと診察室をあとにした。


二階に上がった梨花は、普段はめったに使われることのない客間を手早く掃除してから、押入れから引っ張り出した客人用の布団を敷いた。

（篝火さんのお夕食には、暑気あたりや夏バテに効く薬膳を作ってさしあげたい）

食材ならばいろいろと思い浮かぶが、料理に使える生薬があればそれも取り入れて、少しでも早く彼女を元気にしてあげたい。そう考えた梨花は、青依に助言を乞うことにした。

おそらく今はもう仕事中か、道路が混みあっていればまだ運転中だろう。

いずれにしても電話では迷惑になると思い、メッセージを送っておいた。

【熱中症で弱っていた、儚げな女の子のあやかしを拾ったの。あなたの助手としてできる限りの処置はしたのだけど、ごはんもしっかりと食べさせてあげたい。夏バテに効く食材で、青依のおすすめのものってなにかある？】

恐縮しきりの篝火を客間に通すと、梨花はナースコール代わりに白玉団子を彼女のそばに置き、自分はせっせとお風呂掃除をはじめた。百鬼家は和洋折衷の造りとはいえ、洋間は診察室と薬房くらいで、他は純和風といった趣《おもむき》だ。それはお風呂場も例外ではなく、浴室は手鞠のように丸い天井灯がぼんやりと暗闇を照らす檜《ひのき》風呂なのであった。

木製のお風呂はとにかくこまめに手入れをすることと、乾燥させることが重要だ。

この家に来たばかりの頃はお風呂掃除ひとつとってもなにもわからない状態だったが、青依に引きとられてから習得させられた着物の着付けと同様に、慣れてしまえばどうということもなかった。浴槽についた雫を布巾《ふきん》で丁寧に拭いていると、夏着物の上に着けたエプロンのポケットの中でスマートフォンが振動した。青依から返信が来たのだ。スマートフォンを取り出してアプリを起動させてみると、メッセージは実にそっけないものだった。

【姜黄《きょうおう》（食欲増進）、生姜《しょうきょう》、蜀椒《しょくしょう》など（発表《はっぴょう》）。あとは充分な水分と電解質を】

姜黄は鬱金《うこん》――カレー粉などに含まれるターメリックのことで、生姜は読んで字のごとく、生の生姜《しょうが》。蜀椒は山椒のことだ。『発表』とは東洋医学では体の中の邪気――今回の場合は熱――を発散させる効果があることを意味する。

（……これでなにを作ろうかな？　篝火さんのお口に合うものがわたしに作れるかな）

梨花はあまり自信がなかったが、不安になっていてもしかたがない。

（わたしは、わたしにできることをするだけだわ。和食薬膳を作ることに関しては、青依より上手だもの！　……たぶん）

梨花は適当なところでお風呂掃除を切り上げて、自室に戻った。文机《ふづくえ》に向かって正座し、晩ごはんの献立を考えているところへ、ふすまの隙間から白玉団子が入ってきた。

「白玉団子、篝火さんのご様子は？」

梨花が聞くと、白玉団子はちまちまと梨花の膝の上によじのぼってきてから答えた。

「おう、今はすやすや寝てるぞ。しかし腑に落ちねぇことがひとつあるんだ……」

「なあに？　なにか深刻なこと？」

「青依がいるとなんか困ることでもあんのかって聞いたら、ちょっと黙ってから、『男の人が苦手なんです。近くにいるだけで卒倒してしまうんです……』だとよ。だけどよ、おかしくね？　俺も男じゃんかな。なんで俺は平気なんだろ。奇妙なこった」

「えっ、……う、うーん。なんでだろうね？」

白玉団子が真剣な顔つきをして考えこんでしまったので、梨花は、白玉団子は男性としてカウントされてないんじゃないかな、などという酷なことは言えなかった。


梨花は悩んだあげく、夕食の主菜をカレー粉で味付けをした焼き鯖《さば》にした。

副菜は塩もみキャベツ、それから生姜や山椒と和えた豆腐の炒め物、冬瓜《とうがん》のスープ。

鯖には胃腸の具合をよくして、体力を回復させる働きがある。キャベツも同様に、胃の働きを助け、気力を高める食材だ。豆腐と冬瓜には体に籠もった熱を放出する効能があった。ごはんはいつもの白米ではなく、ビタミンやミネラルを豊富に含む雑穀米。

少し眠ってから起きた篝火と白玉団子、そして梨花の三人で、丸いちゃぶ台を囲む。

なんでもかんでもおいしそうに食べてくれる白玉団子はさておき、梨花はドキドキしつつ、美しい所作で料理を口に運ぶ篝火の様子をうかがっていた。できるだけおいしいものを作ろうと努力はしたが、今夜の場合は、なによりも暑気あたりにいいものを彼女に食べてもらうことを優先したものだから、味の方には自信がなかった。

けれど梨花の不安をよそに、篝火はまずはそれぞれを一口ずつ食べると、

「とってもおいしいです！　梨花さんって、お可愛らしいだけじゃなくて、お料理もお上手なんですね！　神楽坂で薬膳のお店を出せそうなくらい。梨花さんの手料理を毎日食べられる院長先生は、幸せ者ですね……」

などと手放しに褒めてくれたのだった。

（青依もわたしの料理を気に入ってくれてはいるみたいだけれど……。青依の最終目的はわたし自身を食べることだしな……）

そう思うとしょっぱいような苦々しいような気持ちになったが、篝火に心配をかけまいと、梨花は食事の間、終始にこにこと笑いながら彼女とお喋りに興じた。

初対面の相手である自分が常にべったりくっついていたら篝火は気疲れしてしまうだろうと思い、食後はいったん別々に過ごすことにした。

梨花は彼女にしばらく客間でくつろいでいてほしいと言い置いてから、自分は同じ二階の片隅にある小部屋へと移動した。

そこはあやかしの入院患者のための着替えや新品の下着類、清潔な寝具のカバーにタオル、歯磨きセット、ティッシュ等々の日用品を収納してある物置き部屋になっている。

梨花は和紙張りの照明具を点けて部屋を明るくすると、無造作に積み上げられた螺鈿《らでん》や金蒔絵《きんまきえ》の唐櫃《からびつ》、錦《にしき》の敷き物が置かれた二階厨子《にかいずし》など、いささか時代錯誤でもある雑多な調度類をよけて、奥の衣装箪笥《だんす》の前まで辿り着いた。

一番上のひきだしを開けると、白檀《びゃくだん》の防虫香の匂いが薄闇にふわりと漂う。

桐の箪笥にきちんと畳んでしまってあるのは、色も柄も様々な女性用の浴衣。外出用ではなく、入院患者のための寝間着なので帯は細く柔らかな半幅帯《はんはばおび》に限定されてしまうが、それでも色柄の種類は多い。

銭ゲバの青依は入院患者の衣服には機能性しか求めておらず、もともとは白小袖くらいしかなかった。しかし梨花があるとき「女性の気持ちって、お化粧や着物ひとつで明るくなるものだよ。心と体は繋がっているから、患者さんの早期回復を目指すなら、こういう備品もケチるべきじゃないと思う」と意見したところ、彼にも納得する部分があったのか、意外とあっさりと要求を呑んでくれたのだった。

梨花は浴衣も半幅帯も箪笥から全部出して、行李《こうり》に入れた。

替えの新品の下着や歯磨きセット、フェイスタオルやバスタオルも忘れずに放り込んでから、結構な重量になった行李を両手で抱えて篝火の部屋へと向かう。

白玉団子にせがまれたのか、優しく微笑みながらオセロの相手をしてやっていた篝火は、梨花が抱えてきた大荷物を見るなり目を丸くした。

「梨花さん、それはいったいなんでしょうか？」

「寝間着の浴衣よ。入院期間が一週間以上にもなると、特に女性の患者さんなんかは変わり映えのしない入院生活にうんざりしてきてしまうから、うちでは少しでも患者さんたちのお気持ちが明るくなるようにって、いろんな柄の浴衣をご用意しているの」

と言っても、患者が入院することは、半年に一度あるかないかなのだが。

「篝火さんも、せっかくだから、お好きな柄を選んでね」

梨花は行李を脇に置くと、畳んである浴衣を一着ずつ取り出して、せっせと畳の上に並べていった。

菊尽《きくづく》し、流水紅葉《りゅうすいもみじ》、波千鳥。

雪輪《ゆきわ》に雪華《せっか》、梅に鶯《うぐいす》、霞取《かすみど》り。

臼搗《うすつ》く兎《うさぎ》、朝顔重《あさがおかさ》ね、鈴《すず》散らし。

呉服店がひらけそうなほど大量の浴衣を並べた客間は、たちまち大輪の花が咲いたかのように華やかになった。篝火は浴衣を手に取ってみたり、間近で眺めてみたりしながら、真剣に悩んでいるようだった。

彼女はやがてそのうちの一着を広げて柄を見つめると、即決した。

「これがいいです」

彼女が選んだのは、蝶散らしの文《もん》の浴衣であった。地色は紺藍《こんあい》で、真っ赤な薊《あざみ》の花に黒ことだろう。

蝶が群がる柄である。はっきりとした色合いは篝火の白い肌の美しさを引き立ててくれる

「篝火さんは、ちょうちょが好きなの？　あなたによく似合うと思うわ」

梨花が微笑んで聞くと、篝火は浴衣を広げた手元に視線を落としながら、うなずいた。

「ええ、蝶は好きです。甘い蜜の誘惑に弱いところが、私にそっくりですから……」

「わたしも、甘いものは大好きよ」

――そうだ、と梨花は名案を思いついて、彼女に言った。

「明日、あなたが元気になったら一緒に甘味処に行かない？　神楽坂には『紀の善』に、『神楽坂茶寮』に、『シラタマサロン』に……ほかにもおいしい和カフェがたくさんあるの」

「金魚白玉！」

浴衣選びの間、手持無沙汰のように客間の隅っこでひとりでオセロをしていた白玉団子が、すかさず会話に加わった。金魚白玉によほど未練があったとみえる。

「……金魚白玉？　わあ……、想像しただけでも可愛らしい。ぜひご一緒したいです！」

そのためにも、と篝火は人形のように美しい笑みを浮かべたまま、続けた。

「今夜中に、たっぷりと妖気を蓄えておかなければなりませんよね……」

「そうね」

梨花は真面目な顔で首肯した。

「滋養のあるものも召し上がったことだし、あとはあなたに充分な睡眠をとっていただか

なきゃ」

「おうよ、夜に生まれたあやかしにも、それなりに睡眠は必要だぜ！」

梨花と白玉団子は顔を見合わせて、うんうんと頷き合う。

そんなふたりのやりとりを見守っていた篝火が、そのとき朱唇にうっすらと暗い微笑を佩《は》いていたことには、梨花も、白玉団子も気がつかなかった。


篝火が入浴したあとに、梨花もお風呂に入った。陳皮《ちんぴ》や生姜、艾葉《がいよう》、菖蒲《しょうぶ》といった生薬の粉末を溶かしたお湯に浸かっていると、身も心もほぐれていくようだった。

「ねぇ、白玉団子もこっちに来て、一緒に湯船に浸からない？　夏こそよく温まったほうがいいっていうよ。わたしが抱っこしていてあげるから、溺れる心配もないよ」

梨花はお風呂場の隅っこで、浴槽に背を向けたまま微動だにしない白玉団子に声をかけた。が、白玉団子は首をぶんぶんと左右に振った。

「巫女姫様の肌を目にするなど畏れ多いでござる。まして同じ湯に浸かるなど」

「今は、巫女姫様じゃないんだけど……」

梨花は眉を下げた。白玉団子はいつも変なところでまじめになる。

それからふと、気になった。白玉団子は常に〝監視〟という名目で青依にくっついて入浴しているが、どうやって湯船に入っているのだろう。

「青依は白玉団子をお湯に入れるとき、どうしているの？　やっぱり抱っこするの？」

「いや」と白玉団子は答えた。

「青依は檜の風呂桶に湯船から掬った湯を張ってよ、そこに俺を放りこむんだ」

「ふうん。……ぷぷっ」

梨花はこっそりと笑った。

白玉団子を薬草風呂に入れてあげたり、ほおずき市の屋台であれこれ買ってあげたり。なんだかんだ言って、青依は白玉団子を可愛がっているように思える。

「明日の夜にはまた青依と一緒にお風呂に入れるよ。よかったね、白玉団子」

「別に嬉しかねぇぞ！　俺ぁ勝手に湯に浸けられて、勝手に洗われてるだけでい！」

白玉団子は後ろを向いたままツンツンして言ったが、照れているのか、その長い耳の後ろがちょっと赤くなっていた。


浴室の床は滑りやすいので、梨花は白玉団子の安全を考えて彼を抱っこして脱衣所に出た（その間、白玉団子はちんまりした二本の前脚で自分の目を塞いでいた）。

もう見慣れすぎているとはいえ、脱衣所の鏡に映った背中の大きな傷に、内心で憂鬱なため息をつき、さっと鏡から目を逸らすと、梨花は素早く浴衣に袖を通した。

白地に紅《くれない》でざくろの花と熟れて弾けた実を、瑠璃色《るりいろ》、藍《あい》、空色《そらいろ》で葉を、灰青《はいあお》で細い枝を描いた総柄の浴衣である。赤い半幅帯を前で締め、うさぎのマークが入った化粧水で肌を整え、椿油《つばきあぶら》を薄く伸ばした髪をドライヤーで乾かした。

木製の壁掛け時計を見上げると、もう二十二時を過ぎている。

青依から「夜十時には寝ろ」と言い含められていたことを思い出した梨花は、白玉団子を小脇に抱えて急いで二階へと上がろうとした。

手に持っていたスマートフォンが振動したのは、そのときだった。

青依からの電話着信である。夜十時には寝ろと言ったのは青依なのに、それを過ぎてから電話を寄越してくるなんて、なにかあったのだろうか。

梨花は受話器のマークをタップすると、電話に出た。

「もしもし、青依？　……どうしたの？」

「梨花。お前、無事か？　なにか変わったことはないか？」

どこか切迫したような彼の声音に、梨花は首を傾げた。

「ないよ？　今から寝ようと思っていたところだよ」

「本当に？　お前のイヤリングが壊れたんだ」

まさか、そんなことで電話を寄越してきたのだろうか？　困惑しながら、梨花は返す。

「別にいいよ。それ、前に浅草の和雑貨屋さんで買った、おもちゃみたいなものだし」

「……いや、よくない」

青依の声は低く、張りつめていた。その音声に、少しずつノイズが混じりはじめる。

「俺はお前の身に危険が迫ったときに感知できるように、これに術を施しておいたんだ。壊れたということは、じきにお前によくないことが、――」

「危険？　よくないこと？　……もしもし、青依？」

電波が悪いのか、ザザーッという雑音に掻き消されて、切れ切れにしか彼の声が聞こえなくなる。それからかろうじて聞きとれたのは、「いいか、お前は自分の身を守ることだけを考えろ。俺が帰るまで絶対に……」という言葉だけだった。

別れの言葉も交わさないまま、電話がブツリと切れる。

梨花はすぐに彼の番号にかけ直したが、何コール目かで「おかけになった電話は、電波の届かない場所にあるか、または……」という自動音声に切り替わってしまった。

何度かかけ直してみても、結果は同じだった。

（青依はわたしになにを伝えたかったの？　わたしに、危険や災いが迫っている？）

梨花は二階へと続く階段を見上げた。

上の客間では、まだ本調子ではない篝火が体をやすめている。自分に危険や災いが迫っているというならば、篝火にもそれが降りかかる可能性があるのではないだろうか。

（青依はわたしに、「自分の身を守ることだけを考えろ」と言った。でも、もしも本当になにかよくないことが起こるというなら、わたしは篝火さんのことも全力で守る義務がある）

だけどどうやって、そしていったいなにから自分たちの身を守ればよいというのか？

梨花はうつむき、目を閉じる。

するとまず脳裏に浮かんだのは、長い黒髪をした美しい少女――新藤由莉の姿だ。

おとなしやかな顔をした彼女が、はじめて会った日に自分に言った言葉が蘇る。

――殴れないなら、刺せばいい。相手が暴漢なら、正当防衛が成立するわ。

由莉はそう言って、カメオ付きのリボンブローチを梨花の手に握らせた。

次に思い出したのは、白衣姿の青依。梨花が豆大福の薬の調合をさせてもらったとき、彼は梨花に告げた。

――薬と毒は表裏一体。医師はそれを常に念頭に置いていなければならない。

ブローチは小物入れに大切にしまってある。

「殴れないなら、刺せばいい……。それから、薬と毒は表裏一体……」

反芻《はんすう》するように梨花が呟くと、梨花に抱えられていた白玉団子がびくっとした。

「どどどうしたんだ、梨花。だしぬけに物騒なことを言いだして」

「白玉団子。わたし、やらなきゃいけないことがあるの。手伝ってくれる？」

梨花は白玉団子のつぶらな目を真剣なまなざしで覗き込んだ。

するとただごとではないと察したのか、目をしばたたいていた白玉団子は急にキリッとした顔になり、「巫女姫様のお心のままに」と重々しく返事をしたのであった。

梨花はいったん私室に戻り由莉からもらったブローチを取り出すと、それを携えてまたすぐに一階へ下り、白玉団子とともに薬房へと向かった。

＊＊＊

二時間ほど薬房で過ごしたのちに客間の前を通ると、うっすらと明かりが零れている。

篝火がまだ起きている気配を感じたので、梨花はふすまの外から小さく声をかけた。

「篝火さん、わたしはそろそろやすみます。……あの、わたしの部屋は廊下の突き当たりですから、もしなにかあれば遠慮なく起こしてくださいね。かならずですよ」

するとふすまの向こうから、澄んだ声で返答があった。

「なにからなにまでありがとうございます。……おやすみなさい、梨花さん」

「おやすみなさい、篝火さん」

「おやすみなさいでござる」

梨花は廊下を進み、白玉団子と一緒に私室に入った。

そして枕元にブローチを置き、ぼんぼりのような明かりを消して布団に潜り込んだ。


寝床に入ったはいいが、今夜は青依からの電話のことが気にかかり、いつまで経っても寝つけずにいた。

青依が過保護なのはいつものことだが、妙に胸騒ぎがするのだ。枕元で充電中のスマートフォンに手を伸ばし、時刻を確認してみる。もうじき午前二時になるところだった。

冷房をつけているので部屋は快適な温度に保たれているが、目が冴えてしまっている。

梨花は隣で鼻ちょうちんを出して眠る白玉団子の顔を眺めながら、ぼんやりと考えた。

(本当に何事もなければいいけど……青依はいつ帰ってくるんだろう。明日のお昼前に篝火さんと神楽坂デートをして、帰宅したときには、もういてくれるといいな……)

彼に引きとられてから、梨花は修学旅行以外でこんなに長く彼と離れたことはなかった。修学旅行のときは、大部屋で友達と楽しく恋の話に興じながら眠ったから寂しくはなかったが、今は白玉団子は眠ってしまっているし、青依がいない隣の部屋も静まりかえっている。冷たい雪のように、寂しさと不安だけがしんしんと心に降り積もっていく。

彼は今、どうしているのだろう。あれから電話も繋がらず、メッセージの返信もない。往診はとうに終わったはずなので、現地に宿をとったのだろうか。

(もう眠っているのかな。それとも、わたしと同じで寝つけずにいる……?)

眠れない夜、彼だったらどんなことを考えるのだろう。

(わたしをどうやって始末するか――は、たぶんもうとっくに決めているだろうから、日々のお仕事のことや、大好きなお金のこと、それから……)

白玉団子の鼻ちょうちんは、丸い障子窓の隙間から差す月光を受けてきらきらと光っていたが、ふいに、ぱちん！　と弾けた。

(いまだに所在がわからない、好きな人のこと、とか……)

彼にはもう五年も前から恋い慕っているという少女がいる。

一途に想い続けているのに、彼女の所在は不明のため、会うこともかなわない。

そんな恋に心が苦しくなることが、彼にもあるのだろうか。

そう思うとどうしてか胸にかすかな疼痛《とうつう》を覚え、梨花は心臓のあたりを押さえた。

その痛みの理由がなんなのか考えようとしたとき、スッと、音もなく部屋のふすまが開いた。梨花は弾かれたように身を起こし、開け放たれたふすまを見つめた。室内は薄暗いが、廊下には天井灯が灯っているので、逆光でその人の姿はよく見えない。

「……青依……？」

梨花は目を細めて聞いた。暗闇に目が慣れていたので、ひどく眩しい。

かすかな衣擦《きぬず》れの音を立て、滑《すべ》るような足取りで入室してきたのは、篝火だった。

「篝火さん、どうなさったのですか？　どこか苦しい？　それともなにかあったの？」

梨花は血の気が引くような思いで聞いた。

なにか青依の言う「よくないこと」が起きたのだろうか。それとも具合が悪いのか。

彼女はもともと青ざめた肌をしているので、顔色からはなんとも判断できない。

篝火は呟いた。

「喉が渇きました……」

彼女の返答に、梨花はほっと胸を撫で下ろした。

「ごめんなさい、水差しに用意しておいたお水では少なかったかもしれないわね。すぐに冷たいお水をご用意するわ。百鬼家特製のレモンの蜂蜜漬けも浮かべてあげる」

梨花がにこりと微笑みかけて、立ちあがろうとしたときだった。

篝火が布団のそばに腰を下ろし、梨花の肩をぐいと摑んだ。

梨花が目を見開いたときにはもう、篝火に布団の上に押し倒されていた。

「その必要はないよ。瑞々しくて甘美な蜜なら、ここにあるだろう……」

「……篝火……さん？」

梨花は真上から自分を見おろしてくる少女の美しいおもてを、茫然として見つめた。

梨花の体の両側に手をついた篝火は、梨花の頬にその花のかんばせを寄せると、首筋のあたりで深く息を吸い込んだ。それから、感嘆の吐息まじりに口にする。

「ほころぶ前の花の匂いがする。隠神に殺されもせずに飼われているのなら、当然、夜伽《よとぎ》の相手もさせられているだろうと思ったのに。あんたがまだ無垢《むく》なのは意外だったな」

「い、いきなり、なんてことを言うのよ！　あ、あなた、寝ぼけているの……？」

梨花はともかく彼女の胸を押しやろうとして、気がついた。個人差があるとはいえど、十代半ばの少女であれば多少はあるはずの柔らかな膨らみが、そこにはなかった。

目線を彼女ののどもとへとずらす。変声期はまだ迎えていないようだが、よく目を凝らしてみると、ほんのかすかに、喉仏のような隆起が見てとれた。

梨花は信じられないような思いで、唇を開いた。

「あ、あなた……、あなた、男の子だったの……!?」

動揺を隠しきれない梨花を見おろして、篝火はくつくつと喉を鳴らして笑った。

「……当たり。前世の巫女姫と違って、あんたがばかで鈍感な女で助かったよ」

「どうしてわたしの前世が巫女だって――」

知っているの、と聞こうとして、梨花は口をつぐんだ。梨花は幼少の頃に凶悪なあやかしである手負蛇に襲われて、大ケガを負った。その後、霊能力のあった祖母から、あやかしたちから梨花の存在を隠してくれるという翡翠の勾玉をお守りとして譲り受けた。

以来、梨花は一度も手負蛇のようなおそろしいあやかしとは遭遇していない。

しかし二年前、勾玉は従妹の杏奈に奪われて捨てられた。お守りを失ってからも平穏に暮らすことができていたのは、きっと青依がいたからだ。青依の存在があったから、危険なもの――目の前にいるような危険なあやかしを寄せつけずに生きてこられたのだ。

篝火は、獲物を追い詰めた獣のように愉しげな目をして言った。

「あんたのそばにはいつも隠神の狐がいて目を光らせていたものだから、俺くらいの妖力の持ち主じゃ、近寄れやしなかった。だからずっと待っていたのさ。あんたがひとりきりになってくれる、今夜のような晩を。高校の修学旅行でもあんたを狙ったが、断念した。引率の教師がカトリックの聖職者であり、祓魔師《ふつまし》でもあったからな。そして、あの狐もそれを知っていたから、あんたを教師に託し、修学旅行に行かせたんだ」

祓魔師とは、人畜に害をなす悪魔や魔物を十字架や聖水などを用いて祓《はら》う、西洋の聖職者のことである。

「そんな……」

敬虔《けいけん》なクリスチャンだとしか思っていなかった担任の老紳士が祓魔師であったことも、青依がそれを知っていたことも寝耳に水で、梨花は絶句した。

「あんたは悪いあやかしから身を隠す玉を二年前になくしただろう？　それからというもの、あんたの存在に多くのあやかしたちが気がついてしまった。それなのにあんたが今日まで何事もなく生きてこられたのはなぜだと思う。あの男がこの家に結界を張り、邪念を持ったあやかしは侵入できないようにしたからだ。そして、あやかしどもが妖力を増幅させる夜遅くにはあんたが出かけないよう、あんたを厳しくしつけた。……もっとも、後者は俺の推測だが。当たりだろう？」

梨花は押し黙ってしまった。門限がやたら早いのは、青依が単に過保護だからなのではなかった。そんな理由があっただなんて、少しも考えたことがなかった。

「だけど狐の結界には欠陥があった。家人《かじん》に招き入れられさえすれば、どんなあやかしでも通過できてしまうことだ。俺はそれをあるとき偶然知り、そしてあんたに近づいた」

篝火の目が危険な光を帯びたのを見て、梨花は掠れた声を出した。

「離して……」

――そのときである。

「てめぇコンニャロ、ふてえ野郎め、梨花から離れやがれ！」

いつから起きていたのか、それともまさかこんな状況でたった今起きたというのか、ともかく白玉団子が梨花が常に枕元に置いている、悪いあやかし撃退用の金平糖の小瓶を前脚で抱えていた。そして蓋をあけ、自分は金平糖に触れないようにしながら、「これでも食らえーっ！」と叫んで小瓶ごと篝火に投げつけた。

小瓶も、その中身もたしかに篝火の体にあたったのだが、彼女——いや彼は不快そうに眉をひそめただけで、打撃を受けた様子はなかった。

白玉団子は一瞬ぽかんとしたが、すぐに気持ちを切り替えたようだった。「コンニャロー！」と息巻いて、今度はみずから篝火に飛びかかった。

しかし白玉団子は弱かった。ぱしん、と篝火に邪魔そうに手の甲で払いのけられると、鞠のように遠くまで飛んでゆき、最終的に壁に頭をぶつけて気絶してしまった。

「白玉団子！」

白玉団子を案じた梨花は篝火の体を押しのけようとしたが、その両手首はあえなく彼の手にからめ捕られた。片手だけで頭上にひとまとめにされて、布団に縫い留められる。空いた方の手で、篝火は梨花の浴衣の腰に描かれたざくろの花と実を、順に指でなぞった。

「血濡れたように赤いざくろ。上等な浴衣だね。……知ってる？　揚羽蝶《あげはちょう》は、赤い花に引き寄せられるんだってさ。赤い花のあんたの浴衣も黒蝶の俺の浴衣も、まるで今夜のためにあつらえた衣装のようだ」

拘束され、衣の上からとはいえ体に触れられる不快感に耐えながら、梨花は気持ちを強くして聞いた。

「目的はなんなの？」

「……血を飲ませろ」

唇を赤い舌でぺろりと舐めてから、篝火は答えた。

「巫女姫の血は妖力を高めるだけでなく、とても甘美なんだろう」

「知らないわ……そんなこと。あなたは、隠神の青依と同じように、禍津神なの？」

「そんなお高くとまった存在じゃない。俺は大妖《たいよう》だ。並みの黄昏のあやかしよりも、少しばかり妖力が強いだけの妖魔《ようま》。だけど嗜好は極めて隠神に近いかな……」

篝火は梨花の首すじにかかった髪を払いのけた。

それがまるで捕食のための準備のように思われて、梨花は叫んだ。

「やめて！」

両手首を束ねていた少年の力が緩んだ一瞬の隙を衝いて、梨花は彼の手を振りほどき、折り重なってこようとする体を渾身の力を籠めて突き飛ばした。梨花は彼の下から急いで這い出し、枕元に置いておいたブローチを摑む。躊躇している暇はなかった。このままでは白玉団子も、自分も命をとられかねない。梨花は片手でブローチのピンを外すと、篝火に向き直り、その首すじに針を突き刺した。——いや、寸前で避けられてしまい、厳密にはかすめただけだった。少年の雪白の首すじから、紅血《こうけつ》が糸のように細く滲む。

「毒針か……」

自分の首すじをなぞり、指先についた血液を見て、彼は忌々しげに吐き捨てた。

梨花は黙っていた。寝る前に調合し、針先に塗布しておいたのは毒ではなく、練って軟膏のようにした眠り薬だ。毒を仕込む勇気はなかった。ただ、青依の言っていた〝危険〟から逃げるために、少しでも時間稼ぎができればよかったのだ。

「薬も過ぎれば毒となるって、わたしの尊敬している先生が言っていたの。医師が薬しか調合できないと思った？　毒が体に回って寿命を縮めたくなければ、じっとしていて」

本当は命を脅《おびや》かす毒などではないが、梨花は脅迫するように告げて、ゆっくりと彼から距離をとった。立ちあがり、篝火に背を向けて白玉団子のもとに駆け寄ろうとする。

しかし足を踏み出した直後、ドン、と背中になにか大きなものがぶつかる衝撃があった。うつぶせに倒された梨花は顔だけで背後を振り返り、凍りついた。

そこにいたのは、今しがたまで梨花を翻弄していた、美しい少年ではない。猩々《しょうじょう》の顔に赤い双眸、虎の背に手足、蛇の尾を持つ——それは鵺《ぬえ》であった。

大きさは虎そのもので、人型のときの篝火の姿は見る影もない。

梨花は震え上がったが、それでも恐怖心よりも白玉団子のことが気がかりだった。まだ気絶しているが、無事だろうか。頭の打ちどころが悪ければ、大事になりかねない。

梨花がなおも立ち上がろうとすると、背後で鋭く風が動く気配がした。

直後、衣が引き裂かれる音が暗闇に響き、背中に焼けつくような痛みが走った。

「……っ」

声にならない悲鳴をあげた梨花の背に、鵺に変じた篝火がのしかかってくる。

浴衣は引き裂かれたが、威嚇が目的だったのか、ケガは擦り傷程度のようだった。

血が滴るような感覚はないが、ひりつくような痛みを覚えて、梨花はシーツをぎゅっと握りしめた。馬乗りになった篝火が、獣の姿のまま梨花の耳元で囁いた。

「眠り薬か。そんなものはこの俺には効きやしないよ。猛毒でも仕込んでおけば、あんたの勝ちだったのにね。中途半端に情けをかけたことを後悔している？」

「……放して！」

彼の下で必死に身じろぐと、陰気で冷たい声を直接耳に吹き込まれた。

「おとなしくしなよ。……これ以上妙な行動に出たら、今度はその綺麗な体をずたずたに切り刻んで、殺してしまうかもしれないよ。俺はお優しいあんたとは違うからね」

傷口に生温かな、ざらりとしたものが這った。それが鵺の舌だと思い至ったときには、背中に激痛が走った。鵺につけられた傷は浅くとも、触れられると焼け火箸《ひばし》を押し当てられたような痛みが起こる……そうした性質のもののようだった。

泣き叫びたくなるのを梨花は歯を食いしばってこらえた。

けれど全神経が背中に集まり、手足に力が入らなくなる。

梨花が抵抗を諦めたと思ったのか、気をよくしたように篝火は言った。

「……ふふ。あんた、物わかりがいいね。甘い血はひと雫も残さずに啜ってやるけれど、そうやってじっとしていれば、痛くはしないでやるよ」

濡れた舌でゆっくりとうなじを舐められたとたん、恐怖に張りつめていた糸が切れた。

梨花は口を開き、身も世もなく叫んでいた。

「嫌！　助けて！　……青依、助けて！」

耳のそばで歯ぎしりがする。

「おとなしくしていろと言ったのに――」

激しい怒気を孕《はら》んだ声で篝火が呟いた。

（青依、青依……！）

金平糖は効かない。白玉団子も気を失ってしまった。なすすべもなく、梨花がぎゅっと目を瞑《つぶ》ったときだった。

ガラスの割れる大きな音がした。

わずかに瞼を持ち上げて部屋の露台に通じるガラス戸を見ると、水晶のさざれを散らしたように硝子の欠片が畳の上にちらばっていた。

窓を突き破ってそこに現れたのは、見たこともない姿の獣だった。

見たこともない――けれどきっと自分は、美しいその獣をよく知っている。

新雪のように真っ白な毛に覆われたそれは、西洋の深い森に棲む狼よりももっと大きな狐だった。尾は九つに裂け、両の目は黄金色に輝き、額と眦には、睡蓮の花びらのように繊細な紅《くれない》の模様がある。

九尾の狐はまず梨花の姿を見て、それから鵺に視線を移した。

腿に筋肉の張ったしなやかな脚が地を蹴ったかと思えば、白狐は鵺に体当たりして梨花の上から追いやり、虎のそれにも似た鵺の喉笛に躊躇なく喰らいついた。

鵺がおそろしい咆哮《ほうこう》を上げる。

「かく……り、神……！」

相手が隠神では敵わないとでも判断したのか、喉からおびただしい血を滴らせた鵺は割れたガラス戸から露台へと飛び出した。

「待て！」

白狐が引き留め、低い声で言った。

「梨花を傷つけたのは許しがたい。あの娘を責め苛み、いたぶってもいいのは俺だけだ。半殺しではつらいだろう？　すぐに楽にしてやるから、そこから動くなよ」

鵺は呻《うな》った。喉に穴があいているせいか、ひゅうひゅうと風穴で聞くような不気味な音がする。じわじわと弱りつつある鵺にとどめを刺すつもりなのだろう。白狐がゆっくりと一歩、進み出た。いつ意識を取り戻したのか、白玉団子が叫んだのはそのときだった。

「あっ、梨花！　その背中！　ケガしてるのか!?」

白狐が梨花のほうに気をとられたほんの一瞬の隙に、鵺は露台から飛び降りた。階下で夏草の揺れる音がして、鵺が逃げたことを知った。

白狐は露台を見た。鵺を追って息の根をとめるか、梨花の具合を確かめるか。わずかに逡巡したようだったが、白狐が選んだのは後者で、こちらに駆け寄ってきた。

「梨花！」

梨花が力を振り絞って体を起こすと、白狐は梨花と目の高さを合わせるように膝を折った。梨花は純白の毛に覆われた頬にそっと触れ、確かめるように聞いた。

「青依……なの……？」

「ああ、俺だ」

聞き間違うはずもない彼の声で、不安に冷え切っていた梨花の胸には一気に熱いものが込み上げてきた。

これが、青依の本当の姿。

――なんて綺麗な獣なのだろう。

「青依……」

梨花は両手を伸ばして白狐の首に抱きつき、柔らかな毛に顔をうずめた。

青依はしばらく黙って梨花のなすがままになっていたが、やがて遠慮がちに口にした。

「……念願のもふもふを堪能しているところ悪いんだが、人の姿になっていいか」

「いいけど……。どうして？」

人の姿でいた方が楽なのだろうか？

梨花が首を傾げると、狐が小さくため息をついた。

「この姿では、お前を抱きしめてやれないだろう」

あたりまえのように返された言葉に、鼓動が加速する。

九尾の狐の体軀は蛍火をまとったかのように青白く輝いたかと思えば、まばたきのあとにはもう、人の青依の姿になっていた。

本来は獣の姿のあやかしが人型に変じると、生まれた時代の格好になるのだろうか。

彼はいつものようなスーツ姿ではなかった。

頸上《くびかみ》からわずかに覗く紅《くれない》の濃い衵《あこめ》の上に、清らかな雪白の狩衣《かりぎぬ》をまとっている。

「梨花、遅くなってすまなかった。もう怖くはない」

物語絵巻から抜け出してきたかのような神秘的な彼の姿に見惚《みと》れているうちに、梨花は彼の胸に頭を抱き寄せられていた。

慣れ親しんだ睡蓮の香りに安堵して、梨花は目を閉じる。

「……青依、神様みたい」

「みたい、ではなく、俺はこれでも神なんだ。お前は今さらなにを言っている」

青依は不機嫌そうに呟くと、梨花の肩をそっと向こうへと押しやった。

ふいに温もりが消えてしまったことに喪失感にも似た感情が生まれたものの、彼の体温を惜しんでいる余裕は、すぐになくなった。

青依の長い指が、胸の下の細帯の結び目にかけられている。ほどかれそうになっていることに気がつくと、梨花は脊髄《せきずい》反射のようにパッと彼の手を両手で押さえた。

「なにするの……」

「なにって、傷を診てやるんだ。……こら、じたばたするな！」

「いいよ。こんなの、ただのかすり傷だから……！」

梨花は焦っていた。篝火に引っかかれたのは背中だが、背中にはごく浅い生傷のほかに、古い傷痕がある。そして彼はまだ、梨花の体に大きな傷痕があることを知らない。

「恥ずかしがっている場合か？」

「恥ずかしがってなんかいないわ。本当に、わたしはなんともないから」

梨花はかたくなに拒んでその場から離れようとした。

しかしそれよりも早く腰に手を添えられて、逃げ道を塞がれる。

「なんともない？　……本当に？」

低い声で聞かれ、梨花の肌はなぜだか粟立った。青依は片手で梨花の腰を抱いたまま、もう一方の手で、浴衣の裂け目に沿うようにして背中の生傷をなぞる。その刹那、先程と同じような苛烈《かれつ》な痛みが全身を駆け巡り、梨花は小さく悲鳴を上げた。

「痛……っ！　やめて、青依」

「触れられると火箸を当てられたように痛むのだろう？　だからおとなしく……」

「放っておいて！」

彼の言葉を遮って、梨花は言った。

眉を寄せた彼に、梨花はいったん気を鎮めて、妥協策を示した。

「ど、どうしてもと言うなら、今から病院に行く。……それでいいでしょ？」

「いいわけがないだろう」

返ってきた声には、彼の苛立ちがありありと滲んでいた。

「鵺の毒は生命を脅かすものではないが、二十四時間以内に適切な処置をしなければ、傷が完全に塞がるまで、幾度となく今と同じ激痛を味わうことになり、衣をまとうのも苦痛になる。人を診る医者が、あやかしの毒を浄化できるとお前は本気で思っているのか」

……傷が完全に塞がるまでとは、どのくらいの期間なのだろう。

何日間もあんな痛みに怯える生活を送らなければならないのは嫌だった。

だが宝石のように綺麗な彼の目におぞましい古傷の痕を晒《さら》すのは、もっと嫌だ。

そのうち喰らうつもりで二年間も大切に養育してきた娘に、もとからこんな傷があると知ったとき、彼はどんな顔をするだろうか。

輝くような黄金の瞳に落胆の色が浮かぶさまを想像し、梨花は激しくかぶりを振った。

「嫌。嫌なの！　青依にはこんな体、絶対に見られたくない！」

「落ち着け。……梨花、お前、どうしたんだ。なぜそこまで俺の治療を拒む？」

——なぜ？

「わたし……」

梨花は胸元を強く押さえた。

(青依を失望させたくない。青依に拒絶されたら、わたし……)

わけもなく押し寄せてくる悲しみと一緒に、胸の疼痛が激しくなっていく。それは背中に感じる苦痛とはまるで別種の、経験したことのない痛みだった。

「わからない。わたしにもわからない。……自分の気持ちが、よくわからないの……」

ただ青依に醜い姿を見られたくない、嫌われたくない、その一心だった。

しおれた花のように項垂《うなだ》れてしまった梨花を見て、観念したとでも思ったのだろう。

「手がかかる小娘だな。はじめからそうやっておとなしくしていれば——」

月光を浴び、いっそう青白く見える彼の手が伸びてきて、あっけなく梨花の帯を解いてしまう。柔らかな半幅帯はあっけなく崩れ、蛇の影のように布団の上にさらさらと落ちた。そのはかない音で梨花は我に返る。

「……やめてって言っているでしょう！」

梨花は気が動転し、その体は勝手に動いていた。ひどいことをするつもりなどなかったのに、パン、という打擲音《ちょうちゃくおん》を立てて、彼の手を強く払いのけてしまう。

すぐに後悔の波が押し寄せてきた。梨花は宙に浮いた彼の手を、言葉もなく見つめた。早く謝らなければいけない。それなのに、つかえたように言葉が出てこない。

彼の手を叩いてしまった自分の手を、他方の手で握って震えていると、青依が独り言のように低く口にした。

「……やむをえまい」

青依は梨花に身を寄せた。そうして、生傷がある場所を避けて彼女の背を抱くと、片手で梨花の後ろ髪を引き、強引に白い喉をのけぞらせた。

帯を解かれた梨花は、浴衣がはだけてしまわないよう胸元から手を離すことができず、わけがわからないまま彼の次の行為を待つしかなかった。

彼がかすかに顔をかたむけたかと思えば、次には首すじに顔をうずめられていた。

自分のものではない髪の毛の感触が肌を柔らかくくすぐる。

心臓が音を立てた直後、梨花は息をとめた。

「……っ」

声をあげる間もなかった。

喉もとに硬く鋭いものがあてがわれ、それが皮膚を突き破って深く埋め込まれていく感覚があった。太い牙に穿《うが》たれているのだと、混乱する脳でかろうじて理解する。

「……あ……」

痛みはなかった。だが、その代わりのように、異様な感覚があった。嚙まれている部分から全身にかけて、熱いような冷たいような、もどかしい痺れが伝わっていく。

「いや……、なに……？」

喉に喰らいつかれたままなだめるように髪を梳かれると、肩が跳ね上がった。

そんな自身の反応が、梨花には信じられなかった。

髪の毛には神経など通っていないはずなのに、青依の熱を感じる。

顔も体も熱くてたまらない。異常に火照っている。指先に力がこもらない。

長い長い時間、ただ震えて青依の狩衣の背にしがみついていると、やがてゆっくりと、慎重に牙を引き抜かれた。

とろりと首すじを伝った温かな液体は自分の血液だろうか、それとも彼の唾液か。

しばらくの間牙を立てられていた喉を今度は癒やすように舐められると、梨花は体をおののかせた。彼に触れられるたびに体温が上がり、視界が涙でかすんだ。

「苦しいか？」

そう聞かれても、梨花は潤んだ目をして彼を見つめ返すことしかできなかった。苦しいのとは違う。けれど梨花はいまだその感覚を知らず、青依にどう伝えればよいのかわからなかったのだ。

「お前をおとなしくさせるにはこうするしかなかった。……催淫毒は放っておいても一晩で効果が切れるが、傷を診たらすぐに解毒の薬を飲ませてやる」

青依は囁くと、抗う力を失った彼女を布団の上にうつ伏せにした。

（……催淫毒。人の姿をした青依に噛まれると、その毒に冒されるのだった……）

こんなにもおそろしい毒だとは思わなかった。彼が触れたところから、甘美な痺れが水輪《みなわ》のように広がっていく。もどかしいような感覚はつらいものでしかなく、いっそ激痛をもたらす獣の姿のときの牙で噛みついてほしかったとさえ思った。

梨花は目を閉じ、必死に感覚を閉ざそうとする。

一方の青依はあくまでも医師らしく事務的な手つきで、梨花の浴衣を肩口から少しずつ脱がせていった。

室内には月明かりしか差さないが、あやかしは夜目が利くから、薄暗くとも傷を診るのに不自由はないのだろう。ほどなくして、生傷を見つけたらしい彼が口にした。

「傷は浅いな。これならば調合済みの軟膏で間に合うだろう。白玉団子」

息を殺してなりゆきを見守っていたのか、しばらく気配を消していた白玉団子が、「なんだ!?」と素早く青依の呼びかけに反応した。

「お前、たまには巫女姫様のお役に立ってみろ。下の薬房に行って、薬種簞笥ではなく、その奥にある黒い小簞笥の、上から三番目のひきだしにある軟膏の四十二番を持ってこい」

「がってん承知の助でござる！　上から三番目、軟膏の四十二番。上から三番目、軟膏の四十二番。上から三番目……」

白玉団子はけっして忘れはすまいというように同じ文言をぶつぶつ繰り返しながら、青依の命令に従って梨花の部屋を飛び出していった。

「梨花、もう少しの辛抱だ。白玉団子が持ってくる軟膏は沁みないから怯えなくていい」

梨花は枕に額をつけたまま、小さくうなずいた。

「……もう少し診せてくれ。傷の範囲を確かめたい」

梨花は唇を噛んだ。これ以上、肌を晒せば、彼に醜悪な古傷の痕を見られてしまう。

梨花はこの期に及んでまだ嫌だと言いたかったが、彼はあくまでも医師だから、拒否は聞き入れてくれないだろう。梨花は覚悟を決め、いっそうきつく目を閉じた。

青依はふた目と見られないような傷の痕を見て、がっかりするかもしれない。

それでもどうか、拒絶しないでほしかった。

肩甲骨から腰のくびれにかけて、浴衣が引きずり下ろされていく。梨花の肌をあらわにしていく彼の手がぴくりと跳ねて急に止まったとき、彼女はとうとうおそれていた瞬間が訪れたことを悟った。

背中に、痛いほどに強く彼の視線を感じる。彼が古傷を凝視しているのがわかる。

「……これは……」

青依が息を呑む気配がした。

鼓動がどくどくと大きな音を立てている。それは自分の心臓の音のようでもあったし、彼の脈動の響きのようでもあった。醜い古傷を、彼の指がなぞるのを感じる。梨花がびくりと震えると、彼は彼女が毒に冒され、ひどく敏感になっていることを思い出したのか、「すまない」とどこか心あらずといった様子で詫びた。

それから硬い声で梨花に聞いた。

「……この傷痕は、いつから？」

「小さな、頃から……。でも完全に塞がっているから平気。……あまり、見ないで」

「小さな頃から？　それでは五年前にはもう、この状態だったのか？」

なぜそんなことを聞くのだろうと思いながら、梨花は黙ってうなずいた。

嘘だ……と、やっと聞きとれるくらいの声で彼が呟いた。

梨花の胸中は不安に掻《か》き暮《く》れた。

（……「嘘だ」って、どういう意味……？）

やはり、いずれ喰う娘が醜い傷の持ち主であったことを、彼は受け入れかねているのだろうか。……ああ、そういえば、彼は自分の容姿だけは気に入っていると言っていた。

唯一気に入っていたこの体に傷がついていたことに、彼は憤っているのだろうか。

急に黙《もく》してしまった彼がなにを考えているのかわからず、梨花の胸は冷えていった。

早く白玉団子に戻ってきてほしい。重苦しい沈黙を破ってほしい。

そんなことをひたすら考えていると、「梨花」と彼が囁いた。

呼びかけに応じて梨花が振り返るように青依の方に顔を向けると、まろやかな輪郭を撫でるように、優しく頬に手を添えられた。

「やっと見つけた。俺の――」

月明かりの加減なのか、彼の黄金の双眸は、熱を帯びて潤んでいるようにも見える。

梨花はその目の中に彼の真意を探ろうとして、その瞳を覗きこもうとした。

しかし、梨花はすぐに目を閉じなければならなくなった。

彼がまるで恋人にそうするかのように、梨花の瞼に唇で触れてきたからだ。

「…………！」

「梨花」

再び名を呼ばれ、おそるおそる目をあけると、涙の軌跡を辿るように頬を撫でられる。

梨花は困惑した。甘い毒に冒されているのは自分の方なのに、まるで彼の方がどうかしてしまったようだった。唇で首すじに触れられて、耳たぶに触れられる。そのたびに梨花の白い裸体は氷魚《ひお》のように小さく跳ねた。

梨花はいったい、自分の身に、彼の身に、なにが起きているのかわからない。

青依はもう、医者の顔をしていなかった。

梨花の敏感な反応に堪らなくなったように、彼はいささか乱暴に頤《おとがい》を摑んできた。

吐息が触れ合うほど間近く顔を近づけられる。

梨花は陶然として、彼の美しい瞳を見つめた。

瞳孔が縦に裂けて、彼の目が綺羅星のように爛々《らんらん》と輝いている。

月の暈がかかっている……。

梨花は唇を合わされそうになっていることを本能的に理解したが、理性は壊れてしまったかのようにまったく機能しなかった。

早く、早く、その唇で触れて……。

催淫毒は甘い糖蜜のように、梨花の思考まで侵食しはじめていた。

梨花はあえかな吐息を零し、みずから彼に身を委ねてしまいそうになってから、ほんのわずかに残されていた自制心で無理やり首を左右に振った。

「……だめ。こんな……、こんなのは違う……！」

唇がかさなる寸前にやっとのことで弱々しく口にすると、彼もまた正気に返ったように梨花から顔を離した。そうして、彼女の髪に顔をうずめた。

「……悪かった」

梨花は枕に顔を押し当てると、声もなく涙を零した。

震える手でシーツを握り締めていると、その手の甲に彼の手のひらがかさなった。

「泣くな。……泣かないでくれ、梨花。もうあなたが怖がるようなことはしないから」

「……青依……？」

清らかな睡蓮の香りに包みこまれているうちに、鼓動が落ち着いてきた。

様々な緊張から解き放たれたせいか、どっと疲れて、瞼が徐々に下りてくる。

視界が闇に閉ざされると、急速に眠気が襲ってきた。

梨花は彼の狩衣の袖に白い柔肌《やわはだ》を包まれながら、深い眠りに落ちていった。


「ん……」

朝の光を瞼に感じ、梨花は目を覚ました。

天井の格子をしばしの間、ぼうっと眺めてから、むくりと体を起こす。

辺りには夢の名残のように、睡蓮の香りがほのかに漂っていた。

周囲を見回した梨花は、そこが自分の部屋ではなく、青依の部屋であることに気がついた。ハッとして両手で握り締めている掛け布団を見れば、梨花が毎晩使っている桜色の布団とセットで通販で買った、水色の布団――青依の寝具である。

それから梨花は、視界の端をかすめた自分の浴衣の袖を見る。青藍《せいらん》の地に大ぶりの白百合の刺繍がいくつもあしらわれた着物である。細帯は山吹色だ。自分は確か昨夜、柘榴の花と実の総柄の浴衣に、紅い半幅帯を締めたはずだ。襟の袷からおそるおそる胸元を覗きこんでみると、背中と胸をぐるりと一周するように幾重にも包帯が巻かれていた。

眠っている間に、青依が処置しておいてくれたのだろう。

梨花は部屋の隅に古びた姿見を発見し、そこに歩いていって自分の全身を映した。

泣いたせいか、なんだか目が腫れぼったい。

しかしそんなことよりもと、梨花はびくびくしながら鏡の前で上を向いた。

青依に深く牙を突き立てられた喉を確かめてみれば、不思議なことに、そこにはかすり傷のひとつもない。ただ花びらのように赤い痣だけがくっきりと刻まれていた。

梨花はふらつく足取りで布団に戻り、とりあえず落ち着こうと、枕元に用意されていた水差しからコップに水を注ぎ、一気に流し込んだ。カラカラに乾燥していた喉が潤ったところで、やっと一息つく。慌てふためきそうな状況のときこそ、普段どおりの行動を心がけるのが吉である。梨花は二階にもある洗面所で顔を洗い、日焼け止めも兼ねた薄化粧をして、椿油をしみこませたつげの櫛で髪をくしけずった。


二階には自分の他には誰もいないようだったので、梨花はともかく一階に下りた。

階段を下りてすぐのところにある、居間のふすまを開ける。

居間では、ラップがかかったお皿が一枚置かれたちゃぶ台を挟んで、青依と白玉団子が向かい合っていた。白玉団子の方は座るというより、ちゃぶ台の上に載っていた。

診療所の診療日なので、青依は通常どおり、ネクタイを締めたシャツにスラックスという装いである。彼は梨花の姿を目にとめると、疲れなど感じさせない涼しい顔で言った。

「おはよう。もう起きたのか？　もっと眠っていても構わないんだぞ」

「うん……」と寝ぼけまなこでうなずきながら、梨花は彼を――正確には、彼の肩の辺りを凝視した。

浮世絵師の歌川広重《うたがわひろしげ》『名所江戸百景』に『王子装束ゑ《おうじしょうぞくえ》の木《き》大晦日《おおみそか》の狐火《きつねび》』という作品がある。行列をなした白狐が描かれていて、それぞれのそばに紅い狐火が浮かんでいる絵なのだが、その火の玉のようなものが青依の肩のあたりにふよふよと浮いているのだ。

（……昨日まであんなのなかったのに。わたし、寝ぼけているのかな）

梨花は目をこすりつつ、彼の言葉に答えた。

「もう起きる。朝ごはんを作らなくちゃ」

「それなら、俺が作っておいた」

青依はどこか得意げにそう言うと、ちゃぶ台の上にあるお皿からラップを外した。お皿に並べられていたのは、やたら大きくてでこぼこした、不格好な丸いおにぎりであった。

「ふふ。青依ったら。わたしがあやかし撃退用の金平糖を常備しているからって、おにぎりまででこぼこにしたの？」

すると白玉団子が「しっ！」ともこもこの人さし指を自分の丸い鼻の前にあてた。

「こいつは料理の才能が壊滅的だったんだ。これで三角にしたつもりらしいぞ！」

青依が真顔で白玉団子を凝視するのを見て、梨花は慌てて言った。

「ま、まあ、大事なのは見た目よりも味だし……。でも青依、起こしてくれればわたしが作ってあげたのに、こんな慣れないことしなくたって……」

「ケガ人に無理はさせられない。それに、お前は催淫毒にも冒されていたのだからな」

さらりと告げられて、耳まで赤くなった梨花は思わず自分の喉に触れていた。

「……もう大丈夫よ。昨夜は、取り乱してしまってごめんなさい」

「もう大丈夫なのか？　妙な感覚は残っていないか？」

梨花がうなずくと、彼は面白くもなさそうな顔をした。

「……なんだ、つまらない。毒はすっかり抜けてしまったのか。それならばもう少し長い時間をかけて、たっぷりと注ぎ込んでやればよかったな。昨夜はそれが目的ではなかったから、しかたがないが……」

「コンニャロー！」

啞然《あぜん》とした梨花に代わって、白玉団子が青依の顔をボコボコにしてくれた。

「あ、あの、わたし……昨夜、気を失ってからのこと、全然覚えていなくて……。浴衣も替わっていたし、なぜか青依のお部屋で眠っていたし……」

梨花がしどろもどろになってしまうと、青依は、ふんと鼻を鳴らした。

「心配せずとも、俺は意識のない女に手を出すほど下劣ではない。お前はただ俺に着替えさせられて、俺の布団で眠っただけだ。昨夜はお前の部屋にガラス片が散らばっていたから、俺の部屋に移したんだ。……俺は診察室で寝た。本当だ。証人はこいつだ」

青依がちらりと白玉団子を見ると、白玉団子はタコのように口を尖らせた。

「俺ぁ昨日ばかりはおめぇが梨花に添い寝してやれよってすすめたんだがよ、なんか知らんが、こいつ切羽詰まったような顔でお前を寝かせると、すぐに診察室に引っ込んでったんだ。だがその代わり、梨花には俺が添い寝してやったぜ！」

「ありがとう、白玉団子のおかげでぐっすり眠れたよ。……でも、青依はどうして自分のお部屋で寝なかったの？　お布団をもう一式敷くスペースくらいはあったでしょう？」

梨花が小首を傾げると、青依はなんだか気まずそうに目を逸らしてしまった。

「……雄《おす》にはいろいろと事情があるんだ」

「どんな事情？」

深く突っ込んではならないことだったのか、青依は押し黙ってしまった。

「俺、塩おにぎりとっぴ！」

だしぬけに白玉団子が叫んだ。見れば、白玉団子はいびつなおにぎりたちの中でも、もっとまともそうな塩おにぎりをひょいと取ってしまった。これはまずい。早いもの勝ちらしい。残るおにぎりは三つだが、どれも異常な様相を呈していた。梨花は能面のような笑みを無理やり貼りつけて、三つの中でいちばん安全そうなおにぎりをとった。

「えっと、じゃあわたしはこの……、なんだろう、土みたいのがついたやつ……」

「それはおかかだ」

「おかか……」

白玉団子は「しょっぺえ！　なんだこれ！」などと言いながらおにぎりを食べていた。

シンプルな塩おにぎりですらまともな味がしないようなので、おかかなどはとんでもないことになっているのではないだろうか。

梨花は勇気を出して、おかかおにぎりにかじりついた。おかかは無味無臭だった。不気味なほどなんの味もしなかった。自分の味覚がおかしくなったのかと思い、つけあわせのたくあんを食べたら、普通においしかった。残りはふたつ。青依は小骨のようなものが飛び出している鮭おにぎりをとり、顔色ひとつ変えずにそれをもくもくと食べ、完食した。

最後まで残ったのは、でこぼこした白米に、なにか臓器のような赤黒いものがデロッと付着したおにぎりであった。青依はそれを、皿ごと火の玉のほうに押しやった。

「食え。練り梅のおにぎりだ」

練り梅！　いや、驚くのはそこではなかった。青依の顔の横で浮遊していた火の玉は、寝ぼけている梨花の幻覚ではなく、本当にそこに存在していたらしい。

そしてさらに驚愕したことには、

「……ずいぶんと気味の悪いおにぎりですが、ご主人様のご命令とあらば……」

赤い火の玉が口を利いたのである。……それも、とても聞き覚えのある声で。

梨花と白玉団子はサーッと青ざめて、顔を見合わせた。

「青依、あの、まさかとは思うけれど、その……」

「ああ、そうだ。渡すのを忘れていた。梨花、右手を出せ」

こちらが喋ろうとしているのに、青依ときたら、どこまでもマイペースなのだった。

梨花の質問を遮って、彼は高慢な口調で命令した。

「……はい」

梨花が右手を出すと、ポン、と金平糖がたくさん詰まったレトロな瓶が置かれた。

「昨夜すべて使い切ってしまったようだったので、新しく作っておいたんだ。また小分けにして常に持ち歩くように。……小物にしか効かないから、気休めだが」

「ううん。ありがとう、青依！　いつもお守りみたいに、青依がくれたほおずきの根付と一緒に持ち歩くね」

さて、いよいよこちらが火の玉について聞く番だと思ったとき。

「次は左手を出せ」

そう青依に言われたので、梨花は「はい……」と言って素直に彼の前に左手を出した。

「……逆だ。手の甲を上にしろ」

頭の上に疑問符をいっぱい浮かべつつも、梨花はそのとおりにした。

青依は梨花の手をとると、逆の手で、ポケットから白銀《ぎん》色に輝く小さなものを取り出した。それは透明の小さな宝石があしらわれた指輪だった。

梨花がまさかと思う間もなく、彼は梨花の細い薬指にスッと指輪を嵌めた。

指輪は梨花の指にしっくりとなじむようだった。爪で白銀の台座に固定された丸い水晶の中で、赤い焰がちらちらと燃えている。それは熱を持たない、幻の焰だった。

「綺麗な石……。中で赤い焰が揺れていて、魔法がかかっているみたいだわ」

「魔法？　……まあ同じようなものか。それは奇火《くしび》の玉《たま》という霊石。火焰宝珠《かえんほうじゅ》と似たようなもので、隠神の狐が持つ宝物《ほうもつ》のひとつだ。それもずっと外さずに身につけておけ」

「わたしにくれるの？　でも、宝物って。大切なものなんじゃないの？」

「それはお前の加護になる。奇火の玉を身につけることによって、契《ちぎ》りをかわすことなくお前に俺の匂いがつくから、隠神以外の厄介者はお前に近づかなくなるはずだ」

彼の言っていることのすべては理解できず、梨花はぱちぱちとまばたきをした。

「契り？　よくわからないけど……ありがとう。でも……」

「なんだ？」

「左手の薬指は、その、どうなのかなって」

「その指に嵌めておけば、身の程知らずの人間の男もお前に近寄らなくなるだろう？」

そういえばほおずき市の日、青依は声をかけてきた不誠実そうな少年から守ってくれたのだった。この指輪によって、梨花を（将来食べるために）庇護する青依の手間が省けるならよいのだが、ひとつ大問題があるのではないだろうか。

「左手の薬指に指輪をしていたら、わたしに彼氏ができなくなるじゃない」

「なにか問題が？　……まさかお前、好きな男でもいるのか」

好きな男と聞いたとたん、梨花は真っ赤になった。鼓動が異常に速くなるのを感じながら、「いない」と短く答えるのがせいいっぱいだった。

（好きな人なんていない……はずなのに、どうしてわたし、こんなに動揺しているの！）

彼が訝《いぶか》しむ前に、梨花は「それよりも！」と言葉を続けた。

「問題があるのは青依の方でしょう。わたしの結婚前夜にわたしを喰らうって言ってたじゃない。……彼氏ができなかったら、当然のことながら、結婚前夜もないよ」

指摘されてはじめて彼は自分の矛盾に気がついたのか、一瞬、視線をさまよわせた。

しかしすぐにふてくされたように言い返してくる。

「うるさい。お前の結婚前夜にお前を喰い殺す予定はなにも変わっていない。だが、とりあえず学生のうちはそれをつけておけ。卒業後のことは、……また考える」

「わかった」と、梨花は神妙な顔をして首肯した。

会話に一区切りがついたので、これでやっと、気になっていたことが聞ける。

「ところで青依、あなたの肩のあたりでふよふよしている火の玉は、なあに？」

「昨夜の鵺だ」

梨花は聞き間違いかと思ったが、そうではないらしかった。

「野放しにしておくわけにはいかなかったからな。お前が眠ったあとで俺は執念深く鵺を追跡して、報復措置をした上で血の契約を結び、俺の忠実なる配下……神使《しんし》にした」

篝火を追い詰めて、完全に降伏させて、自分のしもべにしたということか――。

「ま、まさか篝火と一緒に住むつもりなの？　わたしは嫌よ！　追い出して！」

梨花は彼の腕に取りすがって全力で懇願した。

昨夜のようにまた襲われでもしたら、たまったものではなかった。

「……ふっ、ずいぶんと嫌われたものだな、篝火？」

青依が軽く笑うと、火の玉が梨花の背丈を超すほど大きく膨らみ光の柱のようになり、やがてその光の中に人影が生じた。そうして現れたのは、白地にぼかし花火の総柄の夏着物をまとった美少女――否《いな》、世にも美しい女装男子であった。

おにぎりのお口直しのようにお茶を啜っていた白玉団子が、ブーッと噴き出した。

「か、か、か、篝火！」

篝火は白玉団子を黒い瞳に映したが、すぐにツンとしたようにそっぽを向いてしまった。彼に歩み寄った青依は、白魚《しらうお》のような彼の手をとった。篝火は嫌そうに眉を寄せたものの、黙って青依のなすがままになっている。……確かに青依のしもべと化していた。

青依は篝火の手の甲を梨花の前に掲げてみせた。

真珠のように白い彼の手の甲には、赤い火焔宝珠の模様が浮かんでいた。

その中心部分には、黄金とも朱ともつかない鮮やかな色の玉が埋め込まれている。

「こいつが俺の神使になった証だ。主従の契約を交わした以上、俺にも、俺が大事にしているお前にももう危害は加えてこない。むしろ盾になり、剣にもなるだろう。俺が死んでも契約は無効にならないから、お前は安心していい」

青依が篝火の手を離すと、篝火はすぐに主従のしるしが刻まれた手を引っ込めた。

それから梨花に視線を転じ、にこりともせずに言う。

「梨花様」

「さ、様!?　やだ、なに……？　怖い……。は、はい、なんでしょうか……」

「俺は確かにご主人様のしもべにはなりましたが、あんたは昨夜、俺に神楽坂の甘味処を案内してくれるとおっしゃった。そのお約束は守っていただきますからね」

「な、なんですって？　……甘味処？」

約束したのは覚えているが、その約束がまだ有効であったことに梨花は戸惑った。

ちゃぶ台の上に載った白玉団子が、敵意もあらわに吐き捨てる。

「ふてぇ野郎だな。てめぇなんざそのへんの草でも喰ってな！」

「はっ。お前こそ草でも喰ってろよ、草食動物のデブうさぎが」

「ムキーッ！　なんで俺にはへりくだった態度じゃねんだよ、バカヤロコノヤロ！」

顔を真っ赤にして憤怒した白玉団子を梨花は「まあまあ」となだめてから、おっかなびっくり篝火に尋ねてみる。

「あの……、あなたはわたしを騙したけれど、甘いものが好きなのは本当なの……？」

「鵺が甘いものを好きだったらいけませんか」

篝火は思いきり喧嘩腰だった。あからさまに嫌われている空気を痛いほど肌に感じながら、梨花は首を横に振った。

「い、いけなくはないよ。わたしも金魚白玉、食べたいし……。でも、あなたのことは、すぐには信用できないよ。青依もついてくるなら神楽坂を案内してあげるわ」

梨花はおうかがいを立てるように青依の顔を見上げた。

するとと彼は腕組みをして、えらそうにうなずいた。

「ふん、まあいいだろう。今日は診療日だが、昼休みは充分にある。篝火、お前は神使第一号だ。その歓迎会も兼ねて、昼は外でなにか食わせてやろう」

「よ、よかったね……。篝火……」

これから一緒に生活するならば仲良くしなければならない……と思い、梨花は頑張ってにこりと彼に微笑みかけたのだが、その態度が逆に篝火の気に障ったらしく、じろりと睨まれた。梨花はぷるぷるしながら、さりげなく青依の後ろに身をひそめた。

「篝火。梨花を脅かすな。こいつを震えさせてもいいのは俺だけだ。彼女がお前に慣れるまで、お前は極力、狐火の姿でいるように」

「はいはい……。ご主人様のおおせのままに。……憎しみも過ぎればただの溺愛《できあい》だな」

最後に何事かぼそぼそと呟いてから、篝火はパッと赤い狐火の姿に変じた。

「……ねぇ、青依。神使第一号ってことは、まだ増やすつもりなの……？」

「いや。俺はもともと神使を使っていなかったし、こいつがいれば充分だ。だが、お前をつけ狙う奴がほかにも出てきたら、ことごとくしもべにしてやるつもりではある」

梨花はそっと青依からも離れ、白玉団子と身を寄せ合った。

梨花と白玉団子は、元凶悪なあやかしたちをしもべとしてはべらせて、玉座に君臨する閻魔《えんま》大王のような青依の姿を想像し、同時にぷるぷるした。

（願わくば百鬼あやかし診療所が、いつまでも平穏でありますように……）

リン、と鳴る涼やかな風鈴の音を聞きながら、梨花はひそやかにそう願った。

この物語はフィクションです。
実在の人物、団体等とは一切関係がありません。
本作は、書き下ろしです。

【参考文献】
『桃山人夜話　～絵本百物語～』竹中春泉（KADOKAWA）
『鳥山石燕　画図百鬼夜行全画集』鳥山石燕（KADOKAWA）
『妖怪談義』柳田國男（講談社）
『ときめく妖怪図鑑』門賀美央子・アマヤギ堂（山と渓谷社）
『神農本草経解説』森由雄（源草社）
『増補新版　薬膳・漢方　食材&食べ合わせ手帖』喩静・植木もも子（西東社）
『媚薬の博物誌』立木鷹志（青弓社）
『大江戸ものしり図鑑』花咲一男（主婦と生活社）
『新日本古典文学体系　日本霊異記』（岩波書店）
『日本思想体系　古事記』（岩波書店）
『新編日本古典文学全集　風土記』（小学館）
『江戸端唄集』倉田喜弘（岩波書店）

長尾彩子先生へのファンレターの宛先

〒101-0003　東京都千代田区一ツ橋2-6-3　一ツ橋ビル2F
マイナビ出版　ファン文庫編集部
「長尾彩子先生」係

Fan
ファン文庫

百鬼《なきり》あやかし診療所

2019年11月20日　初版第1刷発行

著　者　長尾彩子
発行者　滝口直樹
編　集　山田香織（株式会社マイナビ出版）、須川奈津江
発行所　株式会社マイナビ出版
〒101-0003　東京都千代田区一ツ橋2丁目6番3号　一ツ橋ビル2F
TEL　0480-38-6872（注文専用ダイヤル）
TEL　03-3556-2731（販売部）
TEL　03-3556-2735（編集部）
URL　http://book.mynavi.jp/

イラスト　hagi
装　幀　前田麻依＋ベイブリッジ・スタジオ
フォーマット　ベイブリッジ・スタジオ
ＤＴＰ　富宗治
校　正　株式会社鷗来堂
印刷・製本　図書印刷株式会社

ファン文庫

現世《うつしよ》閻《えん》魔《ま》捕《とり》物《もの》帖《ちょう》

その地獄行き、全力阻止します！

著者／桔梗楓
イラスト／lack

『河童の懸場帖』シリーズの著者の書き下ろし最新作！
閻魔様たちによる世直ストーリー！

興信所で働く志遠は、一人の少女に連れられ閻魔様と部下の鬼たちが営む酒処『地獄の沙汰』に訪れる。そこは、地獄行きしそうな人たちの心を癒し更生させる居酒屋だった。